Tatiana Țîbuleac

# Der Garten aus Glas

*Roman*

Aus dem Rumänischen
von Ernest Wichner

Schöffling & Co.

*Ihr sagtet, ich sei eine sentimentale Hündin.*
*Ich beiße euch bis auf die Milch.*

*Deutsche Erstausgabe*

Erste Auflage 2023

Originaltitel: *Grădina de sticlă*
Originalverlag: Editura Cartier, Chişinău

Satz: Fotosatz Amann, Memmingen
Druck & Bindung: Pustet, Regensburg
ISBN 978-3-89561-234-3

www.schoeffling.de

# I

Ich werde bei Nacht geboren, bin sieben Jahre alt. Sie würde mich umarmen, sagt sie, aber sie hat keine Hand frei. Über uns leuchtet eine blaue Lampe, sie ist mit einem Kabel an einen Baum gebunden. Sie schaukelt. Ich lege den Kopf in den Nacken und kann sie besser sehen: Rund ist sie, wie ein noch nicht angeschnittenes Brot. Wir gehen durch Porți wie durch einen steinernen Bauch. So ist es also in der Stadt, denke ich. Immer zu Tal, immer weiter talwärts führt der Weg. Eis erfasst unsere Sohlen, die Straße wird kürzer. Sie streckt mir ihre Manteltasche entgegen, damit ich nicht ausrutsche. Und damit ich mich umsehe, der Schönheit ansichtig werde! Dieses durchgesiebte Licht. Dieser Himmel mit den abgehauenen Sternen. Wohnblocks, Wohnblocks, Wohnblocks. Keiner höher als vier. Keiner breiter als vier. Ihre Tasche hat einen Pelz, mein Fingernagel fängt Feuer. In den Fenstern sieht man kleine Menschen schön leben. Tausende Vierecke mit je einem Glutkern. Das eine neben dem anderen, das eine über dem anderen. Die ganz unten tragen die anderen auf den Schultern. Die von unten sind kräftig. Ein blauer Hund folgt uns mit kleinen Trippelschritten. In der Stadt ist alles vier und blau, denke ich. Und ich darf nicht zurückbleiben, darf nicht zurückbleiben, auf keinen Fall. An einem Zaun bleiben wir stehen. *Sakroj glasa i sabud wsjo* – schließ die Augen und vergiss alles. Ich verstehe ihr Russisch nicht, vergesse von einer Sekunde auf die nächste alles.

## 2

Tamara Pawlowna nannte ihn *unseren Mann* und ist nie daran vorbeigegangen, ohne mit ihm zu sprechen wie mit einem Lebenden. Lang wie ein Lied – unser Zaun, der Zaun. Unsere Stärke, unser lieber *golubtschik*. An ihm hielten wir uns fest, wenn wir mit Schnitten in den Schultern und den Händen voller Spucke heimkamen. Zu seinen Füßen ließen wir uns nieder, ausgewrungen, um unser Zittern zu besänftigen. Dort haben wir am häufigsten geweint. Aber wir lachten dort auch: laut, von Herzen, wie ein paar Krähen im Winter. »Es steckt eine Seele in diesem Eisen!«, sagte sie jedes Mal, und ich glaubte ihr aufs Wort. Denn es gab nichts auf der Welt, das Tamara Pawlowna nicht am allerbesten gekannt hätte. Jahre später, als ich ihn von Rost zerfressen vorfand, die Verstrebungen wie ein paar Rippen auseinandergefallen, habe ich geweint wie vor einem Toten. Eisen umzubringen, ist nicht leicht, aber wenn man es stark genug will, schafft man es.

Vom Hügel aus, wie von unserem eigenen Everest herab, sah unser Hof wie eine offene Handfläche aus. Wir sahen die Kastanie mit ihren mastbaumartig verzweigten Ästen und den Polkownik zwischen den Blumen. Sahen die rote Rakete mit der funkelnden Spitze und das Flugzeug mit den vier Sitzen, das von weiß umkringelten Köpfen besetzt war. Wir sahen, wie bläuliche Leintücher auf Drähten vom Wind bewegt wurden, steif vor Stärke wie Dachpappe. Sahen Shurotschka auf dem Balkon, wie sie sich mit der Teppichbürste den Fuß rieb. Pawlik, der nicht spielte, sondern nur so dasaß. Auch sahen wir, verstreut in den Fenstern, dicke Frauen in Kleidern und mit Halsbändern, ja, unbedingt mit Halsbändern, die eben etwas fertig gekocht oder gebraten hatten. Bella Isaakowna und Rosa, beide mit Hüften wie Birnen, wie sie mitten auf der Straße tuschelten. Geheimnisse, immerzu Geheimnisse. Sahen Sachar Antonowitsch, die eine noch übrige Hand an seine Medaille gedrückt. Eine schreckliche Sache wäre das, eine Medaille zu verlieren, und welche Schande! Alle, alle, alle waren sie dort. Die hässliche Marina, der besoffene Ljontschik. Jekaterina wie der Mond. Alle unsere Leben unter einer Glasglocke. Und in diesen kurzen und hellen Sekunden, ein Spiel mit gespiegeltem Licht, waren wir glücklich bis ins Mark. Alle zusammen und jede für sich. Wir freuten uns für sie, für uns, über einen weiteren Tag, an dem wir einen Ort hatten, an den wir zurückkehren konnten. »Einen Ort unter Leuten zu haben, ist nicht eben wenig«, sagte Tamara Pawlowna, die Bescheid wusste. Sie wusste viel über Dinge und über Leute – mehr, als sie tragen konnte.

Vom Zaun bis nach Hause gab es noch ein Tal. Zwanzig Schritte einer erwachsenen Frau und zweiunddreißig einer kleinen Frau. Die machte ich vorsichtig, ohne Eile, vor allem ohne Eile. Damit ich nicht genau dann Bruch produzierte. Dann ließen auch wir uns sehen. »Die Flaschen kommen!«, flüsterten die Jüdinnen, aber das konnte ganz sicher alle Welt hören: Was hieß schon Flüstern bei den Jüdinnen? Und da war Schluss. Nach ihrem Gerede, ah, diesem Gerede, das wie ein Urteil klang, konnten wir nichts mehr tun. Unser teurer Tag, den wir mit Freuden bezahlt hätten, wenn er sich noch hätte ausdehnen lassen, wenn er noch etwas verweilt wäre, uns noch etwas umarmt hätte, er begann zu zerschmelzen. Wir schauten ihm zu, wie er sich, noch warm, widersetzte, mit allem, was er auf uns verteilt und uns gebracht hatte, und wir verabschiedeten ihn, als stünden wir an einem verzauberten Bahnhof, von dem man lediglich abfahren konnte. »Die Flaschenfrauen kommen!« war das Ende. Wir waren das Ende.

## 3

Kein anderer Morgen war wie jener erste, als ich in ihrem Bett aufwachte. Ich hatte genau in der Mitte geschlafen, als sei ich seine Füllung. Fünf weitere Mädchen hätten neben mir Platz gehabt, wenn wir uns quergelegt hätten. So leben die Bonbons, dachte ich. In knisternde Folien gewickelt, bis ein Mund sie aufisst. Im Internat hatte ich nur eine Decke gehabt. Sie hatte nach Mäusen gerochen, aber es hätte auch schlimmer sein können. Rings um mich schoss das Licht aus den Dingen, wie ich es noch niemals gesehen hatte. Sogar aus den Stühlen und den Wänden. Vor dem Fenster – eine neue Welt. Ein Zweig mit Knospen wie Perlen. Ein verzaubertes Tier. Am Himmel ein Durcheinander von Baumwipfeln und Vögeln. Eine Stimme wandte sich an mich. *Ty prosnulas* – bist du wach? Wie ein Schlüssel öffnete sie mich und fand ihren Platz links zwischen den Rippen. Ich stand vom Bett auf und hatte eine Mutter. Welch ein Wunder, kein Waisenkind mehr zu sein, und welche Angst, es innerhalb einer Sekunde wieder zu werden!

*Lastotschka*, Schwalbe, nannte sie mich, und so hieß ich von nun an.

Ich aß dreimal, und es wurde Mittag. Ihr Tee duftete, das Brot – Butter, die Butter –, Honig. Vom Zuviel begann es mich links zu drücken. Das Gas brannte wie eine blaue Seerose. Im Radio kamen schöne Klänge: *ljubow, ljubow, ljubow.* Die Liebe, Liebe, Liebe. Tamara Pawlowna hörte zu, lächelte schmal, das Zimmer füllte sich mit Wärme. Sie zeigte mir das Haus und es wurde Abend. Jenen Tag trage ich mit mir in alle Länder, in alle Zustände. Ich habe kein Äquivalent dafür gefunden, weder im Geld noch in der Liebe. Niemand hat mich sonst haben wollen. Nicht einmal ihr.

## 4

Es war Montag und Dezember. Seitdem beginnen alle meine Monate mit dem Montag und die Jahre mit dem Dezember. Es hatte die ganze Nacht geschneit, der Hof hatte sich an seinen Gelenken gerundet. Sowohl das Grüne als auch das Schwarze waren nun weiß. Allein die *rjabinka*, die Vogelbeere, brannte rot an den Zweigen, und Morkowkas Augen leuchteten orange auf dem Rohr der Kanalisation. Ich war so schön wie nie zuvor. Und wenn ich das damals verstanden und gewusst hätte, wie es im Leben zugeht, hätte ich mir all diese Schönheit für später aufgehoben. Aber ich habe es nicht gewusst. Ich war ein Kind, gerade noch.

Tamara Pawlowna hatte mir für sehr viel Geld neue Anziehsachen gekauft. So viel gaben nur Brautleute oder Tote auf einmal aus. »Ich habe nur das Beste genommen«, sagte sie, und dass ich mir das merken solle. Wenn ich etwas Gutes täte, dann sollte ich das nicht in alten Klamotten tun. Ich drehte mich um die eigene Achse und sie lachte zufrieden. Zum ersten Mal in meinem Leben wollte ich gesehen werden. Ich hätte es in der Kälte ausgehalten, mich zum Eiszapfen gefrieren lassen, wenn mich bloß die Mädchen aus dem Internat hätten sehen können! Sie hatte einen Mantel mit Kragen, hätten die aus der Gruppe der Großen gesagt, böse und verträumt. Sie hatte pelzgefütterte Stiefel, hätten die aus der Gruppe der Kleinen gesagt, traurig und krank. Mit der Zeit, das weiß ich, wäre die Geschichte dünner geworden, wie jede Geschichte. Es hätte möglicherweise nicht mehr geschneit. Aus Morkowka wäre vielleicht ein Hund geworden und aus mir ein Junge. Aber selbst das wäre ausreichend gewesen. Selbst das. Im Internat hatte ich einen einzigen Traum gehabt: ein ausländisches Brautkleid zu besitzen.

Wir gingen los, die Wand entlang, an der Kastanie vorbei, vorbei am vor Kälte toten Garten. Mitten auf der Straße streute ein fröhlicher Mann mit einer neuen Schaufel Salz. Tausende Halbmonde funkelnden Salzes! »Auf dem Weg zur Arbeit?«, fragte er Tamara Pawlowna. »Auf dem Weg zur Arbeit«, antwortete sie, und beide nickten. Um zu bedeuten, dass es gut war – die Arbeit und auch der Rest –, und so nickte ich mit. Die Stadt vor uns begann sich zu regen, ein Riese nach einem Besäufnis. Ich war an einen seltsamen Ort gelangt, voller Dinge, aber ohne Menschen. Das Gegenteil dessen, was ich bis dahin erlebt hatte. In den Höfen sah man Autos, aber keine Fahrer. In den Fenstern sah man Blumen, aber keine Menschen. Die Luft – zur Hälfte Benzin. Die Hunde – fett und brav. Auf den Straßen – Hunderte brennende Lichter. Wo war der Schalter? Wer hatte das Licht angelassen?

Unter einer Birke lagen ein paar leere Flaschen, wie vergessen. Tamara Pawlowna bückte sich und packte sie ins Netz. Ringsum niemand, eine weitere Lüge. Ich wusste, weiß, dass jedes Ding einen Besitzer hat. Und jeder Besitzer hat Fäuste. Eine Falle! Sie wollte mich prüfen. Wollte mich verwirren. Die Stadt war kein Ort, sondern eine Strafe. Ich war gekommen, um für alle verprügelt zu werden.

Hinter einer Ecke versperrte uns ein Mann wie ein Haus den Weg, und ich blieb erschrocken stehen. *Pamjatnik*, ein Denkmal, für einen Helden. *Sergej Laso – Geroj*, ich erfuhr, dass Helden leiden müssen, wenn sie ein Denkmal errichtet bekommen wollen. Laso war bei lebendigem Leib in einer Lokomotive verbrannt worden, aber es hätte auch schlimmer ausgehen können. Sergej der Held gefiel mir. Er hatte den rechten Arm ausgestreckt, als wollte er jemandem beim Reden Einhalt gebieten, und ein so trauriges Gesicht, als hätte er schon als kleines Kind gewusst, dass er lebend verbrannt werden würde. Ich hätte in einer seiner Hände ausreichend Platz, dachte ich. Tamara Pawlowna lachte kurz und stieß mir in den Rücken, damit ich losging. Das wunderte mich am meisten, dass draußen überhaupt kein Wind ging. Ich hatte keine Angst, aber ich fragte mich: Was waren die Städter für Menschen?

# 5

Eine volle, richtig volle Wanne. Ich vermaß sie mit den Augen. Ich hatte noch nie so viel sauberes Wasser verbraucht. Das erste Wasser, so hieß es bei uns im Internat, und wir benutzten es, um uns das Gesicht und das Untenrum zu waschen. Von den Klamotten wurden nur die Höschen im ersten Wasser gewaschen. Der Rest wurde mit dem zweiten Wasser gewaschen. Die Fußböden wurden mit dem dritten geputzt und unsere Schuhe mit dem, was übrig blieb. Den letzten Schmutzrest kippten wir in die Hagebuttensträucher der Direktorin. Die Direktorin hatte einen Sohn, Ruslantschik, der trank nur Hagebuttentee. Der von den Waisen bewässerte Hagebuttenstrauch gedieh gut, Ruslantschik allerdings weniger. Seine Augen traten hervor, der Bauch quoll auf. Wir nannten ihn »die Blase« und streckten ihm die Zunge heraus.

Tamara Pawlowna hatte ein Bad mit blauen Fliesen, mit blauen Blumen und blauer Mitte. Es gab viel Schönes ringsum, ich fühlte mich wie in einem Gemälde. Nicht die Wanne zerkratzen, das Wasser nicht verstinken, mich gründlich einweichen. Als sie mit dem Schwamm reinkam, sprang ich auf die Beine. Sie drehte mich lange in alle Richtungen, als sei ich ein neues Kleid, suchte nach Fehlern. Ich sah ihre runden und gelben brauenlosen Augen. Die dünnen Ohren, den weißen Schädel. Sie machte nicht groß was her, aber sie war die Einzige, die mich hatte haben wollen. Und mit Seife, und mit Seife. Und da noch, und da noch.

*Zelka?*, Jungfrau?, fragte sie schmallippig und ich spürte ihre rauen Finger in mich eindringen. Ich wusste nicht, was ich antworten sollte. Ich wartete auf ein anderes Wort, das ich verstehen konnte, aber sie hatte kein anderes. *Zelka, Zelka, Zelka?*, der Schmerz in mir wurde heftiger. Die Wörter fielen ihr wie Mistkäfer aus dem Mund und krochen auf mich zu. Ich nickte. Die Finger kamen heraus und wanderten zu meiner Fußsohle. Und mit Seife, und mit Seife. Und da noch, und da noch. *Budesch poslushnoi, sdelaju is tibja tscheloweka.* Wenn du auf mich hörst, mache ich einen Menschen aus dir.

## 6

Wenn du drei Dinge über einen Ort weißt, kann er dich nicht mehr vertreiben. Ich hatte Morkowka Knochen mitgebracht, hatte als Erste den Mann mit der Schaufel gegrüßt. Ich hatte das Netz. An jenem Morgen war die Stadt nicht mehr leer. Man konnte die Menschen spüren. Ich hörte, wie über unseren Köpfen ein Fenster geöffnet wurde, worauf ein Zigarettenstummel in unsere Richtung flog. *Swinja*, rief Tamara Pawlowna hinauf, Schwein, ging aber weiter. Der Stummel glühte noch eine Weile auf dem Schnee und erinnerte mich flüchtig an die Zigaretten von Rodion Eduardowitsch. Ich beschleunigte meine Schritte – jeder rote Punkt brannte mich. An einer Kreuzung öffnete sich mit einigem Gepolter ein kleines weißes Häuschen, dessen Sinn und Zweck ich nicht kannte, und zeigte uns eine halbe Frau ohne Kopf. *Kiosk Gasety*, Zeitungskiosk, klärte sie mich auf, und ich freute mich sehr. Ich wusste, was Zeitungen waren, und nun hatte ich erfahren, wo sie herkamen. In der Stadt erfährt man viele Dinge, dachte ich. Im Internat sagte man uns nichts oder man sagte es uns zu spät. So wie damals, als Olea den ganzen Winter hindurch gehustet hatte und im Frühling dann in Mantel und Stiefeln zu den Tuberkulösen geschickt worden war. Zu spät, hatte die Direktorin gesagt, zu spät. Olea habe ich nicht mehr wiedergesehen.

Ich wollte sie fragen, was *Swinja* hieß, aber gleich darauf hörte ich *Uliza*. Straße. Swinjauliza wiederholte ich, um es nicht zu vergessen. Es nie zu vergessen. Swinjauliza. An einer Tanne löste sie den Schal, den sie sich als Kopftuch umgewickelt hatte, und zeigte auf deren Spitze. *Jolka*, sagte sie und fing an zu lachen. Tanne. Joolka, lachte ich und spürte, wie mein Mund auf der Stelle voll silberner Glöckchen war. Joool-ka. Tamara Pawlowna redete und redete, zeigte mir neue Dinge und Orte, brachte mir Wörter bei, und mir kam es so vor, als sänge sie für mich. Sie waren schön, ihre Wörter. Rund und dampfend, und einmal ausgesprochen, hallten sie noch lange und fern nach, als hätte jemand rings um uns herum Kristallgläser zerschlagen. Ich wollte sprechen wie sie, wollte alles so tun, wie sie es tat.

## 7

Am nächsten Tag sagte sie *Swetofor*. Ampel. Swefator, wiederholte ich eilig, ganz und gar auf dem falschen Fuß erwischt, aber der Zauber verflog. Die Glöckchen begannen eines nach dem anderen zu verstummen, bis sie sich schließlich in eine Zielscheibe verwandelten. Ich spürte es im Nacken, wie damals, wenn nachts Rodion Eduardowitsch auf den Fluren zu hören gewesen war, dass etwas Böses passieren würde. Tamara Pawlowna schaute mich verärgert an, als sei sie zu spät über etwas informiert worden, das ihr ganz und gar nicht gefiel. Ihre Augen verengten sich, die Lippen wurden schmal, und so, die Wangen ganz und gar eingezogen, wirkte sie wie ein Zimmer, in dem das Licht ausgeschaltet worden war. Ich hatte einen Fehler gemacht, ich wusste, dass ich einen Fehler gemacht hatte. Aber das Wort war einfach zu lang gewesen. Schön, aber zu lang. Ein Verräter.

Ich erwartete einen Schlag von ihr, aber die Faust kam nicht. Verzieh sie mir oder bereitete sie insgeheim eine andere Strafe für mich vor? Ich richtete mich auf und reckte das Kinn vor, wie Olea es uns allen beigebracht hatte. Wenn du ihr zeigst, dass es dir nicht wehtut, hört sie auf, sagte sie uns eines Nachts, als sie in den Schlafraum kam und nach versengtem Fleisch roch. Swefator, versuchte ich es noch mal, und wieder war's verkehrt. Swe-fa-tor.

Tamara Pawlowna spuckte in den Schnee und machte sich auf nach Hause. In ihrer Folge begann die Woche alles einzufalten, was sie mir versprochen hatte. An meiner Seite zogen wie winzig kleine Särge die letzten Worte der Direktorin vorbei, das Butterbrot, dass ich morgens gegessen hatte, Sergejs offener Mantel. Ich hatte nichts mehr zu verlieren. Ich rannte hinter ihr her, packte sie an der Hand und schleuderte ihr entgegen: Swetofor, swetofor, swetofor, swetofor. Viermal, wie in der Stadt. *Utschi russkij jasyk, bes nego nikuda*, sagte sie zu mir. Lerne die russische Sprache, ohne sie wirst du zugrunde gehen. Und dabei blieb es.

*Dass dich jemand zu sich ins Haus nimmt, alles mit dir teilt.*
*Ohne Hintergedanken?*
*Dass du etwas bekommst, ohne es zu verlangen. Dass du aufbrauchst, was du nicht selbst gekauft hast.*
*Und wenn es einen Hintergedanken gibt, wenn es den immer gegeben hat? Wie verborgen muss ein solcher Gedanke sein, damit er alles Schöne ringsum überwindet?*

## 8

Vielleicht müsste ich auf Russisch schreiben. Im Russischen werden die Wörter anders angeordnet. Auf Rumänisch kann ich mich deutlicher erinnern. Ich will alles sagen. Engel oder Teufel, was wählt man, wenn beide hinter derselben Sache her sind? Ich hätte mich sogar an eine scharfe Klinge gelehnt, wenn sie mich gestreichelt und mir Brot zugeworfen hätte. Hinter jener schmalen und schmutzigen Tür öffnete sich mir eine ganze Welt. Ich betrat sie gedankenlos, mit der Angst eines Kindes, das bis dahin lediglich von Resten gelebt hatte. Seit ich nach Chişinău gekommen war, hatte ich mir ein Leben zusammengeheftet, in dessen Mitte es eine Sonne gab – Tamara Pawlowna. Die strahlte, brannte und verwandelte alles in Asche. Sie war wie ein Zaubervogel – meine Tamara Pawlowna! Mörderisch, aber mitfühlend. Listig, aber gerecht. Vor ihrem Lästermaul und ihrem Verstand hüteten sich alle wie vor einer Krankheit, aber wenn sie nicht mehr weiterwussten, kehrten alle zu ihr zurück. Manchmal, wenn ich nachts heimkehrte und sie sich auszog zum Schlafen, schien mir, als sollte sich ihr Haar in Federn verwandeln und die Zunge in einen Flammenstoß.

Am ersten Tag wies sie mir eine Ecke zu. »Setz dich hin und lerne!«, und dabei blieb es. Sie arbeitete immerzu. Nahm Altglas entgegen oder sammelte es ein, tröstete die Säufer und redete allen anderen gut zu. Vergrößerte, rundete auf, erbaute aus Kopeken das Imperium, das schließlich mal meines sein würde. Wenn sie etwas Wichtiges tat, fragte sie mich kurz, ob ich sie verstanden habe. Ob ich, wenn es darauf ankäme, das Gleiche tun könnte wie sie. Nur einmal habe ich *njet* geantwortet, nein, und das hat ihr nicht gefallen. Sie brachte mir das Alphabet bei, die Republiken und den Umgang mit Geld. Vor allem den Umgang mit Geld, denn »Zahlen und Rubel sind nicht dasselbe«. Auch Dummköpfe können zählen, aber sie können kein Geld ansammeln. Das schnelle Geld – ihre Ikone auf der Brust. Ihr alltäglicher Glaube – in Ermangelung eines anderen –, der möglicherweise falsch war?

Am allerwichtigsten war ihr aber, dass ich Russisch sprach. An jedem Tag hatte ich sieben Wörter zu lernen. Keine zehn, aber auch keine fünf, und ich hatte sie richtig zu lernen. Wenn ich einen Fehler machte, und ich machte ständig Fehler, bog sie ihren Zeigefinger zu einem Dreieck und schlug mir damit auf die Stirn. Ihre brauenlosen Augen drehten sich wie Kreisel vor Wut, und mir war danach, mich selbst zu züchtigen.

## 9

Vielleicht interessiert es euch, dass ihr eine Enkelin habt. Verkrüppelt und ziemlich hässlich. Hässlich aufgrund ihrer Krankheit, denken alle. Ich aber weiß: Von der Krankheit kommt es nicht. Er ist hässlich. Was soll's, dafür ist er klug, sagten alle zu mir, und das hat mich überzeugt. Sei's drum, eine Schönheit bin ich selbst nie gewesen. Warum sollte man von einem Menschen Schönheit verlangen, wenn er der Einzige ist, der einem bleibt? Kann ein Mensch, selbst ein schöner, je die Sonne überstrahlen? Seine Klugheit hat mir allerdings nicht groß weitergeholfen. Auch die Klugen stechen zu, bloß klingen ihre Entschuldigungen schöner. Diesen Teil der Geschichte erzähle ich euch nicht mehr, ihr wisst ja bestens Bescheid. »Verstand und Herz sind zwei verschiedene Dinge, Lastotschka«, sagte Tamara Pawlowna bis kurz vor Schluss. Ich hielt sie für verrückt. Sie sagte, der Verstand komme an erster Stelle, er stehe auf einer anderen Stufe. Er war kein Fleischklumpen unter einer Rippe – er war ein Himmel!

Ich habe sie Tamara genannt, und es gibt Tage, an denen scheint die Sonne. Wenn sie ganz bei sich bleibt, ist es, als hätte ich euch verziehen. Ich schaue ihr in die Augen, sie spürt es und lächelt. Es gibt aber auch andere Tage, da ich euch beinahe verstehe. Dann wünsche ich mir, sie wäre nicht mehr da. Dass sie verschwindet, sich nicht mehr quälen muss. Dass ich nicht mehr mitkriege, wie sie in meinen Armen in Scherben geht.

Lobstein, sagte der Arzt, und mit einem Mal wusste ich Bescheid. Auf Rumänisch klingt es schöner, dachte ich. »Zwischen Lobster und Einstein«, erschrocken, hörte ich nur noch wirres Zeug und dachte, es würde schon vorbeigehen. Hoffte, es würde vorbeigehen. Schließlich hatte ich von meinen Eltern gelernt, dass alles im Leben ein Ende hat. Und dann, als klar war, dass es nicht vorbeigehen würde, habe ich ihn nicht mehr gesehen. Verstand und Herz sind zwei verschiedene Dinge.

## 10

Der Hof war voll, und alle waren dort meinetwegen zusammengekommen. *Idut, idut!,* rief Pawlik vom Ende der Straße, kommt, kommt, er spielte nicht, stand nur so da. Er hatte eine *Uschanka* auf, eine Mütze mit Ohrenklappen, und nur noch ein Auge, das linke. Unser Pawlik. Wenn er durch den Schnee rannte, sah er aus wie ein Piratenhund. Das rechte Auge hatten ihm die Kinder mit einem Stück Rohr ausgeschlagen. Es war seltsam gewesen – alle hatten sich damals gewundert –, wie das Auge aus der Höhle trat, aber nicht zu Boden fiel. Und nicht von Geld war die Rede gewesen. Aber bis der Rettungswagen gekommen war, bis seine Mutter die Jungs zusammengebrüllt hatte – *Kto? Urody!* – Wer war das? Ihr Monster! –, war die Wurzel des Auges vertrocknet. So haben's die Ärzte gesagt: Die Wurzel ist vertrocknet, und dann traurig geschwiegen. Das Unglück war groß genug, was hätten sie da noch sagen können?

Seht, auch der Rottenführer war da. Der Rottenführer war hoch aufgeschossen und gut, sein Hals selbst bei Kälte unbedeckt, und er hielt mir sogleich eine Mandarine hin. Dann schloss er meine Hand über der Mandarine mit seiner und flüsterte mir ins Ohr: »Weißt du, was wir hier haben, neeein, du weißt es nicht, warte mal bis der Frühling kommt!« Er duftete nach Rosen, und ich wunderte mich. Rosen im Winter? Da wusste ich noch nicht, wie sehr er Rosenkonfitüre liebte, und dass er den ganzen Tag lang davon naschte, mit dem Löffel und gleich aus dem Einmachglas.

Seht, auch Jekaterina Andrejewna war da. Ein Traum in Pelz mit einem goldenen Apfel! Ich wusste sofort, dass ich niemals, tatsächlich niemals im gesamten Universum einem schöneren Geschöpf begegnen würde. »Die trägt man nicht so«, lachte Katjuscha über meine Mütze und berührte meine Wange. Ich legte mein Gesicht an ihre Brust, und zwischen dem zweiten und dem dritten Knopf, wo ihr Kleid sich leicht geöffnet hatte, schoss ein weißer Duft hervor, jung, wie ein Zuckerwölkchen. So riechen Feierlichkeiten, dachte ich.

Seht, auch Sachar Antonowitsch war da. Immerzu mit seinen Medaillen beschäftigt, Medaillen hier, Medaillen da, Sachar Antonowitsch! Als wäre ein Krieg gerade zu Ende gegangen und ein weiterer hätte bereits begonnen. Der Liebe auch, unser teurer Alter. Die Taschen voller Bonbons, den Mund voller Geschichten. Zu Hause in der Wohnung zu erfrieren, hatte er nicht als letztes Gefecht erwartet, aber das war, was ihm zuteilwurde.

Seht, auch Shuuurotschka war da. Alle liebten Shurotschka, und Shurotschka liebte ihrerseits alle. Jeder Hof braucht einen Menschen, den die gesamte Herde lieben kann. Uns war Shurotschka gegeben worden.

Sie ist ganz hübsch, sagten die Leute.

Spricht sie Russisch?, fragten sie. *Goworit po Russki?*

Scheint es nicht im Internat gelernt zu haben, wunderten sie sich.

Es hatte zu schneien begonnen, die Mandarine des Rottenführers heizte meine Hand auf wie eine Flamme. Hätte ich nur diesen einen Tag gehabt, es hätte mir genügt.

*In einem Monat vergehen: Hunger, Verbrennungen, die Angst vor der Dunkelheit, die Sehnsucht nach Olea.*
*In einem Monat legt die Haut den Waisengeruch ab, und du kannst werden, was du willst.*

## II

In Chişinău gibt es eine Straße – die längste und beschwerlichste Straße der Welt. In dieser Straße können die Gebäude, die Bäume, die Ampeln, ja selbst die Mülleimer und sogar die Schlaglöcher Russisch. Ein einziges Mal sagte sie zu mir, ich solle lieber Moldauisch reden, als Russisch zu sprechen wie ein Dummkopf. *Russkij jasyk ne wto-ro-ga sorta* – Russisch ist keine Sprache zweiter Klasse. Sie bog ihren Zeigefinger zum Dreieck und schlug mir siebenmal auf die Stirn. Warum siebenmal, woher kam die Sieben? Einmal für jedes einzelne Wort und dreimal für *wto-ro-ga*, weil es drei Silben hatte. Hätte sie es mir mit einem weiß glühenden Dorn auf die Stirn geschrieben, hätte es mich weniger geschmerzt.

Zumeist endete die Straße damit, dass ich ihre Faust ins Gesicht bekam. Es gab aber auch Tage, an denen ich keinen einzigen Fehler machte, und dann gingen wir in die Konditorei am Eck. Es begann schon in einiger Entfernung. Sie stellte das Netz mit den Flaschen ab und richtete sich das Haar; winters knöpfte sie den Mantel auf und im Sommer wischte sie sich mit dem Taschentuch über den Hals und die Achselhöhlen. *Tschego chotschesch?*, hörte ich schließlich, Was möchtest du?, und in meinem Herzen ging ein Sturm los. Was wollte ich? Was konnte ich noch wollen? Ich verlangte jedes Mal einen Birkensaft. Dann drückte sie mir zwanzig Kopeken in die Hand und schubste mich an, damit ich ihn mir selbst bestellte. »*Odin sok birjusowij*«, sagte ich beim ersten Mal, und die Verkäuferin lachte los. Auch Tamara Pawlowna lachte. Sogar ich lächelte, aber erst viele Jahre später wurde mir klar, dass ich an jenem Tag, als mir alles schwer und weit weg vorgekommen war, einen »türkisen Saft« bestellt hatte. Ein Laut hat die Birke in eine Farbe verwandelt. Ich glaube, ich habe nie einen schöneren Fehler gemacht.

Tamara Pawlowna kaufte sich nie etwas, obwohl ich sehen konnte, wie ihre Augen die Tortenstücke verschlangen, die dreistöckigen Kuchenstücke mit Nusskrokant, die Körbchen mit den kleinen roten Pilzen aus reiner Butter. Ganz besonders mochte sie – und das fand ich erst später heraus – die seerosenförmigen Sandkekse mit dem Schokoladenklecks in der Mitte. Die billigsten unter den guten Sachen, aber nicht einmal die kaufte sie sich. Einmal – wir hatten eben mit irgendeiner Nichtigkeit ein Vermögen gemacht –, da wagte ich sie zu fragen, warum sie sich nicht wenigstens ein klein bisschen was Gutes gönnte. »Für mich gibt es nichts Gutes mehr, Lastotschka. Warum sollte man die süßen Sachen verderben, indem man sie auf einen unempfänglichen Mund verschwendet?« Und mir war, als antwortete sie nicht mir allein, sondern einem ganzen Haus voller Leute, allesamt in ein und demselben Körper versammelt: dem Geizkragen und der Duldsamen, der Gierigen und der, die nur noch für sich selbst lebt.

## 12

Es war nicht eben ein Beruf, Flaschen zu sammeln, aber es war auch nicht nichts. In Tamara Pawlownas Kopf stand eine Leiter, auf der die Leute je nach Verdienst aufstiegen. Auf jener Leiter befanden wir uns unter den Briefträgern, aber über den Kwas-Verkäufern. Briefe konnten schließlich auch wichtige Dokumente sein, während der Kwas, einmal getrunken, einem in aller Ewigkeit rein gar nichts mehr einbrachte. Eine Flasche wiederum schon. Eine Flasche, selbst eine leere, angepisste, ja sogar eine ausländische Flasche konnte dich bereichern. Zumindest, wenn du nicht faul warst oder ein Säufer, und das waren wir nicht. Wir verstanden uns aufs Sammeln und wir sammelten. Mit kältesteifen Fingern sammelten wir, den Magen vor Ekel umgedreht. Geld, das aus dem Nichts verdient wurde. Ein Vermögen aus dem Nichts. Dafür hatte sie ihr Leben in ein ständiges Herumlaufen verwandelt. Auch mich zog sie für Geld groß. Nicht aus reiner Großherzigkeit, wie ich in den ersten Monaten dachte: für noch mehr Geld.

Sie wurde langsam älter und brauchte eine helfende Hand, sagte sie zu mir. Ich denke aber, sie wollte Anerkennung, wie es sich alle Eltern und Tierhalter ab einem bestimmten Zeitpunkt wünschen. Und ich gab sie ihr, gebe sie ihr immer noch. Sie bekommt mehr als genug Anerkennung von mir. Was auch immer sie in ihrem habgierigen Kopf für Interessen verfolgt haben mag, sie war meine Mutter. Aber um welchen Preis? Was nützt es, einen Blinden auf einen Berggipfel zu stellen? Warum sollte man eine verwesende Leiche mit frischen Rosen bedecken? Je mehr sie mir kaufte, umso weniger wollte ich haben. Sie hatte ein Herz, ich kann nicht behaupten, sie hätte keines gehabt, nur war es ganz anders beschaffen als meines. Ihr Herz wollte Gold, meines die Sterne.

Würde sie weinen, frage ich mich, wenn sie mich jetzt hören könnte? Sie würde weinen, ich weiß es. Undankbarkeit ist besonders verletzend. Diese niederträchtige Kleine, dieser hässliche Bastard tut mir am meisten weh. Man kann ihr weder verzeihen noch sie bestrafen – eine Idiotin.

## 13

Lastotschka, sagst du?«, und sein Gesicht hellte sich auf, als er mich mit Halwa in der Hand auf der Türschwelle stehen sah. Von da an hörte ich ihm zu. Sachar Antonowitsch hatte immer Bonbons dabei, aber wir nahmen sie uns selber, er tat sich ja schwer mit nur einem Arm. Er freute sich immer, unsere Wärme um seinen Körper herum zu spüren. *Gnjosdyschko dlja konfet*, Bonbonnestchen, nannte er seine Tasche, und wir waren immer hinter ihm her. Er war wie ein Baumstumpf, ohne linken Arm, ohne rechtes Bein, aber vollständiger als manch ein Unversehrter. Die Kinder umringten ihn wie einen Bären, und er liebte sie wie Honig. Wegen der Bonbons ging er einmal die Woche bei dem Laden hinterm Wohnblock vorbei und bat Varea, welche von den billigsten auszuwählen. »Für die Teufel«, sagte er erfreut, stützte sich mit dem einen Arm auf seine Krücke und belastete das eine Bein schwer. Sie nickte, schüttete sie ihm direkt in die Jackentasche und gab auch noch ein paar gratis dazu. Varea nannte ihn Antonâci, und ich glaube, er war der einzige Mensch, den sie nicht mit ihrer Waage über den Tisch zog. Aus Respekt, aber vielleicht auch aus Mitleid. Vielleicht auch weder aus dem einen noch aus dem anderen Grund. Damals vergaben die Leute sich ihre Sünden selber, gerade so, wie sie's verstanden.

In die andere Tasche wünschte sich Sachar Antonowitsch eine Bierflasche. Varea öffnete sie ihm an der Kante ihrer Kiosktheke und hielt sie ihm an die Lippen, damit er erst einmal einen Schluck nehmen konnte. Dann steckte sie ihm die Flasche umsichtig in die Tasche, damit er sie nicht unterwegs verlor. Noch nie hatte der Alte die Straße so überquert, wie es sich gehört hätte. Er ging immer bei Rot und stets sang er dabei Soldatenlieder, wie ein besoffener Soldat, der ins Maschinengewehrfeuer torkelt. »Der Irre, der Irre!«, schrien die Fahrer aus ihren hinuntergekurbelten Fenstern, aber seine Medaillen und Zähne funkelten weiter. Das Bier trank er auf der Bank im Hof aus, unter der Kastanie. Dabei erzählte er vom Krieg, er redete einfach so vor sich hin oder mit wem es sich so ergab. Oft waren das Pawlik und ich, manchmal sprach er auch zu den kleineren Kindern oder sogar mit Morkowka. Mehr als diese beiden Sachen – Bier und Bonbons – konnte Sachar Antonowitsch nicht tragen. Mehr brauchte er aber auch nicht. Milch und Brot kaufte ihm *bednaja Tonea*, die arme Tonea, Käse brachte ihm Galea, und den Rest – einen Borschtsch, eine gebackene Kartoffel, einen Fingerbreit Salami – schickten ihm die Frauen reihum. »Bring sie Sachar«, sagte Tamara Pawlowna, wenn sie Eier oder Halwa kaufte, seine größten Schwächen.

Am liebsten aß ich die Glasbonbons, die mir nicht die Zähne verkleisterten wie die Karamelldrecksdinger. Sachar Antonowitsch ließ mich stets zwei nehmen, nicht nur eines wie alle anderen Kinder, weil ich nämlich eine Waise war und deshalb mehr Bitterkeit im Mund hatte. »Meine Bonbons für deine Ohren«, präzisierte er, als hätten wir das Tauschgeschäft von Anfang an ausgemacht. Und dann fing er an. Er sprach langsam, viel, pausenlos, aber niemals über dieselbe Sache oder denselben Ort, und das war für einen so alten Mann und einen ehemaligen Soldaten sehr ungewöhnlich.

Manchmal kam es mir so vor, als würde Sachar Antonowitsch schlicht und einfach vertrocknen wie ein Baum ohne Wasser, wenn wir ihm nicht zuhörten. Es gibt Menschen auf der Welt, die nicht überleben können, wenn sie nicht erzählen. Für diese Menschen – immer sind die schön und oftmals auch verrückt – muss das Leben ein Märchen sein. Denn nur dort, zwischen dessen weichen und verzauberten Rippen, versöhnen sie sich mit dem Bösen und dem Schmerz, mit den Krankheiten und dem Verrat, weil sie wissen. Sie wissen, dass eine Geschichte die Dinge niemals unerledigt lässt.

Eine Geschichte – auch die allerkürzeste und auch die traurigste – achtet stets darauf, Gerechtigkeit geschehen zu lassen.

## 14

Diese Sprache!

Ständig kämpften meine Ohren und mein Mund gegeneinander, wobei der Mund nur selten als Sieger hervorging. Die russischen Wörter kamen mir länger vor und konnten verschiedene Bedeutungen zugleich haben. Ein falscher Buchstabe konnte einen aus einer Welt in die andere werfen. Selbst das Schweigen war wichtig. Wenn das Wort kurz ist, kann es tief einschneiden wie in lebendiges Fleisch! Ist es lang, darfst du es nicht verlieren, geh mit ihm in einer Reihe.

*Ne obesjana, a objasana.* Es heißt nicht ›Affe‹, sondern ›verpflichtet‹.

*Ne tschitat, a stschitat.* Es heißt nicht ›lesen‹, sondern ›zählen‹.

*Ty tschto, sowsem dura?* Bist du eigentlich wirklich so dumm?

Russisch war zu einem strengen, stirngerunzelten Gesicht geworden. Schön, überirdisch schön, aber voller Grausamkeit. Wenn sie lächelte, erblühten sogar die Dornen rings um mich. Aber wenn ich einen Fehler machte … Da verwandelte sich meine Eiskönigin in ein Mädchen aus dem Internat, mit dem ich mich aus den tiefsten Käsekrapfen meines

Seins heraus zu prügeln begann. Ich weinte jeden Tag. Ich stieß die Wörter mit dem Fuß aus mir heraus. Mit den Zähnen zog ich sie mir aus dem Fleisch, wie Hagebuttendornen. Wenn es mir besonders schwerfiel, stieß ich mir die Fingernägel in die Schenkel. Auf diese Weise war der Schmerz an mehreren Stellen gleichzeitig zu spüren. Die Töne klarten auf und verließen mich deutlich und korrekt. So hatte ich *isjaschno*, graziös, vierzehn Mal ausgesprochen und ebenso viele Fingerdreiecke an die Stirn gehauen bekommen. *Skorochod*, schnell wie der Blitz, vor Neuheit. Ja und jo waren am schwersten. Das Sch hätte ich am liebsten mit einer Hand erwürgt wie Rodion Eduardowitsch. Wenn ich spürte, dass mir die Tränen in die Augen stiegen, sagte ich mehrfach hintereinander »jolka« und fing von vorne an. Jolka – wie eine ausgestreckte Hand. Die Hand einer Bettlerin?

*Das neue Jahr kommt. Ich habe ein neues Wollkleid.*
*Ich habe neue pelzgefütterte Stiefel. Habe neue flaumige Handschuhe.*
*Ich esse am Fenster Torte.*
*Ich trage die Stiefel in der Wohnung, damit sie mich draußen nicht aufreiben.*
*Wenn man sie nicht hört, sind die lachenden Kinder hässlicher als die Kinder, die weinen. Unsere Tanne ist ein Ast mit zweierlei Schmuck: einer Möhre und einer Eichel. Sie nadelt nicht auf den Teppich.*
S nowym godom! La mulți ani! – Frohes neues Jahr!

# 15

… *Ja sebe druguju naschla,* ich suche mir eine andere. Es war schon dunkel, als sie sich zum Schlafen auszog und zum Zaubervogel wurde. Ich stellte mich schlafend, sie dann auch. Im Zimmer roch es stark nach Chlor, zuletzt hatten wir die kotzeverklebten Flaschen gespült. Der Mond schien in den Flur, wo sie in mehreren langen Reihen standen, und machte sie schön. *Wenn sie dich schlägt, hältst du es aus. Wenn sie dir nichts zu essen gibt, hältst du es aus. Wenn du es nicht mehr aushalten kannst, weinst du im Verborgenen.* Das waren die letzten Worte der Direktorin gewesen. Olea glitt vom Dachboden herab und begann, auf dem Lüster zu schaukeln. So endete der Tag, der folgendermaßen begonnen hatte.

Morgens sah ich, dass sie sich einen Dutt machte. Innerhalb von Sekunden hatten sich ihre Haare erhoben und anschließend auf dem Hinterkopf schneckenförmig eingekringelt. Das bedeutete, dass die Feierlichkeiten, zumindest das, was wir so genannt hatten, vorbei waren. Wir steckten die Netze ein und zogen los. Draußen war nichts und niemand zu sehen, nicht einmal Morkowka. Sie hatte sich irgendwo den Bauch vollgeschlagen und war jetzt vorm Platzen, wie es immer an den Feiertagen geschah, wenn alle ihr etwas zu fressen gaben. Mein Finger fand keinen Platz mehr in ihrer Tasche. Sie sagte, ich solle in ihrem Schatten gehen, und dabei blieb es. An der Haltestelle, unter einem Lichtmast, Flaschen. Eine große und bauchige hob ich zuerst auf. »Champagner!«, ihre Augen funkelten, und sie lobte mich. Die anderen waren von einer angefrorenen Schicht Kotze überzogen, und ich ließ sie aus den Händen gleiten. Ein Fehler – das habe ich sofort begriffen. Zwei Finger zwickten mir schmerzhaft in die Wange: »Ekelst du dich, oder was?«

In ein paar Stunden waren unsere Netze voll. Ich ging wie ein Eisbrecher mit zwei Netzen voran. Sie schleppte sich hinterher, schaffte es gerade noch, beladen wie ein Anhänger. Es fühlte sich an, als trüge ich eine ganze Stadt auf den Schultern. Um die schmerzende Stelle zu entlasten, sprang ich von einem Bein aufs andere. Um nicht zu verdursten, aß ich Schnee. Ein paar Flaschen auf Höhe meiner Hüfte tauten auf und gaben den süßlichen Gestank der Bescherung frei, in der wir sie gefunden hatten. Der Geruch drehte mir den Magen um. Ich blieb zurück und tat, als wolle ich in einem kleinen Müllhaufen herumstochern, und erbrach alles, was ich am Morgen gegessen hatte. Sogar die Torte stinkt, dachte ich, als ich sie in bunten Wogen aus mir herausschwappen sah.

Es war Mittag geworden und wir sammelten immer noch. In den Höfen feierten verkaterte Städter das neue Jahr. Die in dreieckige Mäntel gekleideten Kinder sahen von ferne wie Verkehrsschilder aus. Ein Mädchen etwa meines Alters, nur um einiges dicker, aß etwas unter einer Tanne. Sie hatte sich dort vor den anderen Kindern versteckt, und als ich näher kam, begriff ich, weshalb. Sie hatte einen ganzen Stoffbeutel voller Mandarinen auf dem Schoß. Den hielt sie zwischen den Schenkeln eingeklemmt und steckte die Schalen in die Tasche, um sich nicht zu verraten. Ich schaute sie ein paar Sekunden an, ohne zu verstehen, was ich von ihr wollte. Warum ich stehen geblieben war. Mir fielen die Mädchen im

Internat ein, der Tag, an dem wir uns zu viert ein Bonbon geteilt hatten. Ich dachte auch an mich selbst, an die Torte, die ich am Morgen ganz allein in mich hineingestopft hatte, und die jetzt hinter mir auf dem Weg lag. Ich spuckte in ihre Richtung und ging davon.

Im Hof nebenan tranken drei Männer Wodka aus demselben Glas. Eine Frau in Arbeitskittel und Mantel reihte auf einer Bank Teller mit verschiedenen Gerichten auf. »Schau mal, Kleine«, rief sie freundlich, »hier hast du ein paar Flaschen!« Ich sah, dass sie sehr jung war, vielleicht so alt wie eine Schülerin aus den oberen Klassen. Sie hatte glatte Hände, das Gesicht war etwas aufgedunsen, und ihre Haare lagen noch in Feiertagslocken. Die Männer drehten sich lachend nach mir um. Sie waren besoffen, und man konnte das Essen in ihren Mündern sehen. Ich riss der Frau schnell die Flaschen aus den Händen und rannte davon. »Was für ein Dummkopf!«, hörte ich sie hinter mir sagen. Dann begann ich zu weinen.

*Iesli stydno, gowori, tschtoby …*, begann sie abends spät, nachdem ich alles gewaschen und der Schmerz sich etwas gelegt hatte. Wenn du dich schämst, sagst du …

## 16

Mach Butter drauf, mach Sahne drauf. Mach Jod drauf, mach Eis drauf. Mein Rücken war offen. Mir platzten bald die Stelzenbeinchen in den pelzgefütterten Stiefeln, und meine Arschbacken waren hart geworden wie Nüsse.

Ich sammelte jeden Tag Flaschen, zweimal am Tag, mit ihr zusammen. Sie hatte mir ein großes Netz gegeben, ließ es mich aber nicht ganz vollmachen. Wechsle die Schulter, kriegte ich morgens und abends zu hören. Trag die schweren Sachen nicht immer auf derselben Stelle. Halt den Rücken gerade. Die rechte Schulter hatte einen tiefen, blutigen Einschnitt, der bis zu dem Tag nicht heilte, an dem Gorbatschow kam. Und obwohl ich nicht geglaubt hatte, dass ich noch schlimmere Schmerzen erleiden könnte als im Internat, pochte die linke Schulter und war immerzu angeschwollen. Eines Abends, als sie sah, dass ich völlig am Ende war, hielt sie mir ein Glas Wodka hin. Damit ich mich beruhigte, sagte sie so leichthin. Der Wodka war gut, er schmeckte mir. Ich hab ihn mir hinter die Binde gekippt und mich auf das Sofa gelegt, um mich aufzuwärmen. Es fühlte sich so an, als würde mir jemand von innen den Rachen häuten, aber nicht unangenehm, es tat eher gut. Innen drin ist der Schmerz anders, dachte ich. Tamara Pawlowna sagte kein Wort. Sie nahm das Glas, goss sich selber auch etwas ein und blieb dann lange mit dem Glas in der Hand sitzen. Sie wusste, dass sie eine Schwelle übertreten hatte. Zwischen uns war ein Einvernehmen entstanden: Ich war auf ihrer Stufenleiter eine Stufe höher, und sie war zwei Stufen hinabgestiegen.

## 17

Es ist ungerecht, mich mit dem Wissen von heute an Tamara Pawlowna, an unseren Hof und an all die Jahre zu erinnern. Eure Lüge verdunkelt mir sämtliche Erinnerungen. Ich gehe durch die Stadt und denke, ihr könntet in dieser Straße wohnen. Dass ihr die Alte an der Ecke des Ladengeschäfts sein könntet. Oder, da, der Alte mit den über die Stiefel gezogenen Strümpfen. Er hat genau wie ich Angst, auszurutschen. Ob es Vater ist? Aber vielleicht seid ihr gar nicht arm. Vielleicht konntet ihr, nachdem ihr mich weggeworfen hattet wie ein Stück Mist, unbeschwert zurück ins Leben fliegen, wie ihr es euch erträumt hattet: hoch hinauf, frei. Vielleicht, vielleicht, vielleicht. In all den Jahren hat mich der Gedanke am meisten gequält, dass ihr vielleicht gut daran getan habt, mich abzugeben. Dass es sich für euch gelohnt hat. Nicht einmal die Lüge konntet ihr euch aussuchen wie Menschen. Hunde seid ihr gewesen, von Anfang bis zum Ende. Eine Hündin sollte auch ich sein, wenn es nach euch gegangen wäre. In Bukarest schneit es ununterbrochen, und in meinem Kopf geraten die Sprachen durcheinander und betäuben mein Denken. In welcher Sprache soll ich euch suchen? In welcher Sprache soll ich euch vergeben? Warum hat euch niemand gesagt, es wäre besser gewesen, wenn ihr dabeigeblieben wärt, tot zu sein? Als Tote hättet ihr mich mehr geliebt. Als Tote hätte ich euch mehr geliebt.

## 18

*Wschkolu ne srasu*, erfuhr ich eines Morgens auf dem Weg zur Arbeit. Du kommst noch nicht in die Schule. Es sah nach einem gewöhnlichen Tag aus. Aber ich spürte, dass in der Nacht etwas geschehen war oder jetzt kurz davorstand, zu geschehen. Die Straßen und Dinge waren so glatt, als hätte jemand mit einem riesenhaften Fingernagel darüber gestrichen. So machten wir es im Internat, wenn wir irgendwo Bonbonpapier fanden: Wir strichen es mit dem Fingernagel glatt und es wurde wie neu. Nicht alle hatten wir das Glück, ein Bonbonpapier zu finden, schon gar kein glänzendes. Drei Bonbonpapiere auf zwanzig Mädchen – wir sparten sie uns auf. Anfangs drehten wir uns einen Ring, und jede war für einen Tag die Braut. Nicht einmal die Erzieherinnen rührten unsere Bonbonpapierringe an. Sie schlugen uns zwar, aber es ist kein einziges Mal vorgekommen, dass einer von uns der Ring vom Finger genommen worden wäre. Wenn die glänzende Folie zerschlissen und mit nichts mehr zu glätten war, machten wir uns Goldzähne daraus. Einen oder zwei, so viele es eben ergab, und auch die trugen wir reihum. Die Jungs waren etwas dümmer und gaben sich mit solchen Dingen nicht ab. Sie sammelten nur Kaugummipapier. Angeblich gab der Glubschäugige ihnen welche, wenn sie ihm dafür ihren Kuckuck zeigten. Vielleicht stimmte das auch gar nicht. Aber ich glaube doch.

Tamara Pawlowna lief heute schneller als gewöhnlich, und es waren mehr Männer unterwegs. Einige mit Krawatte, andere nicht einmal mit Mantel. Ein paar waren Veteranen mit Medaillen auf der Brust. Die Straßenreiniger waren offenbar schon etwas früher aufgestanden. Die Straßen funkelten wie Fischbäuche unter Halbmonden aus Salz. Ich wollte nicht in die Schule gehen, aber ich spürte, dass da etwas faul war. Ich war acht Jahre alt, musste also eigentlich die Schulbank drücken, aber sie hielt mich zu Hause. Vielleicht wäre es besser gewesen, dazu zu schweigen, wie ich es inzwischen gelernt hatte, aber ich fürchtete, sie könnte glauben, ich hätte es nicht gehört. *A kogda?* Aber wann denn?, war alles, was ich mich traute zu fragen.

Tamara Pawlowna blieb auf der Stelle stehen und schaute mich überrascht an. Die Augen zusammengekniffen, die Wangen eingefallen – ich wusste, das war nicht nur Verwunderung. Ich kannte ihr Gesicht besser als jedes andere: Es war Verachtung. So schaute sie auf Leute ohne Stellung, auf trostbedürftige Kinder und Moldauer. Ich wusste, dass ich einen Fehler gemacht hatte, aber es war zu spät, die Worte zurückzunehmen. Ich öffnete den Mund, um etwas zu sagen, irgendetwas, eine Entschuldigung, als ich es direkt auf mich zukommen sah. Die Luft blieb mir wie ein Eisklumpen im Hals stecken.

Es war über den Blumenladen hinweggeglitten, und seine Ränder hatten sich beim Näherkommen immer weiter ausgedehnt. Das Rot war tiefer, glühender geworden. Jetzt glich es einem blutgefüllten Ballon. Tamara Pawlowna fing an, mich zu beschimpfen. Ich sah sie nur noch wie durch einen Nebel und verstand kein Wort mehr. Ich war woanders. Der Punkt hatte schon die Birkenschonung durchmessen und zog zwischen den Leuten an der Haltestelle hindurch. Die wichen ihm aus, als spürten sie die Glut, sie stiegen auf die

Schneehaufen am Rande des Bürgersteigs und der Straße. Ich hätte nicht nach der Schule fragen sollen, ich hätte es nicht tun sollen. Sie bestrafte mich, aber wie hatte sie davon erfahren?

Eine Straße trennte uns. Tamara Pawlownas Gesicht war wutverzerrt, und sie erwartete eine Antwort von mir. Die Angst hatte mich bis zu den Fußsohlen eingehüllt wie ein Umhang. In meinem Mund verhedderten sich die Wörter. Ich hatte alle Sprachen vergessen, nur das Schreien blieb mir noch. Ich habe sie am Mantelkragen zu mir hergezogen, mich um sie herum gekringelt und zu schreien begonnen. Als ich ihre Hand auf der Stirn spürte, beruhigte ich mich. Sie nahm mir das Netz von der Schulter und steckte meine Hand in ihre Tasche wie am ersten Tag. Schweigend gingen wir nach Hause. An einer Kreuzung wartete eine Frau mit einem Schlitten auf Grün. Sie hatte einen Eimer voller Nelken dabei. Es war der 23. Februar, die Stadt feierte mit Rot im Kalender.

## 19

Mit dem Sammeln der Flaschen war erst die halbe Arbeit erledigt, anschließend mussten sie noch gespült werden, damit sie teurer wurden. Wir füllten die Wanne zur Hälfte mit heißem Wasser, dann legten wir die Flaschen zum Aufweichen hinein. So ließen sie sich am besten reinigen, aber unseren Händen tat es nicht gerade gut. Ständig waren sie entweder vom heißen Wasser aufgequollen oder blau vor

Kälte. »Gekochte Hände«, nannte Pawlik sie mal, und das tat mir sehr weh. Um auch ihm wehzutun, antwortete ich voller Boshaftigkeit. »Besser gekochte Hände als nur ein Auge«, sagte ich. Pawlik hat daraufhin lange geweint, seine Mutter ist sogar zu uns gekommen. Alle Nachbarn traten aus ihren Türen hervor. Aber was konnten sie mir schon tun? Mir wegen ein paar Worten ein Auge ausschlagen? So viel, wie ich wegen der anderen Kinder schon geweint hatte, hätte ich ein ganzes Einkaufsnetz voller Augen zusammenbekommen können.

Überlegt mal, wer weiß, wie viel ein Mensch kostet? Alle sagen, ein Menschenleben sei das Wertvollste überhaupt, aber wie viel es tatsächlich kostet – das weiß niemand. Jedes Mal, wenn ich einen Preis für das Leben eines Menschen meiner Umgebung festsetzte, war der überhaupt nicht hoch. Außer Katja, ja, die kriegte man nicht billig. Katjuscha war eine Hure, aber alle wollten sie, darum war auch der Preis höher. Während Shurotschka sich, vermute ich mal, an einem ihrer guten Tage für drei Rubel verkauft hätte. Was nützte es, dass die Leute sie liebten, wer brauchte schon eine Hungerleiderin. Oder Sachar Antonowitsch – mehr Planet als Mensch –, welchen Preis hätte die Waage bei ihm angezeigt? Einen Rubel, vielleicht auch nur ein paar Kopeken. Sicher einen geringeren Wert als den der Bonbons, die er uns jede Woche kaufte. Von Ljontschik will ich erst gar nicht reden, für den hätte man sich nicht einmal ein Bier kaufen können. Nur Bella Isaakowna hätte vielleicht mehr gekostet, aber wie viel? Lass es hundert, tausend Rubel sein, und auch da hängt es davon ab, wen man fragt. Hätte ein Dieb davon Wind bekommen, dass in Bellas Wohnung jede Menge Geld zu holen war, weil sie den Banken nicht traute und ihr ganzes Vermögen in ihren Medizinbüchern aufbewahrte, was wäre dann Bellas Leben noch wert gewesen? Hätte er sie für tausend Rubel umgebracht oder nicht? Ach, was rede ich da für ein blödes Zeug. Es sind schon Leute für sehr viel weniger umgebracht worden. Für einen Goldring und zwei Ohrringe zum Beispiel war Dusa aus dem Nachbarhof von zwei Drogenabhängigen mit den Füßen getreten worden, bis sie ihr die Nieren weggehauen hatten. Aber es hätte noch schlimmer kommen können.

Wenn die Flaschen gründlich eingeweicht waren, probierte ich, die Etiketten mit dem Fingernagel abzulösen. Wenn sie leicht abgingen, rieb ich Seife ins Wasser. Wir hatten dafür eine spezielle Reibe ohne Griff, die wir hinter der Toilette in einer Waschschüssel aus Aluminium aufbewahrten. In der Waschschüssel spülten wir die besonders schmutzigen Flaschen. Eines Tages fragte ich Tamara Pawlowna, warum wir nicht die Seife in die Wanne kippten und alle auf einmal spülten. Sie antwortete, sie wundere sich, dass ich doch so dumm sei. Wie ich auf die Idee käme, das verkotzte Altglas mit dem zu vermischen, das nur gespült und nicht mit der Bürste geschrubbt werden musste? Schließlich schlug sie mir ins Gesicht und sagte, sie habe langsam den Eindruck, sie verschwende ihre Zeit vergeblich mit mir.

Was kann ein Stein ausrichten im Vergleich mit einem Wort? Im ersten Jahr fielen die Seifenstreifen rot und vermischt mit Fetzen von meinen Fingern ins Wasser. Mit der Zeit lernte ich aber, keine Fehler mehr zu machen, nicht nachzufragen und vor allem so zu antworten, wie es sich gehört. »Ist es hier schlimmer oder besser?«, fragte mich eines Nachts Olea, als sie wieder mal gekommen war, um auf dem

Lüster zu schaukeln. *Privâkneschti*, antwortete ich halb auf Russisch, halb auf Rumänisch, man gewöhnt sich dran. Aber ich sah, dass sie mich nicht richtig verstand.

## 20

Nach drei Stunden waren die Klamotten, die wir heiß dampfend hinausgebracht hatten, hart geworden wie Glas. Die Kleider waren als Erste gefroren. Die von Tamara Pawlowna, lang und plissiert, verwandelten sich in Akkordeons. Meine, klein und bunt, erstarrten in dümmlichen Posen, als hätte jemand Zwerge gemalt, die kopflos von der Leine hingen. Aus den Röcken wurden Dreiecke, Schlangen aus den Strümpfen und die Höschen wurden Möwen. Ein paar Winter hintereinander trug ich einen roten Sarafan aus Schafwolle. Man konnte ihn nur sehr schwer auswringen, deshalb schleppten wir ihn noch klatschnass nach draußen. Im Frost zog er sich ganz schnell zusammen, und dann schwitzte der Sarafan tausende Tropfen aus, die funkelten wie Diamanten. Ich rieb sie mit den Fingernägeln ab und sammelte sie in der gewölbten Hand. Mein erster Schatz. Auch über ihre Kleidungsstücke konnte man die Leute verstehen.

Nehmen wir Tonea. Sie stärkte ihre Leintücher nie und wusch die Vorhänge höchstens alle drei Jahre mal, aber ihre Kleidungsstücke beleuchteten unseren Hof das ganze Jahr hindurch wie Girlanden. »Was hängt denn da wieder Buntes, hat die arme Tonea wieder gewaschen?«, fragten die neidischen Frauen. Damals waren Farben nicht gerade gern gesehen, und Toneas Klamotten waren echt durchgeknallt. Die arme, arme Tonea. Ausgerechnet damals so geboren zu werden!

Raja hängte in all den Jahren immer dieselben fünf Kleider auf – zwei Sommerkleider, zwei Winterkleider und eines für besondere Gelegenheiten. Raja glaubte nicht an Kleider, eher an Vorhänge und Teppiche. Dank ihr habe ich begriffen, dass sich die hässlichsten Menschen gern mit den allerschönsten Sachen umgeben. Raja sah aus wie eine Kröte, räudig noch dazu, aber sie lebte wie eine Königin.

Shurotschka hatte kaum Anziehsachen, was kaum verwunderlich war bei einer Frau, die das Haus nur selten verließ. Dafür war ihre Wohnung umso entzückender. Man konnte meinen, sie hätte in ihrer Jugend mal eine ganze Truppe häkelwütiger Frauen vor dem Tod gerettet und sie dann viele Jahre lang in ihrer Wohnung gefangen gehalten, bis sie ihr jeden Zentimeter mit Häkelarbeiten überzogen hatten. Darunter waren schlichte Arbeiten – Deckchen, große Tagesdecken, Zierdecken für Kommoden und Anrichten –, wahre Kunststücke – allerlei Tierchen, Vasen für Ikebana, Troddeln für Türknäufe und -schlüssel – und zum Schluss, aber keinesfalls zu vernachlässigen, die nützlichen Sachen – ausgeklügelte Hussen für den Fernseher, den Plattenspieler, den Kühlschrank, den Samowar und – wie könnte es anders sein? – den Klodeckel.

Jekaterina brachte nie Wäsche nach draußen. Ihrer Kleidung war nicht danach, sich auf der Leine auszubreiten, und Bella Isaakowna hatte zwei Schnüre auf ihrem Balkon, die reichten ihr aus, sommers wie winters. Wir wuschen am meisten und hängten das meiste zum Trocknen auf. Tamara

Pawlowna war schier besessen von Sauberkeit, und so erzog sie auch mich. Wie sich ihre Ordnungsliebe mit dem Herumziehen durch Elend und Dreck vertrug, will mir bis heute nicht in den Kopf.

## 21

Aber das mit der Wäsche muss zu Ende erzählt werden. Nachdem wir sie auf die Leine gehängt hatten, setzte ich mich in eine Ecke des Wohnblocks, um sie zu bewachen. Im Sommer bewachte Shurotschka sie für uns alle von ihrem Balkon aus. Im Winter aber ging das nicht, da war es zu kalt. Es fiel mir schwer zu glauben, jemand würde die steif gefrorenen Kleidungsstücke stehlen und dann damit durch die Straßen laufen, aber widersetzt habe ich mich nie. Ich konnte es kaum erwarten, einen Tag nur für mich allein zu haben, ohne im Müll herumzuwühlen. Ich rief ein paarmal »pis-pis-pis«, und innerhalb von Sekunden kam Morkowka schnurstracks auf mich zu und stieg mir in den Schoß. Solche Winter gibt es nicht mehr. Solche Katzen werden nicht mehr geboren. Mein verzaubertes Ungeheuer!

Gegen Abend sammelte ich sie wieder ein. Ich holte den großen Korb aus der Wohnung und legte mir die Schnur für die Wäscheklammern um den Hals. Ich musste mehrmals gehen. Was im Schrank ein Fach belegte, erstreckte sich draußen über drei Meter. Als Erstes mussten die Vorhänge hereingeholt werden. Die trug ich unter den Armen, als wären es Türen, dabei achtete ich darauf, nicht gegen ein geparktes Auto oder an einen Laternenpfahl zu stoßen. Wenn das passierte, wusch Tamara Pawlowna den Gegenstand noch einmal und schimpfte lange mit mir. Die Feinwäsche plagte mich ebenfalls, denn da waren Spitzen dran, die bei Frost abbrechen konnten. So habe ich das Deckchen, das unter dem Fernseher lag, ruiniert, und in dem Winter hat sie kein gutes Haar mehr an mir gelassen. Von allem, was es in der Wohnung gab, gefiel mir das Tischtuch im Esszimmer am meisten. Es war rund, aus goldgelber Seide und hatte weiche Fransen, die in Knoten endeten. Es war ein Geburtstaggeschenk von Michail, und dadurch wurde es noch wertvoller. Dieses Tischtuch gefiel mir wahnsinnig gut! Wenn es fror, zogen sich die Fransen in die Länge und es wurde für ein paar Stunden zur Sonne. Mit meinen Sonnenstrahlen in den Armen zerschnitt ich jeden noch so kalten Winter.

## 22

Eher lang als breit. Vier mal sechs Schritte groß, wobei sich deren Zahl mit den Jahren geändert hat, als ich wuchs. In einer Ecke befanden sich ein Tisch und ein Stuhl, auf einer Stellage über der Steckdose ein elektrischer Teekessel und eine Kanne. Der Rechaud knallte und warf Funken, aber das machte uns keine Angst. Wir waren schließlich keine Bibliothek. Auf der anderen Straßenseite war Svetlanas Laden, das dämlichste Geschäft überhaupt. Sveta verkaufte das ganze Jahr über Rote Bete und Kohl, und zwar doppelt so teuer wie auf dem Markt. Wir waren

Flaschensammlerinnen. Unser Geschäft war es, Flaschen entgegenzunehmen und das Geld dafür an Ort und Stelle auszuhändigen. Was hieß, dass wir immer Geld dabei hatten. Und dass vor unserem einzigen Fenster ein Eisengitter angebracht war. Es ist wichtig zu sagen, dass die Annahmestelle für Glaswaren sich in einem Tal befand, und ich war stets überzeugt, dass der Mann, der sie dorthin gebaut hatte, durch die Verwünschungen der Säufer gestorben war. Am ersten Tag, als Tamara Pawlowna sah, dass ich angewidert in der Tür stehen geblieben war, regte sie sich ganz schön auf. Sie fragte, ob ich geglaubt hätte, ich würde in der Eremitage arbeiten, und schubste mich hinein, als stieße sie mich in ein Grab. Dort, in jenem Loch, sollte ich den größten Teil meiner Kindheit vertun. Dort sollte ich all meine Ferien verbringen und meine sehnlichsten Wünsche ausbrüten.

Schönheit und Licht habe ich nur selten gesehen. Den ganzen Tag über atmete ich den Dunst von Alkohol ein, hörte verschiedenste Verwünschungen und zählte Kleingeld. Mitunter dachte ich, dass es im Internat doch nicht so übel gewesen war, und hätte liebend gerne draußen Hagebutten gesammelt, nur um mal an die frische Luft zu gelangen. Draußen umkreisten uns die Säufer wie die Hyänen das Aas. Es kam mir vor, als gäbe es auf der ganzen Welt keinen nüchternen Menschen außer uns beiden mehr. Nach ein paar Monaten hatte ich gelernt, die gutmütigen von den bösartigen Besoffenen zu unterscheiden. Ich hatte oft genug gesehen, dass die einen im Suff zu allem Möglichen fähig waren und nicht zögerten, ihre Frauen und Kinder für eine weitere Flasche zu verkaufen. Ihre Mienen waren leicht zu lesen. Ich wusste, wann ich mit ihnen sprechen und wann ich zuhören musste. Aber ich wusste vor allem, dass sie niemand mehr retten konnte, wenn ihre Lippen aufplatzten und ihre Augen wie zerfetzte Lumpen aussahen. Im Vergleich zu ihnen wirkten die Milizleute ganz anständig, und wir freuten uns sogar, wenn wir sie ins Tal herabkommen sahen. Es waren zwei dickbäuchige, fröhliche Männer, und sie kamen häufig, »um mal nach dem Rechten zu sehen«. Obwohl sie es hätten tun können, nahmen sie nie jemanden fest. Im Winter kochten wir ihnen Tee und reichten ihn durch die Gitterstäbe, im Sommer gaben wir ihnen Wasser. Auf diese Weise sicherte sich Tamara Pawlowna ab, sodass sie für den Fall, dass doch mal was los sein sollte, in Frieden gelassen würde. Schließlich waren auch wir nicht gerade sauber.

Damals war die Welt natürlich auch noch eine andere. Eine Flasche war zu der Zeit richtig was wert. Mit dem Wert einer leeren Milchflasche konnte man sich eine volle kaufen, wenn man nur ein paar Kopeken drauflegte. Zehn Bierflaschen reichten fast schon für ein neues Besäufnis. Das Geld für zwei Sahneflaschen für ein Brot. Das Geld für eine Kefirflasche für ein Eis. Kurz gesagt, und bevor ich hier weiterhin unsinnig aufzähle: Wenn es darauf ankam, konnte man sich mit leeren Flaschen ein Auskommen sichern. Die Alten und die Kinder fertigte Tamara Pawlowna bevorzugt ab. Die Alten hatten ohnehin wenig abzuliefern, meistens Milch-, manchmal auch ein paar Sahneflaschen. Dann gab es auch Kinder, die mit Pfand ankamen, das ihnen ihre Eltern mitgegeben hatten. Die einen verdienten damit schnelles Geld, genau wie wir – für Eis, Bonbons, Zigaretten. Die Fleißigeren sparten es auf für wichtigere Dinge: Fotoapparate, Fahrräder. Ja, die Flaschen waren richtig was wert. Die

Säufer kamen als Letzte dran, und das nicht nur aus Respekt vor den alten Leuten. Mit den Säufern redete sie auch ganz anders.

## 23

– Zehn zu zwanzig, fünf zu zwölf, *brak*, dafür hab ich keine *tare*.
*Brak* war Ausschuss und *tare* die Kisten, in denen wir die Flaschen sammelten.
– Komm, Tamara, gib dich nicht störrischer, als du bist. Ich bin extra ganz früh gekommen.
– Wenn überhaupt, dann für weniger Geld.
– Na gut, etwas weniger.
Oder:
– Was denn, Colea, bist du etwa zu Geld gekommen? Wo hast du denn die Kognakflaschen her?
– Sag jetzt bloß nicht, du hast keine Kiste dafür.
– Hab ich auch nicht.
– Auch nicht für weniger Geld?
Oder:
– *Nemytaja,* also ungespült.
– Welche denn, welche soll denn die *nemytaja* sein, du *suka*, Schlampe.
…
– Lass mich nicht hängen, Tamara.
– Wenn, dann aber billiger.

Bis zum Ende des Tages hatten wir zwischen drei und fünf Rubel allein aufgrund dieser Art von Gefeilsche beisammen. Aber beschwert hat sich nie jemand, bei wem auch? Etwa bei den Milizionären, die sie mit ihrem durch die Gitterstäbe hinausgereichten Tee bei Laune hielt? Wer würde auf ein paar Säufer hören anstatt auf eine Frau, die ganz alleine ein Mädchen aus dem Internat großzog? Ich denke oft daran, dass sie jemand hätte verprügeln können oder bestehlen. Dass sie ihr wenigstens das Geld hätten stehlen können, das ihnen zustand. Aber in all den Jahren als Glas- und Flaschensammlerin ist ihr nichts zugestoßen. Ich hatte Mitleid mit den unglückseligen Gestalten, die von einem Rausch zum nächsten lebten und von einer habgierigen Frau abhingen. Allerdings habe ich ihnen nie auch nur im Kleinsten beigestanden. Sobald ich gelernt hatte, ordentlich zu zählen, habe ich genau das Gleiche wie sie getan. Ich habe die Leute gedemütigt und ihnen alles genommen.

*Im Traum sehe ich mich als Braut. Ich schreite wie eine Königin über eine Brücke aus Kristall.*
*Mein Kleid hat goldene Sonnen und eine Schleppe aus Perlen.*
*Durch die Fensterscheibe der Wolke erscheinen meine Eltern, Mutter mit rautenförmigen Ohrringen und Vater mit einem Hammer. Wie auf dem Poster in der Kantine.*
*Ich strecke ihnen die Hand entgegen, wir werden ich und Familie.*

## 24

Ich habe so lange aus ihrer Kanne getrunken und bei ihr auf der Kiste gesessen, bis sie schließlich nicht mehr so tun konnte, als gäbe es mich nicht. Damals habe ich nicht daran gedacht, aber heute frage ich mich: Warum hat sie mir nicht von Anfang an Platz eingeräumt? Dachte sie vielleicht daran, mich ins Internat zurückzubringen? Im Februar brachte sie mir ein Glas mit, was anzeigte, dass auch ich irgendwie eine Daseinsberechtigung hatte. So erledigten wir unsere jeweiligen Angelegenheiten. Sie haute die Leute übers Ohr, ich lernte dazu. Dort habe ich Russisch gelernt – zwischen Flaschen und Säufern. Wenn die bescheuerte Florica sagt, wie geil es ihr vorkommt, dass ich die russische Sprache beherrsche, und was für ein Glück wir Bessarabierinnen hatten, sie von klein auf gelernt zu haben … Dann verfinstere ich mich.

Um die Mittagszeit schlossen wir das Fensterchen, und sie ging ins Geschäft auf dem Hügel, um Salami und Brot zu kaufen. Sie sagte, das müsse man unbedingt frisch essen, aber ich wusste genau, dass sie vor allem zum Lästern zu Sveta ging. Ich wartete, bis sie den Hügel hinaufgegangen war, und gab ihr noch ein paar zusätzliche Sekunden, für den Fall, dass sie ihr Geld vergessen hatte. Sie vergaß es höchst selten, und sie erwischte mich erst nach ein paar Monaten. Nun hatte ich eine Viertelstunde zur freien Verfügung. Ich machte die Tür weit auf, damit das Licht hereinströmte, und kauerte mich auf den Boden. Es passierte nicht sofort. Es mussten sich immer erst mehrere Dinge überlagern, sich versöhnen und zusammenpassen, aber es gab keinen Tag, an dem es nicht geschehen wäre. Die Flaschen und das Altglas, in Drahtgitterkisten aufeinandergestapelt bis zur Decke, wurden lebendig, sobald das Licht sie berührte. Ihre einfachen Farben mischten sich und schufen neue, ungeahnte Farbtöne.

Eine weichselrote Reihe, eine weiße Reihe: Rosa.
Eine ziegelrote Reihe, eine braune Reihe: Honigfarben.
Eine grüne Reihe, eine weiße Reihe: Türkis.
Die Weißen allein: Silber.

Mein Glasgarten.

## 25

Der ganze Winter, mein geliebter Winter, war an einem einzigen Tag dahingeflossen. Es war, als wären morgens erst Fußspuren und Schlitten auf der Straße erschienen und Shurotschka hätte noch ein Glas mit *majskij*, dem kostbaren Maihonig, aufgemacht, gegen Abend hätte ich aber bereits einen Handschuh verloren und wäre um zwei Zentimeter gewachsen. »Von der Butter und den Eiern«, sagte Tamara Pawlowna zufrieden, die mich jeden Monat maß und wog wie einen Säugling. Um den Handschuh weinte ich eine ganze Woche lang, und sie hielt mich nicht davon ab, im Gegenteil. *Byla beschtschi, netu beschtschi*, da war mal was, das jetzt nicht mehr da ist, pulte sie mir immerzu in der Wunde herum, wenn sie an mir vorbeiging. Die Art, wie sie den Kopf gelinde schüttelte und zusätzlich dazu meine Wut darüber, etwas verloren zu haben, das nur mir allein gehört hatte – das reichte aus, damit ich von Neuem in Tränen ausbrach. Und dabei kam nie mehr zur Sprache, dass der Handschuh ihretwegen verloren gegangen war. Ein großer Mensch konnte keine Schuld am Unglück eines kleinen haben.

Ansonsten vertrugen wir uns gut. Wir unterhielten uns auf Russisch, sammelten Flaschen, schrubbten die Wohnung mondhell. Das Geld, das sie jeden Abend zählte, war mehr geworden, und unsere Ausgaben blieben in etwa gleich. Am häufigsten lobte sie mich für meine Reinlichkeit, vor allem, wenn sie gerade einen Abstecher zu Tonea gemacht hatte. Tonea, das wussten alle, trank ihren eigenen Urin, den sie in Einlitereinmachgläsern in der Wohnung stehen hatte. »Wozu machst du das bloß, Mädchen?«, fragten sie die Nachbarn mit vor Ekel verzogenen Mündern, aber Tonea lächelte nur müde zurück. Jenes traurige Lächeln, ihr herzzerreißend trauriges Lächeln habe ich immer noch vor Augen. So lächeln Menschen, das habe ich im Laufe der Jahre gelernt, die zu früh auf die Welt gekommen sind – oder zu spät. Die arme Tonea, es hat sie bei lebendigem Leib zerrissen, nur weil sie anders liebte.

Zu meinem großen Glück hat sie mir nie aufgetragen, zu kochen. In all den Jahren, die wir zusammen waren, aßen wir nur dann warm, wenn Michail vorbeikam. Und es gab dann jedes Mal Borschtsch mit Roter Bete. Wenn der Ekel einen Namen trüge, hieße er Borschtsch mit Roter Bete. An allen anderen Tagen kamen wir wunderbar mit Brot und Salami, Halwa, Rahm, Spiegeleiern, Makkaroni, Kartoffeln unterschiedlichster Zubereitung und vor allem Konserven zurecht. Wir aßen monatlich ein ganzes Ladenregal voll Konserven. Am besten schmeckten mir *tefteli w tomatsnom souse*, Fleischklößchen in Tomatensauce, die in unserem Haushalt nie fehlten. Sie fügte sicherlich auch noch Butter hinzu, die sie mir, wenn sie gekonnt hätte, am liebsten mit dem Trichter in den Rachen gegossen hätte. Sie hatte Bella mal sagen gehört, Butter lasse das Gehirn dick werden, und das hatte sie sich gemerkt wie einen Befehl. Dick hieß immerhin, dass das Hirn groß war, ein großes Hirn hieß, dass man gescheit war, und wenn man gescheit war, war das der direkte Weg zum Doktortitel.

Wenn wir Kinder auf den Hof hinausgingen und uns gegenseitig fragten, was wir tagsüber so gegessen hatten, klangen die Antworten, als kämen wir von verschiedenen Planeten. Klöße, Sülzen, sagten die moldauischen Kinder. *Salko, wareniki*, Speck, Teigtaschen, sagten die Ukrainer. *Kartoschka, seljodka*, Kartoffeln, Makrele, die Russen. Und ich sagte als Einzige jedes Mal stolz »Konserven« und verstand nicht, warum alle über mich lachten. Asea, Rosas Tochter, verriet nie, was sie gegessen hatte, aber es wussten ohnehin alle. Jeder wusste schließlich, dass die Juden gerade mal mittelgut aßen. Genauer gesagt: gebackene Hähnchen.

## 26

Einen Schlitten hat sie mir nie gekauft, obwohl ich sie Tag für Tag darum gebeten habe. Ich wünschte ihn mir so sehr! Einen von denen mit einem farbigen Bauch, nach hinten gedrehten Hörnern und Sohlen aus glänzendem Metall. Diese Schlitten glitten nicht, sie flogen geradezu dahin. Sie sagte nur, der Winter ginge auf sein Ende zu, ich hätte ihn mir früher wünschen müssen. Wahrscheinlich fürchtete sie, ich würde zu oft zum Spielen hinausgehen; ich glaube nicht, dass es ihr ums Geld ging. Auch im nächsten Winter bekam ich keinen Schlitten, und danach schämte ich mich zu sehr, mir noch einen zu wünschen. Ich war ja schon groß. Dafür erlaubte sie mir, meine Freunde selbst auszusuchen, und das war nicht selbstverständlich. Nicht alle Kinder durften mit den »Juden« spielen oder mit den »Maisbreifressern«, und erst recht nicht mit den »Gläubigen«. In den drei Höfen gab es zwei Gläubige, und beide sind erwähnenswert. Dmitrij, der erste Junge, war Molokane. Augen so blau wie Blaustein, wächserne Haut, Hände ohne Kratzer. Der sah nicht wie ein Mensch aus, dieser Dmitrij. Nie unterhielt er sich, er hörte nicht einmal jemandem zu. An den seltenen Tagen, an denen er in den Hof herauskam, ging er schnurstracks auf die Kastanie zu, kletterte bis in den Wipfel hinauf, wo er blieb, bis die Sonne unterging. Von da oben schaute er auf uns herab. Er schwieg und hielt den Kopf leicht zur Seite geneigt, als wollte er mit seinem Blick unsere schiefe Welt begradigen. Ich habe ihn für mich beim Blitz und den Birken eingereiht.

Der zweite hieß Volodâmâr und sagte nie mehr als ein Wort. Die einen sagten, das komme von einer panischen Angst, die anderen meinten, er sei eben so langsam wie sein Vater. Jedenfalls war sein Mund niemals geschlossen, und in allem, was er tat, steckte etwas Boshaftes. Erzählte mal ein Kind von etwas Schönem, schlich sich Volodâmâr von hinten an und rief »Lüge!«. Wenn es eine Prügelei gab, wartete er, bis alles vorbei war, und nannte dann den am schlimmsten Verprügelten »Pussy!«. Sachar Antonowitsch betitelte er als »Rest«, und Tamara Pawlowna als *musorka,* Mülltonne. Seine Worte trafen stärker als seine Fäuste und waren offensichtlich keine zufälligen Äußerungen, sondern Resultat sorgfältiger Erwägungen. Danach brauchten die Leute immer eine Weile, bis sie sich wieder gefasst hatten. Ich weiß nicht, warum ich beschlossen habe, hier von diesen beiden Jungen zu erzählen, die mir nicht einmal nahestanden. Es gibt Erinnerungen, die drängeln sich vor, sie springen mich an und kommen mir wichtiger vor als andere.

Am engsten habe ich mich mit Maricica und Oksanka angefreundet. Oksanka war dumm, das habe ich recht schnell begriffen, aber sie hatte ein gutes Herz. Sie war der Typ Mensch, der dich in die Scheiße reitet, dafür aber im Nachhinein, wenn es niemandem mehr nützt, weint und sich die Haare rauft. So ist sie schon ihr Leben lang, und damit hat sie alle ringsum genervt. Maricica dagegen war ein Goldschatz, und wenn ich mir eine Schwester hätte wünschen können, so wäre sie es gewesen. Und noch etwas sprach für Maricica, etwas für mich sehr Kostbares: Sie redete moldauisches Rumänisch mit mir. Mit ihr kam mir meine Sprache nicht mehr so hässlich vor.

## 27

Heute haben wir einen Notfall. Eine Frau hatte eine Totgeburt, und die haben sie mir zugeteilt. Florica hätte sie übernehmen können, aber sie hat so getan, als wär nichts. Nun ja, die Dame muss sich ja um unseren Social-Media-Auftritt kümmern. Die Verwaltung hat uns einen Account zur Verfügung gestellt, um das Prestige des Krankenhauses zu mehren, und uns zur Interaktion verpflichtet. Ich habe gesagt, ich kann nur fehlerhaft Rumänisch schreiben und Mirela ist dafür zu jung. Dafür hat sich Florica aufgeplustert wie ein Pfau. »Was für ei-ne wun-der-ba-re Idee!« Bis zum Abend war der erste Eintrag auch schon fertig: »Die Gynäkologin Dr. Florica Florescu beantwortet gerne Ihre Fragen«. Als Chefin hielt ich mich selbstverständlich zurück, aber die Mädels gaben ihr ein paar Tage Zeit und stellten ihr dann anonym eine Frage. Die Antwort ließ nicht lange auf sich warten. »Gerne beantworte ich Ihre Frage zu dieser wichtigen Erfahrung im Leben jeder Frau: der Defloration.« Alle haben schallend gelacht, auch ich. Florica Florescu über Defloration – ein Film für die Dummen. *Tak shiwjom.* So leben wir.

Ich sehe, wie die Frau allein im Wartezimmer sitzt und weint. Sie hat einen breiten Rücken und glänzende Haare. Die Tasche mit den Kleidern für das Kind ist ungeöffnet. Ich glaube, sie ist reich. Das muss sie auch sein, wenn sie zur Entbindung zu uns gekommen ist. Sie scheint nicht dumm zu sein. Als Mutter kam sie zur Tür herein, und hinausgehen wird sie als Grab. Wäre ich als Frau wie sie geboren worden, wäre ich wahrscheinlich anders. Niemand kommt sie besuchen; ich gehe erst recht nicht zu ihr. Wer bin ich denn für sie? Wer bin ich für euch? Mir sind die Seiten durcheinandergeraten, es fehlen ein paar Kapitel. Ich finde das Ende des ersten Tages nicht, ich hatte lang und breit über den Traum geschrieben. *Satschem wsjo eto?* Wozu mache ich das alles?

## 28

Die Klügsten waren ohne jeden Zweifel die Jüdinnen. Sie arbeiteten allesamt als Ärztinnen und aßen nichts als Hühnchenfleisch. Keine von ihnen hatte einen Mann, und selbst wenn die eine oder andere doch einen hatte, so kannte der seinen Platz. Ich hatte beschlossen, Ärztin und Jüdin zu werden. Wie Bella Isaakowna, die Kardiologin war. Oder wenigstens wie Rosa, die *uchogorlonos* war. Hals-Nasen-Ohren-Ärztin. »Ich will Ärztin und Jüdin werden«, sagte ich eines Abends zu Tamara Pawlowna, nachdem sie mich in Russisch abgefragt und ich keinen einzigen Fehler gemacht hatte. Zufrieden beließ sie es dabei, mich zweimal anzuspucken. Dreißig Jahre später bin ich Sektionschefin in einem Krankenhaus in Bukarest und trage die Verantwortung über zwei gute Kolleginnen und eine Närrin. »Und was das Jüdinwerden angeht, das wollen wir dann später mal sehen«, sagte Tamara Pawlowna, und ihre Augen funkelten.

Im April kriegte ich allmählich weniger Dreiecke an die

Stirn gehauen. Ich konnte im Geschäft einkaufen, ohne mich schämen zu müssen. Obwohl alle Verkäuferinnen Moldauisch verstanden, sprach es keine einzige von ihnen. Die Moldauer wiederum konnten alle Russisch und sprachen es, wann immer es nötig war. Und es war andauernd nötig. Wer in Chişinău kein Russisch sprach, hatte es schwer. Mit Moldauisch kam man vielleicht auf dem Markt durch. An den vornehmeren Orten jedoch sprach man *Na tschelowetscheskom jasyke* – die Sprache der Menschen. Und mir kam das gerade recht. Je besser ich Russisch sprach, umso weiter sah ich mich vorankommen. Meine Ansprüche waren gewachsen, waren geradezu explodiert. Das Waisenkind, das sieben Jahre lang von einem ausländischen Brautkleid geträumt hatte, war verschwunden, und an seine Stelle war eine gut gekleidete, gewitzte und eigennützige Städterin getreten. Ob ich bewusst damit begonnen hatte, die Städterinnen nachzuahmen? Oder war es das Ungeschick des Kindes, dem alles auf einmal zuteilgeworden war? Ich spürte selbst, dass ich mich verändert hatte. Ich dachte immer seltener an die Mädchen im Internat und ich wollte nicht einmal mehr in Gedanken mein Essen und meine Sachen mit ihnen teilen. In fünf Monaten hatte ich viel gelernt, vor allem, dass die Menschen nicht gleich sind. Dass man seinen Platz kennen und verteidigen muss.

## 29

»Wie dumm kann man sein!«, sagte Raja eines Abends und erzählte uns von ihrer Cousine in Tiraspol, die in einer Textilfabrik arbeitete. Die hatte einen guten, einen sehr guten Posten. Sie machte den lieben langen Tag nichts, außer Hosenbeine zusammenzulegen, aber das Gehalt war anständig. Raja bekam von dieser Cousine ganze Taschen voll defekter Kleidung, die sie dann reparierte und wie neu in den Dörfern verkaufte. Den Gewinn teilten sie sich. Bis eines Tages die Tochter der Frau krank wurde und kein Arzt herausfinden konnte, was sie hatte. Das Mädchen vertrocknete bei lebendigem Leib. Aber ihre Kolleginnen waren nicht blöd. Drei ärztliche Atteste in zwei Monaten? Die anderen Frauen verfassten schließlich eine Beschwerde, damit die Sau nicht länger umsonst mitgeschleppt wurde. Und Schluss. Sie flog umstandslos raus. »Nun ja, wie krank kann sie schon sein? Kinder verstellen sich schon mal«, sagte Raja, und Tamara Pawlowna nickte zustimmend. Shurotschka war derselben Meinung, nur Katja schwieg – das Thema Kinder interessierte sie nicht. Am meisten aber verwunderte mich Maricicas Mutter, die boshaft lachte und sagte, die Tochter werde ganz bestimmt gesund werden, sobald das Geld knapp werde.

Wie ist es möglich, dass ich mich nach so vielen Jahren noch an ein Gespräch erinnere und dabei den gleichen Schmerz empfinde wie beim ersten Mal? Warum trage ich die Erinnerung an ein Kind in mir, das ich zwar niemals gesehen, aber sofort auf unerklärliche Weise geliebt habe. Ob ich mich damals schon auf meine Tamara vorbereitet habe? Wusste mein Körper bereits, dass er ein krankes Kind gebären würde, genauso krank wie dieses Mädchen, dessen Hand ich beim Hören dieser widerwärtigen Geschichte damals liebend gerne gehalten hätte? Die Monate vergingen, und ich begriff, dass ich aus einem kleinen Internat in ein größeres geraten war. Und wieder in eine Mädchengruppe. Die gleichen Diskussionen, die gleichen Regeln, die gleiche von Angst und Neid durchzogene Grausamkeit. Die Mädchen waren Frauen geworden. Ihre Brüste waren gewachsen, nicht aber ihre Herzen.

Und wo waren die Männer? Der Rottenführer, Ljontschik, Maricicas Vater und Sachar Antonowitsch waren die einzigen Männer, die ich jeden Tag sah. Hin und wieder, wenn es Probleme gab, kam Wanja vorbei, der Abschnittsbevollmächtigte. Wo aber waren die anderen? Was geschah mit all den Jungs, die zur Schule gingen, vom Militärdienst zurückkehrten, heirateten? Wo waren die Väter all der Kinder, die behaupteten, sie hätten welche?

Ich habe keine Träume mehr. Meine Träume sind von fremder Hand niedergeschrieben.
*Butylka wodotschnaja, winnaja, piwnaia, limonadnaja 0,5 L. – 12 Kop.*
*Butylka molotschnaja 1,0 L. – 20 Kop.*
*Butylka winnaja 0,7 L. – 17 Kop.*
*Banka smetannaja – 10 Kop.*
*Banka majonesnaja – 3 Kop.*
*Banka (prostaja) 1,0 L. – 10 Kop.*
*Banka trechlitrowaja – 40 Kop.*

Wodka-, Wein-, Bier-, Limonadeflaschen 0,5 l – 12 Kop.
Milchflasche 1,0 l – 20 Kop.
Weinflasche 0,7 l – 17 Kop.
Sahneglas – 10 Kop.
Mayonnaiseglas – 3 Kop.
Dunstglas (einfach) 1,0 l – 10 Kop.
Dreiliterdunstglas – 40 Kop.

## 30

Shurotschka fing jedes Mal an (Ach, Shurotschka, wie würde ich dich mitsamt deiner Bürste umarmen und schütteln, dass selbst deine Wangen schlottern, und deinen breiten Pelikanschnabel küssen! Es gibt keine Frauen mehr wie dich, Shurotschka. Und selbst wenn es damals ein paar mehr gegeben hat, waren es derer so wenige, dass ich von großem Glück reden kann, dich ausgerechnet hier in unserem Hof angetroffen zu haben. Zu welchen guten Taten hatte man dich hierhergeschickt, wessen Mitleid hatte dafür gesorgt? Unser liebstes Menschenkind, du bist nun auch von uns gegangen. Manchmal schließe ich wie heute die Augen und sehe dich, wie du auf einer Wolke sitzt und dir mit der Bürste über die Beine streichst, während du mit der rechten Hand einen Weichsellikör trinkst. Genau, wie du es nach deinem Tod immer vorhattest.), und nach ihr weitete sich die Klage aus, und eine nach der anderen begannen sie zu weinen, als hätten sie sich alle nur dafür versammelt. Ich möchte wieder dort sein, wieder unter ihnen sein. Eine Frau unter Frauen und kein unverständiges Kind, das nichts zu sagen hat. Shurka, Shurka, mein liebes, armes Ding. An deine Tür würde ich gerne klopfen, in deine kleine Küche kommen und alles aus mir herausweinen, was sich in den letzten Jahren in mir aufgestaut hat.

## 31

Was macht es mit dir, wenn du dein erstes Wunder erlebst? Reihst du es ein unter die Dinge, die du besessen oder dir gewünscht hast? Der Rottenführer versammelte uns alle in einem Kreis, damit er uns einen Brief nur einmal vorlesen musste und nicht fünfmal, wie er es hätte tun müssen, wenn wir durch die Höfe gestromert wären. Maricica schwieg, Asea sah sich interessiert den Umschlag an und Pawlik, der nicht spielte, sondern immer nur so dastand, tränte das linke Auge. Die Schrift war klein, von Hand auf ein Blatt aus einem Schulheft geschrieben.

*Uwaschtschaemyi tawarischtsch palakownik,*

begann der Brief, und man konnte sehen, dass diese Anrede dem Rottenführer unsagbar schmeichelte. Geehrter Genosse Rottenführer. Es war, als wäre er plötzlich verjüngt; er hatte sich aufrecht hingestellt, die Schultern gerade, und er roch auch nicht mehr nach Rosen, wie wir es gewohnt waren, sondern nach Zigaretten und ganz leicht auch nach Schützengraben,

*posylaiu wam ety semena rosy, katorye ne prostye,*

ich schenke Ihnen diese Rosensamen, die keineswegs gewöhnlich sind – hier hielt Volodâmâr es nicht mehr aus und rief lauthals: *Mne!*, Mir!, und Pawlik schloss sich an, indem er beide hohlen Hände nach vorne reckte. Der Rottenführer gebot ihnen zu schweigen; er nieste, und dann, genau in dem Moment ereigneten sich plötzlich ungewöhnliche Dinge um uns herum,

*a mogum pregraschtschatsia wo tschto ugobno, esli tolko otscheni sachotet,*

Sie können sich in alles verwandeln, wenn man es sich nur stark genug wünscht. Maricicas schönes Gesicht fiel in sich zusammen und verwandelte sich in ein enormes Oval aus Schildpatt. Ich konnte darin das Meer sehen wie in einem Zauberspiegel. Hohe Wellen, zu Garben gebunden. Möwenschwärme, die mit den Flügeln auf den Himmel einschlugen. Oksanka – als brave, erwachsene Frau – trug ein Kind mit goldenem Haar in den Armen. Und Pawlik, geradezu wahnsinnig vor Glück, hatte einen neuen Kopf, der ringsum über und über mit Augen bestückt war. Volodâmâr lachte. Sein Mund war plötzlich voller Sprachen, die er wie ein verrückter General mit einem einzigen Wort zu beherrschen versuchte. Auch ich war nicht mehr ich. Jemand hatte mich von Kopf bis Fuß in Seidenfäden aufgelöst und webte damit einen weißen Vogel. Nur Asea schien der Zauber weniger stark getroffen zu haben als uns andere. Sie schaffte es, dem Rottenführer den Umschlag aus der Hand zu reißen, und las nun mit lauter Stimme ein paar Worte in einer seltsamen fremden Sprache vor wie eine Beschwörungsformel: Die Adresse ist unbekannt, die Adresse ist unbekannt – und zwar auf Hebräisch. War eine Minute vergangen oder zehn, war vielleicht sogar ein ganzes Jahr vergangen? Wie lange kann der Zauber eines Briefes anhalten? »Wunder!«, rief Volodâmâr und starrte auf die Samenkörner, aber wahrer als damals hat sein Mund niemals gesprochen.

## 32

Es dauerte einen Monat, ein Kleid zu nähen, und für das Schnittmuster ging Tamara Pawlowna zu Jekaterina. Während die Frauen die Burda durchblätterten – die Modebibel jener Zeit –, kramte ich in den Schubfächern herum. Es ging um Ärmel, Kragen, Schößchen – Zeit hatte ich also genug. Katjas Schubladen ließen mich nur so dahinschmelzen. Oftmals träumte ich davon, ein Käfer zu sein, nur um darin leben zu können. Ich begann immer mit der obersten, in der ich mir liebend gern eine Stadt für mich allein errichtet hätte: mit bunten Flaschen anstelle von Wohnblocks, Puderdosen, die in Gärten wuchsen, Straßen aus Perlenketten und Ringen anstelle von Menschen.

In der mittleren Schublade bewahrte Katja ihre Cremes auf und ihren kostbarsten Schatz: das französische Parfüm. Das war das Einzige, das ich nicht anfassen durfte. Sie nannte es Klima und es war göttlich! Ich schaute es mir voller Neid und Ergebenheit an, hässliches Pflänzchen, das ich war. Manchmal nahm Katja, um mir eine Freude zu bereiten, den schweren Glasstopfen ab, fuhr sich damit über den Hals und gab ihn mir ein paar Sekunden lang in die Hand. Danach wusch ich mir die Hände vorerst nicht mehr und legte sie mir vor jedem Einschlafen auf das Gesicht. Als ich viele Jahre später dieses Parfüm geschenkt bekommen habe, hat mich sein Duft zutiefst enttäuscht. Es war ein Verrat, wie ein Schlag ins Gesicht. Als hätte all seine Schönheit allein in meiner Vorstellung existiert.

Die letzte Schublade war der Wäsche vorbehalten. Ich schloss die Augen und betastete lange die Höschen und Unterhemden, Seidenstrümpfe und Spitzen-BHs dieser überirdischen Frau. Sie dufteten nach neu und teuer und wirkten wie aus einer verbotenen Welt, von der ich wusste, dass ich nicht einmal nach meinem Tod dorthin gelangen würde. Wie sie zu diesen Wunderdingen kam oder, vielleicht, diese zu ihr – war das größte Mysterium meiner Jugendjahre.

Ich habe von jeder von ihnen etwas gelernt, von all meinen Frauen je eine Sache. Von Tamara Pawlowna, ehrgeizig zu sein. Von Shurotschka, großherzig zu sein. Das Sichbescheiden und Verzicht von der armen Tonea, die Leichtherzigkeit von Raja. Nur von Katja, meinem Augenstern, konnte ich die Lektion nicht bis zum Ende lernen. Auf die Schönheit verstand sie sich am allerbesten. Aber es sollte nicht sein.

## 33

Auch die Schneiderin des Viertels hatte einiges über das künftige Kleidungsstück zu sagen. Zu Sinaida Charitonowna gingen die Frauen, wenn sie sich weiblich fühlen wollten. Wenn sie es geschafft hatten, einen besseren Stoff aufzutreiben und ihnen danach war, Geständnisse abzulegen. Denn Nacktheit war eine Prädisposition zur Aufrichtigkeit, und sich vor einer Frau zu verstellen, die all ihre Körper kannte wie einen vielfach begangenen Weg, hatte wirklich keinen Sinn. »Hast wieder zugenommen, Tamara«, eröffnete Sinaida Charitonowna das Gespräch. »Nur noch zwei Zentimeter in der Taille, gib nicht auf. Du bist doch kein Kind oder Mann, dass du essen müsstest, bis du satt bist. Heb mal die Arme. Dreh dich um. Schau mal, auch an den Hüften sieht man's schon, hier ... zieh dich an.« Sinaida Charitonowna sprach langsam. Ihre Brille hing immer auf der Nasenspitze, sodass sie aussah wie eine Eule, und es gab weit und breit keine Frau, die nicht auf sie gehört hätte. »Sie hat recht, aber Sinaida hat leicht reden. Sie sieht wirklich alles. Jetzt wird auch der Rock kürzer, siehst du? Und die Ärmel müssen länger gemacht werden. Alles wird komplizierter.«

In diesem Ritual steckte eine Magie. Eine schöne Komplizinnenschaft, wie eine Beichte. Für ein paar Minuten, nur so lange die Anprobe dauerte, konnten die Frauen offen miteinander reden. »Ich glaube, ich hätte den Ausschnitt lieber etwas tiefer«, wagte sich mitunter eine, aber die Antwort kam prompt und ließ keinen Widerspruch zu. »Du brauchst dieses Modell nicht. Wo willst du so etwas tragen?« Sinaidas Weisheit war unfehlbar, und ihre Kleider waren Kleider fürs Leben. Nachdem sie ihren primären Zweck erfüllt hatten – bei einer Hochzeit oder einem größeren Fest zu glänzen –, wurden sie irgendwann auch beim Einkaufen getragen, dann im Alltag in der Wohnung und schließlich beim Bodenwischen.

## 34

Am grausamsten, Lastotschka, ist es, lange zu leiden, merk dir das von mir. Weißt du, man kann beispielsweise Leuten mit dem Tod Angst einjagen. Du sagst jemandem, dass du ihn vor den Zug stößt oder im Fischteich ertränkst. Oder etwas anderes, Schrecklicheres, überleg du dir etwas. Ihn aufhängen? Ja, warum nicht? Viele Leute jagen anderen damit Angst ein. Du sagst ihm ins Gesicht: Ich hänge dich auf. Schaust ihm in die Augen und sagst es ihm. Wenn du mit jemandem über den Tod sprichst, Lastotschka, dann schaust du ihm geradewegs in die Augen. Und was siehst du da? Du siehst, dass dieser Jemand sich nicht fürchtet. Er fürch-tet-sich-nicht! Und weißt du, woran du sehen kannst, dass er sich nicht fürchtet, Lastotschka? Hör zu: Du siehst es an seinen Augen. Einzig und allein an den Augen. Wenn sich jemand nicht fürchtet, leuchten seine Augen. Wie Glas werden die Augen von jemandem, der sich nicht fürchtet. Wenn du ihn also loslässt und seine Augen sind gläsern geworden, ist Schluss. Dann kannst du ihn umbringen, aber das ist dann kein Tod mehr.

Und warum, Lastotschka, hat dieser Jemand keine Angst vor dem Tod? Weißt du das vielleicht? Warum in aller Welt sollte er sich nicht vor dem Zug, dem Wasser oder dem Strick fürchten? Das weißt du nicht. Schau, darum: Weil es nicht weh tut, auf einen Schlag zu sterben. Wenn dich der Zug zermalmt, geht das zack-zack, und du hast gar nicht mitgekriegt, dass du gestorben bist. Wenn das Wasser in deine Lungen dringt, schnappst du noch zweimal vergeblich nach Luft und bist frei. Vom Strick wollen wir gar nicht erst reden, der Nacken ist in zwei Sekunden gebrochen, lass es drei sein, und du bist tot.

Und nun, Lastotschka, stell dir vor, dass du nicht auf einen Schlag stirbst. Dass dich niemand anspringt wie von Sinnen, sondern dich langsam fertigmacht. So langsam, dass du Zeit hast, zu begreifen, was passiert. Oder noch besser – er führt es dir vor. Da schweigst du, was? Dahin zu gelangen, dass jemand mehr Angst vor einem Gedanken hat als vor dem Tod selbst – das ist der Schlüssel. Einen Türspalt und die Finger einer Hand, mehr brauchst du nicht. Und plötzlich siehst du, dass seine Augen nicht mehr glänzen. Wie schon gesagt, lange zu leiden, ist am grausamsten. Wie nah sind einem die Finger und wie fern ist der Zug.

# 35

Eines Tages, sie hatte mich soeben in Russisch abgefragt und meine Stirn war von den Dreiecken gerötet, fragte ich sie, warum sie sich für mich entschieden hatte. Ich dachte schon seit einer ganzen Weile darüber nach, vor allem in den Nächten, wenn ich weinend und mit vereiterten, schmerzenden Schultern und verbrühten Händen einschlief. Warum ich, wieso ich – von über hundert Mädchen? Allesamt waren sie schöner als ich gewesen, einige von ihnen klüger, und ein paar – die Schmeichlerinnen und Lügnerinnen – beliebter bei den Kühen von Erzieherinnen. Und trotz alledem wurden nicht sie in Mantel und Stiefeln herbeigerufen, aus dem Dreckloch gezerrt und in die Stadt geschickt. Nicht die falschen Schlangen und Kriecherinnen, die uns andere verpetzten und sich auf diese Weise ein Fleischbällchen mehr oder eine zusätzliche Decke sicherten. Sondern ich. Da passte irgendetwas nicht zusammen. Ich hatte noch nie auch nur das kleinste Stückchen von etwas Gutem bekommen. Nicht einmal Bonbons waren in meinen Geschenktüten zu Neujahr gewesen, dem einzigen Tag des Jahres, an dem wir Waisenkinder hin und wieder das Glück hatten, mal eine teure Schokolade unter den Geschenken zu finden. Womit hatte ein Putzlappen wie ich so etwas Wertvolles wie ein neues Leben verdient? Ich konnte mich nicht beruhigen, so sehr setzte die Frage mir zu.

An jenem Abend sprach ich endlich mit ihr. Ruhig und mit gedämpfter Stimme, wie sie es mochte. Ich versuchte, nicht zu neugierig zu erscheinen, aber auch nicht naiv. Ich wusste, dass ich für eine einzige falsch gestellte Frage einen Schlag aufs Maul bekommen konnte. »Warum haben Sie keine Russin genommen?«, sagte ich in einem Ton, als hätte ich ihr mitgeteilt, dass im Fernsehen ein Film angefangen hatte.

Sie zählte gerade Geld, was ihre Lieblingsbeschäftigung war, und schaute nicht zu mir herüber. Auch ich schwieg und begann, meinen Teil der Arbeit zu erledigen: die Banknoten nach Farben zu sortieren, die Kopeken zu Stapeln von einem Rubel aufzutürmen, und alles jeweils mit Gummibändern zu verschnüren. Sie antwortete mir wie nebenbei, bevor sie zu Bett ging. Die Direktorin hatte mich ausgesucht, nicht sie. »Die Geduldigste«, hatte jenes Biest im Rock über mich gesagt, die Mörderin, die Hyäne, die das Blut meiner Olea an den Händen hatte. Und das konnte nur eins bedeuten: Die Direktorin wusste, was nachts mit uns geschah.

## 36

Es hieß, in der Stadt sei der Sommer beklagenswert. Was bescheuert war, denn es gab nichts Schöneres, als wenn wir zur Sommerzeit im Innenhof saßen! Tagsüber aßen wir feste Früchte, die wir an den Schößen unserer Kleider abgewischt hatten, unterhielten uns übers Schwarze Meer und tranken Kwas, bis er uns zu den Ohren herauskam. Ljontschik betrank sich und sang zu seiner Gitarre russische Lieder, die alle mit dem Tod endeten, mit Verlusten oder Verhaftungen, uns jedoch über die Maßen erheiterten. Nur zwei davon, die beiden schönsten – über verräterische Frauen und die Sehnsucht nach der Mutter –, trieben uns die Tränen in die Augen, die der Musikant die ganze Zeit über hatte hervorlocken wollen. Raja briet uns verschiedene Sorten Teigtaschen, welche mit Frühlingszwiebeln, mit Kürbis und mit Weichseln. »Sommeressen«, sagte sie dazu, und wie ein Hündchen folgte ihr der Duft nach Eiern und zerlassenem Zucker durch den Hof. Tamara Pawlowna gab großzügig Konserven aus, und Shurotschka erzählte uns vom Balkon herab etwas über den Kosmos, über Epidemien und andere Weltrekorde. Erst gegen Abend, wenn es kühler wurde, kam der Rottenführer mit seinem Anteil heraus – den Melonen. Entweder mit zwei größeren oder drei kleineren Melonen, die er behände an der Kante der Bank aufschlug, gleich neben dem fehlenden Bein von Sachar Antonowitsch, und ringsum an alle verteilte. »Wie verdorbene Weibsbilder«, sagte Ljontschik lachend und schleuderte belustigt und überglücklich seine Baskenmütze zu Boden.

In der Stadt trugen die Frauen nun leichte Kleider in hellen Farben und glänzten in den engen Straßen wie Sonnenhäschen. Wenn der Sommer kam, hieß das stets: Zeit, sich auszuziehen. Vor allem die Verheirateten profitierten davon, die es kaum erwarten konnten, den Schuppen und Polsterungen des Winters zu entkommen. Sie ließen sich die Haare kürzer schneiden, rasierten ihre Achselhöhlen und enthüllten, als gehorchten sie einem Zwang, ihre stämmigen Schenkel ein kleines bisschen über das Knie hinauf. Für die Männer war es gewiss etwas einfacher. Sie hatten nicht so viele Stoffe und Farben zur Auswahl, aber auch nicht das

Recht auf so viel bloße Haut. Sie taten, was sie konnten. Schon mit einem entblößten Arm konnten sie jemanden wochenlang um den Schlaf bringen. Vor allem, wenn ihn die Sonne abgeschleckt hatte und seine Venen deine Gefühle auf die Probe stellten. Oder ein schmaler weißer mit glatter Hand. Und dabei würde ich es ja gerne belassen, aber wie könnte ich die Erregung unerwähnt lassen, die ein breiter Gürtel um die Mitte eines jungen Mannes bei einer Frau auslösen konnte?

Und es gab noch mehr, wir hatten noch weitere Freuden in unseren Sommern. Die blühende Kastanie und die falschen Rosen des Rottenführers. Die Schüler, die aus der Schule entkommen waren, und die zukünftigen Studenten. Das Gewusel der weiß gekleideten Alten, die immerzu Wasser tranken und sich mit Fächern aus Zeitungspapier Kühlung verschafften. Die verzogenen, schönen Kinder, die ständig »Nein« sagten, aber nie dafür eins von ihren langbewimperten Müttern aufs Maul kriegten. Morkowka, die ihren fetten Bauch durch unseren Hof schleppte. Das Eis im Waffelbecher, der erste Kaugummi mit Erdbeergeschmack. Die Springbrunnen.

In jenen langen und heißen Sommern, in denen die Städter in echte Urlaube fuhren, blieb unser Hof als Einziger stets bevölkert. *Nasch ostrow*, nannten wir ihn, unsere Insel, und fragten uns nicht bloß einmal, infolge welchen Schiffbruchs wir dort allesamt gestrandet waren. Moldauer, Ukrainer, Juden, Russen. Enttarnte Militärs. Anständige und einsame Frauen. Männer in den besten Jahren, die aber niemand haben wollte. Und ich. Ein verschrecktes und einsames Kind, das wie ein Vogel damit begonnen hatte, sich ein Nest aus Schmutz und Abfällen zu bauen. »Lastotschka«, sagten alle zu mir, und es gab kein Messer auf der Welt, das diesen Namen von mir hätte abtrennen können.

## 37

In jenem Sommer trug man Sandalen mit vielen Riemchen, deshalb wünschte auch ich mir solche zum Geburtstag. Aber nicht irgendwelche, sondern die gleichen, »wie Katja sie hat«. Ich war vorlaut und stellte mich schon darauf ein, eine Tracht Prügel zu bekommen anstatt des Schuhwerks. Selbst ich wunderte mich über die Verwegenheit, die innerhalb weniger Monate in mir aufgeblüht war. Ich hatte angefangen zu glauben, mir stünden einige Dinge mehr zu. Ich verglich mich nicht mit den Ärmsten um mich herum, sondern mit den Wohlhabendsten. Doch es sah ganz so aus, als habe Tamara Pawlowna genau das beeindruckt, die Tatsache, dass ich ziemlich genau wusste, was ich wollte. So hatte sie mich erzogen – ehrgeizige Ziele zu haben. Bis dahin hatte ich meinen Geburtstag noch nie gefeiert. Wo sollte ich auch, und mit wem? Im Internat hüteten wir uns davor, aufzufallen, denn dies zog immer noch schwerere Arbeiten oder strengere Strafen nach sich. Einmal musste ich ganz allein das Mädchenklo putzen, weil Olea mir die Haare anders geflochten hatte als sonst. Aber es hätte schlimmer kommen können. Ein Junge aus der Gruppe der Großen wurde hinauf aufs Dach der Kantine geschickt, das er in der Kälte schrubben sollte, weil der Aufgeblasene ihn bei seiner Mutter angeschwärzt hatte, er habe ihn hässlich genannt. Das war sicherlich eine Lüge, schließlich hätte das niemand gewagt, auch wenn es der Wahrheit entsprach. Aber wie hätte man das beweisen können? Der Junge kriegte Wasser in die Lunge und war seitdem kein richtiger Mensch mehr, aber dem Aufgeblasenen ging das am Arsch vorbei. Ach, wozu über die Direktorin sprechen. Wir Kinder waren sogar noch bösartiger zueinander. Weil es uns an allem fehlte, beneideten wir die anderen sogar um ihre Strafen, wir hielten sie perverserweise ebenfalls für eine Art Aufmerksamkeit.

Die Sandalen kaufte mir Bella Isaakowna, die in wenigen Tagen jeden Gegenstand aus dem Gebiet der UdSSR, aber ich glaube, sogar aus dem ganzen Kosmos beschaffen konnte, wenn es darauf ankam. Und sie waren tatsächlich genauso wie Katjas Sandalen. Blau und mit einem fingernagelbreiten Riemchen, das man an der Ferse schloss. Aus weichem Leder. Nach teuer riechend. Ich trug sie bis spät in den Herbst hinein, als Kälte und Regen einsetzten. Und dann wieder Frühling–Herbst. Als ich sie wegwarf, passten meine Füße nicht mehr hinein, weder vorne noch hinten, und das Riemchen schnitt mir schmerzhaft bis auf den Knochen in die Haut.

Sie waren geradewegs aus Leningrad gekommen, meine Sandalen! »Die verregnete und ferne Stadt, in der sich die Newuschka wie eine Braut dahinstreckt und die Nächte weiß sind wie Kerzen.« Das hatte mir Sachar Antonowitsch gesagt, der einmal mit dem Zug durch Leningrad gefahren war und mir erklärt hatte, es gebe auf der ganzen Welt keine schönere Stadt. Seinetwegen stellte ich mir Leningrad jahrelang als riesige, unausgeschlafene Braut mit Tausenden über ihrem Kopf hängenden Kerzen vor.

## 38

Die Männer fügen dir tiefe Stiche zu, machen dir den Rücken zum Sieb. Sie passieren dich wie einen Durchfahrtsbahnhof und spucken dann dein Herz aus, als sei es ein Zigarettenstummel. Hast du verstanden?

Die Saison der Konserven hatte begonnen, die Stadt kochte und mit ihr die Frauen. Nie waren die Städterinnen schöner und nackter. Der Sommer hatte sie nicht nur ihrer Hüllen entkleidet, sondern auch allen Rests. Shurotschka trug einen alten Kittel aus Kattun, der sie nur hier und da bedeckte, allerdings nicht unbedingt an den Stellen, wo es nötig gewesen wäre. Und Raja lief einen Monat lang nur in Höschen und BH herum, bis auf dem Markt die Gurken, die Tomaten und die Paprika ausgingen. Tamara Pawlowna war nach Odessa abgereist und ich war daheim geblieben, weil ich den Weißkohl einlegen sollte. Ich sollte Shura und Raja helfen, sie sollten mir helfen, und zum Schluss sollte ich zwei Regalbretter voller Einmachgläser für den Winter nach Hause schaffen. Das wäre allerdings zu einfach gewesen. Unbekleidet und aufgeheizt, begannen die Frauen mich zu unterweisen, sobald ihnen mein Gehör sicher war.

Dass du dir bloß nicht den Finger da reinsteckst, oder hast du ihn schon hineingesteckt? Wenn ein Mann mit einem Bonbon oder mit etwas anderem zu dir kommt, schreist du laut und rennst weg. Hast du verstanden?

Die Autorität in diesen Dingen hatte offensichtlich Raja. Ihr großer, weicher Bauch wies mehrere Narben auf, Zeichen dafür, dass dort die Kinder herausgekommen waren. Und zwar nicht einfach so, sondern unter großen, geradezu heldenhaften Qualen. Auch Rajetschkas Brüste trugen zu meiner Theorie bei, dass ihre Besitzerin eine außergewöhnlich nährende Mutter gewesen sein muss. Sie erstreckten sich wie zwei Wollstrümpfe, die in den Regen geraten waren, bis in Richtung ihres Nabels. Dann hatte Raja auch noch einen Arsch, der seinen Namen verdiente, vor allem aber eine lange und schweinische Zunge.

Wenn dir Titten wachsen, versteck sie, du brauchst sie schließlich nicht zum Sehen. Ein Mädchen setzt sich nicht auf etwas Kaltes, also zieh dir keinen kurzen Rock an. Hast du verstanden?

Shurotschka wiederum war eine Frau, ohne eine zu sein. Der untere Teil ihres reizlosen Körpers war schon in jungen Jahren verfallen, als die obere Hälfte gerade mal erfahren hatte, was Freude und Genuss sind. Was für eine Krankheit Shurotschka hatte, wusste niemand so genau, aber das war auch nicht unbedingt nötig. *Gnilyje nogi*, sagte sie stolz, wenn man einen Invaliditätsbeweis von ihr verlangte. Ausgehöhlte Beine. Daraufhin fragte niemand weiter nach. Ihre Beine waren tatsächlich innen hohl. Shurotschkas Adern platzten ebenso wie Rajas Zunge vor Gift und Galle, und es reichte, dass sie den Rock eine Handbreit hochhob – da rückten alle schleunigst beiseite und machten ihr Platz. Dazu kam noch, dass Shurotschka stank, aber für damalige Verhältnisse war es nicht einmal besonders schlimm.

Ohne Dokument macht man die Beine nicht breit. Hundeschwanz oder Seidenbluse – du hast die Wahl. Kapiert?

Das Kraut wurde gut, ich kam auf acht Einmachgläser.

## 39

*Posowetujte, Bella, kak lutsche?* Tamara Pawlowna stellte einen Kognak auf den Tisch, wir konnten schließlich nicht einfach mit einem Wodka zu Bella Isaakowna. Geben Sie uns einen Rat, Bella, was wäre am besten? Meine Augen waren rot. Hatte die ganze Nacht geweint, nachdem ich erfahren hatte, dass sie mich an der russischen Schule angemeldet hat. Ich frage mich heute noch, warum ich »zu den Moldauern« wollte. Vielleicht aus Angst, schlechte Noten und zusätzlich Prügel zu kassieren. Vielleicht auch aus anderen Gründen. Eigentlich konnte ich besser Russisch als Moldauisch, das ich nur mit Maricica und manchmal auch mit Raja sprach. Mein russischer Wortschatz war bereits größer. Russin war ich nicht einfach nur von Geburt an. Und schließlich war Russisch ihre Sprache, es wäre also normal gewesen, sich dafür zu entscheiden. Ich habe trotzdem »Nein« gesagt. Entschied mich für die Moldauer, den Abschaum. Sie schlug mich, bis sie erschöpft war. Ich war eine Hündin, die in die Hand beißt, die sie füttert – das war ich. »Beraten wir uns mit Bella«, sagte sie schließlich.

Bella empfing uns interessiert, vor allem mich. »Vielleicht wäre ein Tee erst einmal besser«, fragte sie uns beide, nahm den Kognak vom Tisch und stellte die Flasche drei Schritte weiter auf die Anrichte. Sie glich einer riesigen Birne, diese Bella. Nur sie und Rosa hatten diese Form – schmale Schultern, einen langen Hals, der in einem leicht gebuckelten Rücken steckte, eine schmale Taille und schwere, über die

Ufer tretende Hüften. Tamara Pawlowna sagte, den Jüdinnen sei diese Form wegen irgendwelcher Sünden verpasst worden, oder vielleicht auch wegen ihrer Verdienste – ich kann mich inzwischen nicht mehr so genau daran erinnern. Tatsache ist aber, dass sich die kleine Asea ein paar Jahre später, sie war erwachsen geworden und studierte Medizin, ohne die geringste Vorwarnung ebenfalls in eine Birne verwandelt hat.

Damals sprachen sie lange. Tamara Pawlowna beklagte sich, sie habe leider ein dummes Kind aus dem Internat geholt. Denn sie wollte einen Menschen aus mir machen, mich bilden, mich, warum eigentlich nicht, nach Moskau schicken. Ich aber hätte mich als Bäuerin erwiesen und stammte wohl auch von Bauern ab. Und vielleicht wäre ich ohne irgendetwas in der Hand aus Bellas Wohnung weggegangen und mein Leben hätte sich vollkommen anders entwickelt, wenn Tamara Pawlowna nicht nach vier Tassen Tee vom Tisch aufgestanden wäre, um ihr kleines Geschäft zu verrichten. Dann schaute mich Bella lang an, reichte mir ein Taschentuch und fragte mich auf Moldauisch, wie nur sie es sprach: »Wozu du brauchst für dich moldauische Sprache?«

Ich antwortete ihr, und so kam es.

## 40

Tamara spielt, während ich trinke. In letzter Zeit trinke ich viel, aber nicht genug. Mein Mädchen ist verschrumpelt und krank. Mein Kern, meine hautlose Liebe. Dass ich sie lieben kann, obwohl ich sie auch hätte wegwerfen können. Wie verwundert ich darüber bin, dass ich überhaupt noch lieben kann.

Ohne Ausrufe ohne Kommata ohne Zeichen ein ganzes Leben ohne Zeichen wie das Diktat einer Sitzenbleiberin.

Ich schaue sie mir durch das Glas hindurch an, und sie kommt mir ganz vor. Scherben fügen sich mit anderen Scherben zusammen, vervollständigen einander für eine Sekunde. Und baaaang. Heute würde ich zu dir sagen: Wie Scherben werden wir unter Scherben leben. Und was für Rumänischstunden würde ich dir geben! Eine betrunkene Mutter und ein behindertes Kind wurden in der Wohnung gefunden, das könnte man morgen in der Zeitung lesen, wenn ich jetzt weitertränke und das Gas weiterlaufen ließe. Wenn ich meinen Verstand sprechen ließe. Verstand und Herz sind zwei verschiedene Dinge.

> *Ich schneide ein Stück von der Butter. Enthäute die Salami, lasse Honig aufs Brot rinnen.*
> *Ich lamentiere. Der Flur ist voller Flaschen. In der Stadt wächst das Geld unter den Bäumen.*
> *Ich schüttele den Kopf, das Internat wird klein und kullert in mein Ohr. Ich werfe es zusammen mit den anderen Krümeln in den Müll. Die Kinder verschwinden im Abfall und rufen mich beim Namen. Ich reiche ihnen keinen einzigen Strohhalm.*

## 41

Ich hatte einen ganzen Monat auf jenen Geburtstag gewartet und sechzig Rubel für den Anlass ausgegeben. Tamara Pawlowna habe ich, so lange ich bei ihr wohnte, niemals für jemand anderen so viel Geld aus der Tasche nehmen gesehen. Ich habe ihr eine Brosche mit einem kleinen Rubin gekauft und einen Weichsellikör, ihr Lieblingsgetränk. Wir haben uns schön angezogen – wie Blumen – und sind losgegangen. Shura hatte Tamara Pawlowna den Floh ins Ohr gesetzt, dass sie bald sterben werde. Ein großes Fest, fröhlich, nur mit Frauen – das war alles, was sie sich wünschte, auch wenn es in diesem Jahr kein runder Geburtstag war. Raisa Markowna, Jekaterina Andrejewna, Bella Isaakowna, Tamara Pawlowna, Maricicas Mutter und die arme Tonea. Alle an demselben Tisch, zum letzten Mal, und mit den besten Sachen, die es auf der Welt gab. *Rodischsja w maje, wsjo shisn majatsja budesch* – wirst du im Mai geboren, dir im Leben nur Qualen drohen, empfing uns Shurotschka stolz und reich und wie eine Zarin im Sessel sitzend. Sinaida hatte ihr ein blaues Kleid mit kreuz und quer darübergestreuten weißen Seerosen und einem Samtkragen in Form eines Nachens genäht. Das Kleid bedeckte sie vollständig – auch die Hüften und die Beine, ganz und gar –, sodass unsere Shurotschka überhaupt nicht mehr krank aussah, sondern lediglich alt und langsam. Gut, sie sah vielleicht nicht gerade schön aus, aber das Kleid war für ihr Alter allemal passend. Es war ein Abend wie im Märchen. Seltene Speisen und schöne Klagelieder und ausgewählte Erinnerungen. »Eine unvergleichliche Feier, Shurotschka!«, sagten zum Schluss alle zu ihr und küssten sie feucht auf die Wangen. So hat unsere Shura ihr achtundvierzigstes Jahr gefeiert. Und wenn ihr damals jemand gesagt hätte, dass sie genau die Hälfte ihres Lebens hinter sich gebracht hatte und sie alle anderen, selbst die Jüngeren, an Jahren übertreffen würde, wer hätte das wohl geglaubt?

## 42

Wenn es in der Stadt ein Kind gab, das lernen wollte, dann war ich das. Ich hoffte, dass ich mit dem Schulbeginn wenigstens einen Teil der Arbeit loswürde. Aus unserem Hof ging nur Maricica in die moldauische Schule. Die Ukrainer und Asea gingen ins Tal in die russische. Als ich Maricica sagte, dass ich mich für die Moldauer entschieden hatte, freute sie sich sehr. Sie klatschte in die Hände und erzählte, dass es in der Schulkantine Krenwürstchen gebe und der Turnlehrer seine Hand den Mädchen auf den Hintern lege. Maricica lernte nicht gern. Sie träumte davon, einen »Garde-Mariner« mit Grübchen zu heiraten und draußen auf dem Meer zu leben. Von dem bescheuerten Haratian träumten alle Frauen. Ich glaube, sogar Shurotschka, wenn sie ihre kaputten Venen mit der Bürste rieb.

Jeden Abend schaute ich auf meine Uniform, die an der Tür hing, und träumte davon, eine hervorragende Schülerin zu werden. Ich hatte jede ihrer vierundzwanzig Falten einzeln gebügelt. Hatte die Manschetten und das Krägelchen angenäht, das Haarband gestärkt. Tamara Pawlowna schnitt mir in der Küche die Haare bis auf eine Handbreit ab, für den Fall, dass ich Läuse bekäme. Bei der Gelegenheit sah auch ich in den Spiegel. Das Gesicht kalkweiß, die Nase gebrochen, die Augen von einem verwaschenen Grau, tief im Schädel liegend. Besser, ich schaute gar nicht hin. Der Rest war nicht zu sehen, der Spiegel war klein. Wenn ich es mir recht überlege, habe ich mich mit vierzehn zum ersten Mal ganz in einem Spiegel gesehen. Damals habe ich mich gewundert, dass meine Hüften rund waren. Der ganze Rest war noch ebenso verwahrlost, wie er es mit acht gewesen war.

Eine Woche vor Schulbeginn ging ich mit Tamara Pawlowna die Schulbücher abholen. Da waren noch mehr Mütter, die mit ihren Kindern gekommen waren. Sie war unter allen Frauen die älteste, und ich unter allen Kindern das dünnste. Man hatte fünf Bänke zusammengeschoben und die Bücherstapel draufgepackt. Ein schönes Mädchen sagte ein Gedicht auf. Das Mädchen kam nicht gerade von der Straße, und die Lehrerin betrachtete sie entzückt. Es war Natascha, die ewige Jahrgangsbeste und Klassensprecherin bis zu dem Tag, an dem ihre Mutter nicht mehr Direktorin des Ladenkomplexes war. Nach dem Gedichtaufsagen bekam Natascha neue Bücher, und die Lehrerin rief: »Wie bravo dieses Mädchen doch ist!« Dann waren schließlich auch wir an der Reihe. Meine Bücher waren alt und zerfleddert, einige davon in Zellophan eingeschlagen, die anderen mit Pappkartonstücken geflickt. Tamara Pawlowna packte sie alle in das Flaschennetz, und wir gingen ohne ein weiteres Wort. Auf dem Weg nach Hause sagte sie, es geschähe mir recht, wenn ich zu den Moldauern wollte. Nun könne ich mit altem Krempel lernen. Ich hatte selber entschieden, was ich werden würde. Abschaum.

## 43

Lüge!«, schrie Volodâmâr, und mir war danach, ihm die Zunge zu verknoten. Ich wusste selbst, dass der Rottenführer uns zum Narren gehalten hatte und dass seine Samenkörner alles andere als verzaubert waren. Aber aus Volodâmârs Mund wollte ich es auch nicht hören. Es geschah an einem Sonntag. Pawlik, der nicht spielte, sondern immer nur so dastand, kam weinend in den Hof. Oksanka nannte ihn sogleich einen ollen Kuhfladen, die Jungs lachten wie verrückt, und bloß Maricica ging auf ihn zu und fragte, was mit ihm los sei. Pawlik schaute sich vorsichtig um und flüsterte ihr ins Ohr, sein Samen sei nicht gut gewesen. Denn er habe um ein Auge gebeten, aber er habe es nicht bekommen. Ich hatte plötzlich großes Mitleid mit Pawlik, mit seinem Geist und seinem Herzen, aber ich wusste nicht, was ich ihm sagen sollte. Maricica hingegen drückte ihn sich an die Brust wie ein altes Weib und riet ihm, noch etwas abzuwarten. »Die Samen sind gut, Pawlik«, sagte sie mit der Eindringlichkeit einer Gesundbeterin, »mag sein, dass du nicht so darum gebeten hast, wie es sich gehört?« Und da begann Pawlik noch heftiger zu weinen, und noch widerwärtiger lachten die Jungs über ihn. Dann rief Volodâmâr »Lüge!«, und es klang wie ein Faustschlag.

Als sich Pawlik beruhigt hatte, fragte Oksanka auch uns, was wir uns von den Samenkörnern gewünscht hatten. Maricica sagte, sie habe sich gewünscht, dass ihre Brüder früher zum Militärdienst eingezogen werden, damit sie in ihr Zimmer umziehen könne. Ich log, ich hätte mir gewünscht, so schön wie Jekaterina zu werden. Bei meinen Worten begann Oksanka zu lachen und schlug sich dabei ein paarmal mit der flachen Hand auf die Stirn. Sie hatte sich ganz sicher nichts gewünscht. Sie wusste von ihrem Vater, dass der Rottenführer ein Scheißkerl war. Im Krieg hatte er auf unsere Leute geschossen, und darum hatte man ihn aus der Armee gejagt. Wo hatte man schon mal gehört, dass Militärs Blumen pflanzten?

Ich hatte mir eigentlich etwas völlig anderes gewünscht, und mein Wunsch war übrigens der einzige, der in Erfüllung ging. Nun ja, auch erst zwei Jahre später und selbst dann nicht zur Gänze.

## 44

Die Schule sah wie das Internat aus, nur hatte sie keine Gitter vor den Fenstern. Die Lehrerinnen trugen wollene Röcke, der Direktor einen Siegelring. Pock, pock, pock, hieb er ihn den Jungs an den Kopf, wenn sie Unfug angestellt hatten. Stimmt schon, sie waren frech. Alle prügelten sich auf den Fluren und riefen Schweinereien auf Russisch. Die Mädchen waren braver. Sie überboten sich gelassen darin, wer am besten die Röckchen aufflattern lassen und

Lügen erzählen konnte. Mir gefiel das alles, ich hatte nur ein einziges Problem. Der Kragen kratzte, die Schuhe kratzten, der Schulranzen kratzte. Ich trug gestärkte Unterhosen, die kratzten. Ich hatte noch zehn Jahre bis zur Freiheit.

## 45

Michail Pawlowitsch kam dreimal pro Jahr zu uns, und jedes Mal auf der Durchreise nach Odessa. Was er dort zu tun hatte, fragte ich nie. Es war aber klar, dass es etwas sehr Wichtiges war. Um jetzt nicht länger drum herumzureden, Michail, ihr einziger Bruder, war Chirurg in Moskau. Eine Woche vor seiner Ankunft blieb unser Leben mit einem Mal stehen. Ljontschik wurde ermahnt, nicht mehr zu trinken, wir sammelten keine Flaschen mehr, ich ging nicht mehr zum Spielen nach draußen. Wir machten alles sauber, und bei Tamara Pawlowna bedeutete alles absolut alles. Wir begannen mit den beiden Lüstern, die Ljontschik an seinem dritten Tag ohne Alkohol abmontieren kam. Vor diesen Lüstern hatte er mehr Angst als vor der Miliz. *Rasobjosch – budesch pit tolko wody is krana!*, wenn du sie zerschlägst, wirst du nur noch Wasser aus dem Wasserhahn trinken, sagte sie ernst, und Ljontschik begann zu zittern. Damit war seine Arbeit noch nicht getan. Er verrückte die Möbel, schaffte die Teppiche hinaus und klopfte sie, bis er schwindlig wurde, wischte den Staub von der hohen Anrichte und öffnete die Fenster, damit man auch ihre Außenseite putzen konnte. Wenn er uns nach einer Woche entkam – nüchtern und mit zwanzig Rubeln für seine Verdienste in der Tasche–, sah Ljontschik aus, als käme er aus einer Entziehungskur. »Gut, dass ihr keinen Balkon habt«, sagte er glücklich und ging geradewegs in den Laden, wo er sogleich die Hälfte seines mühsam verdienten Geldes ließ.

Sobald sie auf dem Boden standen, gehörten die Lüster in meinen Verantwortungsbereich. Jeder von ihnen bestand aus etwa dreihundert Blütenblättern, Kugeln und Kegeln aus Kristall, die zuerst mit einem in Spiritus getauchten Lappen abgewischt, dann mit Zeitungspapier abgetrocknet und schließlich mit einem alten Rock auf Hochglanz poliert werden mussten. Das Polieren der Lüster ist bis heute die unsinnigste Tätigkeit der Welt geblieben.

»Mischa kommt vorbei, um dich zu sehen«, sagte sie eines Tages nach der Schule zu mir. Damals wusste ich noch nichts vom Saubermachen und dem ganzen Rest, aber die Tatsache, dass Michail extra meinetwegen kommen wollte, erschreckte mich. Ich wusste, dass er die oberste Autorität war, und das Erste, was mir durch den Kopf ging, war, ich würde ihm nicht gefallen. Ich musste Michail um jeden Preis gefallen, dachte ich. In jenem Alter wusste ich nur zwei Dinge, die den Männern gefielen: das Essen, das wusste ich aus Rajas Erzählungen, und das andere, das wusste ich von Katjas Beispiel. Ich sagte mir, ich sollte es immerhin mit Ersterem probieren. »Was isst denn Michail Pawlowitsch gerne?«, fragte ich sie und sah, dass ihre Augen funkelten. »Borschtsch mit Roter Bete«, antwortete sie und schickte mich hinaus, um die Tür von außen abzuwischen.

## 46

Das Lernen hatte mich, wie ich es gehofft hatte, vom Flaschensammeln befreit. Nicht aber vom Flaschenspülen. Sie ließ mich Hausaufgaben machen und schickte mich dann ins Bad. Ich schrubbte, brühte, spülte, genau wie zuvor. Die sauberen Flaschen stellte ich in den Flur – zwölf passten in eine Reihe – und ließ sie dort stehen, bis man nicht mehr daran vorbeikam. Dann riefen wir Ljontschik, beluden uns alle drei wie die Esel und schafften sie zur Sammelstelle. Wenn ich in den Hof hinaustrat, betete ich, die Erde möge sich auftun. Oksanka und Maricica taten so, als sähen sie mich nicht, und dafür bin ich ihnen heute noch dankbar. Der Rest der Kinder war nicht so freundlich. Sie unterbrachen ihr Spiel und lachten mich aus, bis sie mich aus dem Blick verloren. Dafür hasste ich sie, ich hasste sie. Aber ich verstand sie auch. Auch ich hätte über mich gelacht, wenn ich mich zusammen mit einem Säufer und einer Flaschensammlerin hätte Flaschen schleppen gesehen. In der Schule war es einfach. Mit den Klassenkameraden vertrug ich mich einigermaßen, vor allem mit den Jungs, denen ich mich näher fühlte. Nur einer nannte mich »Flaschensammlerin«, aber auch der hörte damit auf, nachdem ich ihn hatte abschreiben lassen. Tamara Pawlowna war zufrieden. Sie schrie mich seltener an, watschte mich seltener ab und fragte öfter mal dies und das. Für gute Noten lobte sie mich in den Himmel, kaufte mir teure Kleider und gab mir Geld für Süßigkeiten. Nicht alle Kinder hatten das, was ich hatte. Man konnte durchaus sagen, ich war ein Glückskind.

## 47

Der zweite Winter hat mich nicht ganz so entzückt wie der erste. Die Stadt kam mir nicht mehr so schön vor, und auch sein Licht schien nicht mehr so sehr zu funkeln. Meistens ging ich allein in den Hof hinaus oder ich schaute Dmitrij vom Fenster aus zu, der Stunden damit verbrachte, rings um die Kastanie eine Spur in den Schnee zu treten und dann darauf zu warten, dass neuer Schneefall sie wieder ausfüllte. In einem Jahr hatte ich verlernt, mich zu wundern, und träumen wie ein Kind habe ich ohnehin nie gekonnt. Alles um mich herum war alt oder gewöhnlich. Die Tage lasteten schwerer auf mir, die Nächte waren traumlos. An den Dingen schätzte ich Langlebigkeit, und bei den Menschen zog mich Reichtum an. Ich verbrachte viel Zeit damit, mir Autos anzuschauen und kannte alle Modelle besser als die Jungs. Insgeheim wünschte ich mir einen schwarzen Wolga mit Chauffeur, wie ich einen zu Jekaterina hatte kommen sehen. Frauen betrachtete ich als Rivalinnen und begutachtete sie von Kopf bis Fuß. Die Mädchen in der Schule mochten mich nicht, obwohl ich mit keiner Einzigen zerstritten war. Mehrfach hatte ich versucht, mich mit einigen davon anzufreunden, aber nichts von dem, was ich ihnen erzählte, schien sie zu interessieren. Sie redeten über die Zeichentrickserie *Nu, pogodi!*, über Prinzessinnen oder darüber, wie man eine Schokoladentorte wie in *Cartea pentru fetițe* macht. Ich stammte ganz offensichtlich aus einer anderen Welt.

In der großen Pause versammelten sich alle am Schulzaun, um – im Großen und Ganzen – Blödsinn zu reden. Bis zu dem Tag, als ein Mädchen aus der Parallelklasse – sie hieß seltsamerweise Greta – uns erzählte, dass ihr Vater ihr von irgendwo eine Zauberkreide mitgebracht habe. »Alles, was man damit auf den Asphalt zeichnet, wird sofort lebendig«, behauptete sie schier atemlos. Alle glaubten sie ihr, alle. Und wir waren nicht im Kindergarten, sondern in der Schule! Manche Zuhörerinnen waren zehn oder sogar zwölf Jahre alt, und trotzdem wiegten sie die Köpfe, wunderten sie sich. Ich hätte still sein können, aber ich hielt es nicht aus. Dabei hatte Greta diesen Unsinn nicht einmal selber erfunden. Das stammte aus einem Zeichentrickfilm, den alle Kinder gesehen hatten. Den mussten alle gesehen haben, damals hatte man ja keinerlei Auswahl. Und sie wiederholte schlicht und einfach, was sie im Fernsehen gesehen hatte. »Das ist aus der Geschichte von Gianni Rodari«, sagte ich mehr so im Scherz zu ihr und nannte sie dabei nicht einmal Dummkopf, wie sie es verdient gehabt hätte. Alle wandten mir den Rücken zu, als wäre ich ihre Feindin. Ich war eine Art Volodâmâr geworden.

## 48

Nach dem Gespräch mit Bella Isaakowna war sie ein paar Monate lang immerzu neugierig hinter mir her. »Was hast du zu Bella gesagt, du falsche Schlange, was war es?«, fragte sie jedes Mal, wenn es ihr wieder einfiel, und zwickte mich in den Arm oder in die Wange. Sie hatte eine ordentliche Abreibung von Bella bekommen, aber weil sie ihren Ärger nicht an Bella auslassen konnte, hielt sie sich an mich. Ich hatte viele Jahre später die Chance, Bella Isaakowna in einem Brief für alles zu danken. Ihre Adresse hatte ich von Asea bekommen – immerhin die Juden hielten zusammen. In drei Tagen hatte Asea nicht nur ihre Adresse, sondern auch die ihrer »Verwandten« herausgekriegt, zu denen sie gleich nach der Unabhängigkeit ausgewandert war. Als ich ihr schrieb, wohnte Bella schon in Haifa, und ich arbeitete als Gynäkologin in Bukarest. Meine erste Stelle, für die ich mehr schlecht als recht bezahlt wurde, die mich aber vor Stolz beinahe platzen ließ. Sie freute sich sehr über meine Erfolge, lobte mich dafür, dass ich im Leben alles so gemacht hatte, wie ich es wollte. Nach unserem Briefwechsel lebte sie noch zwei Jahre und starb mit genau siebzig an einem Herzstillstand. Ein Lebtag die Herzen der anderen zu kitten, um dann vom eigenen ins Grab gebracht zu werden! Wie gerne schriebe ich ihr heute, dass auch ich Chefärztin geworden bin, wie sie damals eine war. Dass ich Tamara habe und – Ironie des Schicksals – mit einem Juden verheiratet bin. Für Letzteres hätte sie mich vermutlich nicht allzu sehr gelobt … aber trotzdem.

Was bleibt von einem alleinstehenden Menschen? Nicht einmal ein Duft wie von einer Blume. Ein paar Sätze, Briefe, eine Meinung. Ich werde Bella bis zu meinem Tod dankbar sein dafür, dass sie Tamara Pawlowna damals überzeugt hat, mich in die moldauische Schule zu schicken. Ich denke heute noch, dass mein Leben ein anderes gewesen wäre, wenn ich auf die russische Schule gegangen wäre, auf die sie mich schicken wollte. Nicht schlechter und auch nicht besser, nur anders. Das sage ich, ohne eine Erklärung dafür zu haben. Ich fühle es eher, als dass ich es weiß, aber mit jener Entscheidung damals habe ich mir selbst eine große Gerechtigkeit erwirkt. Vielleicht die einzige überhaupt in meinem Leben. Bella war eine gute Frau und klug. Die Erste, die lange vor allen anderen meine verborgene Liebe für das zweite Herz in meiner Brust erahnt hat. Oder hat sie es vielmehr gefühlt? Etwas, das ich mich schäme, mir einzugestehen, das die Juden aber von Geburt an stets in sich trugen: die Sehnsucht nach dem gelobten Land.

## 49

Und ich, war ich in jemanden verliebt? Wenn Maricica glücklich war, kringelte sie sich ein und lachte wie ein schwer zu kontrollierender Lichtfleck, redete, oder, nun ja, posaunte das eben mal so raus. Mich verwandelte schon das Wort *Liebe* in eine Schnecke, und ihre Frage, derart unverständig und viel zu direkt, die riss mich damals entzwei. Ich – Liebe – wie? Ein paar Sekunden lang schaute ich sie entgeistert an, etwa so wie man eine Glastür anschaut, die man nicht sieht, die einen aber auf ebenso schmerzhafte Weise aufhält wie eine Steinplatte. Ich lächelte, bückte mich, um mir meine Schnürsenkel zu binden, ich suchte nach Ausflüchten und schindete Zeit. Sie hatte nur gescherzt, ich hatte sie überhört – diese Möglichkeiten gab es. Doch Maricica hatte nicht gescherzt. Sie wartete geduldig ab und ließ mich alle meine sinnlosen Handlungen verrichten, bevor sie mich wieder das Gleiche fragte, nur kürzer: Liebte ich jemanden? Meine Hand flog von alleine. Selbstverständlich, als sei das die Sache, auf die ich mich am besten verstand. Andernfalls hätte ich nicht gewusst, wie mein Erstaunen auszuhalten gewesen wäre. Ich hatte ihr eine Ohrfeige gegeben, weil ich erschrocken war, weil ich es konnte, weil ich schon damals ein Eiszapfen in Menschenkleidern war. »Willst du ein Hundeschwanz sein, Maricica?«, herrschte ich sie an, das rote Fädchen, das auf ihrer Unterlippe aufgetaucht war, ging auf mein Konto. »Es liebt doch jeder jemanden«, lernte ich in jenem Winter, doch das Wissen darüber nützte mir nichts.

*Nur nicht zum Hundeschwanz werden.*
*Nur nicht zum Hundeschwanz werden.*
*Nur nicht zum Hundeschwanz werden.*
*Nur nicht zum Hundeschwanz werden.*

## 50

In Shurotschka war die Angst gefahren. Eines Tages begann sie, sich vor Dieben zu fürchten und vor der Revolution, und es wurde nicht besser. Am Abend rief sie Ljontschik zu sich, damit er ihr eine Kette an der Tür anbrachte, und uns, ihre Nachbarinnen, bat sie, ans Heizungsrohr zu klopfen, wenn wir zu ihr aufbrachen. »Ich spüre etwas Böses nahen, Tamara«, sagte sie eines Morgens, als ich ihr zusammen mit Tamara Pawlowna Medikamente vorbeibrachte. Sie hatte sich erkältet. Tamara Pawlowna hielt es nicht aus und so ging das Geschrei los. Ihre – übrigens legitime – Frage war: Wie konnte ein altes Weib, das nur zu Hause herumsaß, mehr wissen als die Leute, die regelmäßig in die Stadt gingen? Shura aber wusste etwas mit Gewissheit, und das reichte ihr. Sie hatte Gerüchte gehört. Um Moskau stand es schlecht, und die Moldauer bereiteten eine Revolution vor. Haltloses Geschwätz. In Windeseile waren Shuras Geschichten kurz und schwarz geworden, als wäre ihr Geist erblindet.

Ein andermal, als ich allein zu ihr ging, um ihr mit einem Likör eine Freude zu machen, fand ich sie auf dem Sofa sitzend mit dem ganzen Gold im Schoß. Ohrgehänge, Ringe, Kettchen. Sogar zwei neue Zähne mit Siegel. Ich wunderte mich, so viel Schmuck bei ihr zu sehen. Shura selbst trug als einzigen Schmuck nur ein Bernsteinarmband, von dem sie sagte, es schütze sie vor dem bösen Blick. Wenn sie wenigstens eine Tochter gehabt hätte, der sie all den Schmuck hätte vererben können, aber die hatte sie nicht. Ich blieb den ganzen Tag bei ihr. Und sie erzählte mir stolz, wann und wo sie jedes einzelne Gramm Gold gekauft hatte. Und bei wem. Der Likör hatte ihr die Zunge mehr gelöst, als nötig gewesen wäre. Unter den Schmuckstücken war auch ein Ring mit blauem Stein. Ich hatte bis dahin noch nichts Schöneres gesehen. Nicht einmal bei Katja. Ich fragte sie mit den Augen, ob ich ihn mir anstecken dürfte, und sie antwortete mir ebenfalls mit den Augen, ich dürfe. Der Ring hatte die Form einer Blüte und der Stein wurde von vier Blättern gehalten. Topas, stand auf dem Etikett. Ich habe mir das Wort für mein Leben gemerkt. Als ich ging, rief Shura, ich solle die Tür ordentlich schließen und niemandem sagen, was ich gesehen hatte.

# 51

Mein erstes Jahr in Chişinău, da hätte mein ganzes Leben hineingepasst. Wenn die Zeit stehen geblieben wäre, es sonst nichts und niemanden mehr gegeben hätte. Es gibt Menschen, die leben ein besseres Leben mit weniger: weniger Auswahl, wenigeren Dingen und weniger Antworten. Gibt man diesen Menschen zwei Dinge statt einem, so belädt man sie wie mit Sandsäcken. So bin ich, so war ich von klein auf. Wenn mir jemand etwas Gutes tut, fühle ich mich verpflichtet und das Gute verbrennt mich eher, als dass es mich wärmt. Wie habe ich beispielsweise Tamara Pawlowna gedankt? Dafür, dass sie mich aufgezogen und mir schließlich alles vermacht hat, was sie besaß? Woher, aus welchem Winkel meines schwarzen Herzens kommt dieses Gift und springt der einzigen Person an den Hals, die einen Menschen in mir gesehen hat? Weil sie mich gezwungen hat, für sie zu arbeiten, und mich geschlagen hat – werfe ich ihr das vor? Auch andere Kinder mit echten Eltern sind geschlagen und ausgebeutet worden. Vielleicht nicht durch Flaschensammeln, aber Arbeiten gab es immer zu erledigen, ebenso wie Gründe, geschlagen zu werden. Oksanka wurde von ihrer Mutter mit Gewalt davon abgehalten, sich mit Jungen einzulassen. Maricica wurde von ihrem Vater und von ihren Brüdern geschlagen. Raja schlug Marina, weil sie dumm war. Volodâmâr war aufgrund seines gläubigen Umfelds von blauen Flecken übersät. Und ausgerechnet ich, eine Ausgesetzte, soll mich beschweren? Hättet ihr mich geschlagen, wenn ihr mich nicht weggeworfen hättet? Hätten mir eure Schläge genauso wehgetan? Besser, man verschwendet sein Geld als sein Herz. Geld wächst schneller nach.

## 52

Ich hasste die Turnstunden, Maricica hatte recht gehabt mit dem Lehrer. Die Jungs konnten anhaben, was sie wollten, aber die Mädchen mussten sich nach seinem Geschmack anziehen. In jüngeren Jahren hatte Kira – Kirill Iwanowitsch – als Trainer in einem städtischen Gymnastikclub gearbeitet, wo man ihn hinausgeworfen hatte. Es reichte, ihn einmal gesehen zu haben, um zu wissen, warum. Dieser breitbeinige Gang, als hätte er eine Kirchenglocke zwischen den Beinen hängen. Die zusammengekniffenen Augen, der breite Nacken und die kurzen Finger an den Händen, von ihm als Hände eines Gewichthebers ausgegeben, in Wirklichkeit aber die eines Wichsers. Der Direktor hatte ihn aus purer Dummheit eingestellt. Kira hatte ihm versprochen, »großen Sport« in die Schule zu bringen, und Erfolge bei den städtischen Olympiaden garantiert, denn er gierte nach Wimpeln und Blech. Aber das löste er nicht ein. Jedenfalls erlangte unsere Schule, solange ich sie besuchte, niemals einen nennenswerten Platz, nicht einmal beim Pfeifen. Dafür war mit Kira etwas anderes aufgetaucht. Mit seinem Eintreffen hatte sich unter den Jungs eine Verderbnis ausgebreitet, eine Fäulnis, die ich, im Internat aufgewachsen, sofort wiedererkannte.

In den Turnstunden waren wir alle gezwungen, einen *Body* zu tragen, so etwas wie einen Badeanzug mit langen Ärmeln und tiefem Ausschnitt. Und um die Taille – dafür hätte ich ihm am liebsten einen Stiefel zwischen den Beinen zu Hochglanz poliert, das schwöre ich – mussten wir ein weißes Band tragen, das konnte elastisch sein oder auch ein weißer Gürtel, darin hatten wir freie Wahl. Jenes Band, das habe ich später erfahren, trugen wir nur für die Schönheit. Das verstand er unter Schönheit.

Keiner der Lehrer protestierte. Kein Einziger, nicht einmal die Frauen. Dabei hatten zwei der Lehrerinnen Töchter, die auch auf unsere Schule gingen und den gleichen Albtraum durchlebten wie wir alle. Oder glaubten sie vielleicht wie der Direktor, dass ein weißes Band um die Taille unsere Schule aus dem stinkenden Loch, in dem sie sich befand, direkt in den »großen Sport« katapultieren konnte?

In der Turnhalle war es immer kalt. Wir traten der Größe nach mit blauen Beinen und vor Kälte steifen Brustwarzen vor ihm an. Erst ließ er uns so lange im Kreis herumrennen, bis wir nicht mehr konnten, dann kümmerte er sich um die etwas fülligeren Mädchen. »Schaut nur, was für einen Arsch die hat, so werdet ihr alle aussehen, wenn ihr keine Disziplin habt.« Oder: »Du da, siehst du denn nicht, wie dir die Titten beim Laufen herumhüpfen, geht deine Mutter auch so zur Arbeit?« Die Jungs nannte er »Esel« und *petuschki*, »Schwuchtel«, aber ihnen gefiel das, außerdem liefen sie nicht mit nackten Arschbacken vor ihm herum. Wenn er uns noch eine Weile mit Übungen traktiert hatte, ging er zum Rauchen ans Fenster und schickte uns an die Geräte. Die Jungs, am Seil auf sich allein gestellt, unterhielten sich. Wir aber mussten an den Barren, ans Reck und auf die Matte.

Für mich war es der Tod. Er lachte offen und schallend über uns, ja, schallend, wenn wir uns an einem Gerät stießen oder aus größerer Höhe herunterfielen. Er gab uns Spitznamen wie »Fötzchen«, »Stinkerchen«, »Arschbäckchen« und nannte uns vor allen anderen mit lauter Stimme so, bis wir weinten. Er zwang uns dazu, in allen möglichen und unmöglichen Positionen die Beine zu spreizen und berührte uns unter dem Vorwand, er wolle uns helfen, wo auch immer es ihm gefiel. Wenn es zur Pause klingelte und wir in die Umkleide rannten, hatte die Hälfte der Mädchen Tränen in den Augen. Und so ging es zehn Jahre lang.

## 53

Sie hatte mich nicht aus dem Internat geholt, sondern gekauft. Das habe ich erst einige Zeit später erfahren, allerdings nicht spät genug, als dass mich nicht auch das noch ein paar Jahre gequält hätte. Ich habe sie nie gefragt, wie viel sie der Direktorin gezahlt hatte, und heute bedauere ich es. Gerne hätte ich diesen Betrag auf Flaschen umgerechnet, gerne hätte ich gewusst, wie viel mein Leben gekostet hatte. Dann hätte ich genau diese Anzahl Flaschen gekauft, euch ausfindig gemacht und sie euch allesamt über die Köpfe gekippt. Um euch so zu zerschlagen, wie ihr mich zerschlagen habt. Ich fühle mich schuldig, wenn ich schlecht über Tamara Pawlowna spreche. Und auch dafür hasse ich euch. Manchmal denke ich, wenn ich euch um einen Zentimeter mehr hasse, bildet mein Hass einen Kreis und wird zur Liebe. Vor diesem Zentimeter habe ich die meiste Angst, seinetwegen schiebe ich alles hinaus.

## 54

Alle Schüler mussten Taschentücher haben, damit sie sauber wirkten. Jeden zweiten Tag kontrollierte unsere Klassenlehrerin unsere Finger auf die Länge der Fingernägel, die Ohren auf Ohrenschmalz und den Nacken auf Läuse. Und einmal jährlich kam eine Kommission in weißen Kitteln in den Turnsaal, um sich auch den Rest anzuschauen. Oksanka sagte uns, die Doktoren täten nur so, als interessierten sie sich für unsere Augen oder unsere Mandeln, in Wirklichkeit wollten sie lediglich wissen, ob wir Würmer hätten. Sie wusste stets Sachen, die andere Kinder nicht wussten, und darum glaubte ich ihr aufs Wort. »Und was geschieht mit einem, wenn man Würmer hat?«, fragten Maricica und ich erschrocken. »Die Würmer fressen dich von innen her auf, sie werden bis zu zehn Meter lang, und dann stirbst du«, antwortete sie. Dann fuhr sie mit der Geschichte eines Mädchens aus der Parallelklasse fort, das unter den Augen seiner Mitschülerinnen gestorben war, während der Bandwurm aus ihm herauszukommen versuchte. Diese Schweinerei trieb mich jahrelang um. Jedes Mal, wenn ich ein Jucken am Hintern spürte, setzte ich mich über einen Spiegel, um zu sehen, was aus mir austrat. Eine dumme Nuss, diese Oksanka, ich habe es schon mal gesagt. Auf blaue Flecken kontrollierte uns niemand, niemals, wiewohl es nur sehr wenige Kinder gab, die keine hatten. In unserer Klasse gab es nur ein Mädchen, das von seinen Eltern nicht geschlagen wurde. Und dies auch nur, weil seine Mutter immerzu Nachtschicht hatte und sein Vater schon früh gestorben war.

## 55

Ich war zum Laden gegangen, um mir Birkensaft zu kaufen – eine der wenigen Freuden meiner Kindheit –, aber nach einer Stunde in der Schlange merkte ich, dass ich mein Geld zu Hause vergessen hatte. Ich hätte den Kopf gegen die Wand schlagen können. Nicht genug, dass ich den Platz in der Schlange etwa zehn alten Schabracken überlassen musste, die allesamt mit Kleingeld gekommen waren, einer Schwangeren und ein paar weiteren Monstrositäten mit Parteiausweis, auch kam ich nicht zu meinem Genuss. Der Birkensaft wurde aus Weißrussland angeliefert und glasweise oder in Dreilitergefäßen verkauft – mithin waren mir die Hände gebunden. Ich kehrte ziemlich wütend nach Hause zurück, und als ich in die Küche trat, um mir die Rubel zu holen, fand ich da einen Mann vor. Jung war er, rauchte. Er stand mit dem Rücken an den heißen Heizkörper gelehnt und war barfuß. Seltsam, wie das Gedächtnis eines Menschen funktioniert. Nach so vielen Jahren erinnere ich mich noch, dass mein erster Gedanke war, ihm die Fußsohlen ausgiebig zu streicheln. Auf dem Heizungsrohr lagen seine Socken zum Trocknen und auf dem Tisch neben dem Geld eine Zigarettenpackung mit einem Kamel. All dies – die Zigarette, die Fußsohlen, das Kamel – schienen mir zu viel. Ich sank vor ihm zu Boden und begann zu zittern. Der Fremde rauchte und lächelte, und der Rauch schwebte auf mich zu wie eine Luftschlange. »Warum ziehst du dich nicht aus«, fragte er mich nach ein paar Minuten, und die wimpernlosen gelben Augen funkelten kurz. So habe ich Michail kennengelernt.

## 56

Sie war eine junge Arzthelferin, deren Lippe an zwei Stellen aufgeplatzt war, und ihr Hals war dick wie eine Hundebrust. Sie fragte und antwortete sich selbst, knapp, mit einem Sprachfehler. Nach jeder Injektion wuchs der Zaun aus saugfähiger, blutbefleckter Watte um sie herum an. Es war unser Blut, das der »1b«, und näher als hier waren wir uns noch nie gekommen. Ich war an der Reihe, geimpft zu werden, und mein Magen hatte angefangen, sich spiralartig zu winden. So würde er sich von diesem Tag an stets angesichts eines großen Unrechts verhalten. Ich knöpfte mein Kleid am Rücken auf und wandte mich ihr etwas mehr zu, als es die anderen Kinder getan hatten, was ihr hätte zu denken geben müssen. »Füchst dich? Fücht dich nich, Mädl!«, hörte ich sie sagen, während sie mit einer gewissen Aufmerksamkeit die Flüssigkeit aus dem Impfkolben drückte. »Ich fürchte mich nicht«, antwortete ich und reckte ihr die Schulter unter die Nase.

Sie musste es sehen.

Es war sein bevorzugter Ort – meine Schulter – sein großes Vergnügen. Sie war kleiner als die andere, das Fleisch daran vor Schmerz verkrampft und übersät von roten Narben. Manchmal kam sie mir sogar schön vor. Eine aufgeblühte Dahlie, ein Flügelstumpf. Mit den großen Mädchen spielte er aufmerksamer. Er suchte sich verborgene Stellen aus – Rücken, Brustwarzen, Fußsohlen – und war mit ihnen immerhin bald fertig. Weinen und Bitten gefielen ihm nicht, die mordeten seine Lust. Was er suchte, waren Hass und Wut in den Augen der anderen. Als er begriff, dass ich anders war und ihm geben konnte, was er sich wünschte, gab es für mich kein Entkommen mehr. »Mit dir spiele ich nicht, dich *lehre* ich«, sagte er mit einer gewissen Liebe zu mir. Die erste Liebe, der ich teilhaftig wurde. Und in jenen Augenblicken erblühte in unseren Augen das Böse.

Die Assistentin schaute mich erst neugierig an, dann ungläubig, und als sie begriff, was sie gesehen hatte, erstarrte sie mit der Impfampulle in der Hand. Ich erwartete nun, dass sie aufstand von ihrem Stuhl, die alte Ärztin herbeirief, die in ein Heft schrieb, und es ihr zeigte. Oder mich danach fragte. Irgendetwas. Ich spürte, dass ich an jenem Morgen mit all den Kindern rings um mich herum, die sich vor einer üblen Impfung fürchteten, alles erzählt hätte. Aber ich irrte mich. Der Schmerz des Einstichs und ihr Schweigen trafen mich in derselben Sekunde. Sie hatte gesehen, verstanden, aber zu schweigen beschlossen. Auch sie. Ebenso wie die Direktorin. »Vielleicht ist sie dumm«, dachte ich. Immerhin hätte ein kluger Mensch sich nicht die Lippe an zwei Stellen aufgerissen.

»Der Nächfste«, hörte ich, und dabei blieb es.

## 57

Wir trafen uns gestern, und er fragte, ob ich Geld brauche. Ich zählte im Stillen nach, wie oft er Tamara in den letzten Jahren gesehen hatte. Nicht einmal zu allen Geburtstagen. Ich sagte ihm, ich hätte Geld, und er freute sich, dass ich ihn nicht anlog. »Das gefällt mir an dir am allermeisten: Du lügst nicht!« Ich glaube nicht, dass es für eine Frau ein elenderes Lob geben kann. Wir tranken unseren Kaffee fast wie ein normales Paar. Er herrschte die Kellnerin an, sie solle mir Mandelmilch bringen. Er hatte es nicht vergessen. Der Mann, der mich verlassen hat, weil ich ihm ein krankes Kind geboren habe, kümmert sich um die Milch in meinem Kaffee.

Ich hasse ihn nicht einmal, so war es schon immer. Ich bin schuld, nicht er, dass ich nicht gewusst habe, wie es ist. Nicht einmal dann konnte ich ihn hassen, als er sagte, er habe Angst, sie anzuschauen. Nach Tamaras Geburt weinte er an meiner Brust, und ich weinte nachts, wissend, dass er recht hatte. Nicht alle können ein hässliches, langsames, anderes Kind lieben. Vielleicht könnte auch ich es nicht, wenn ich nicht diese Schuld verspürte. Ich bat ihn schon tausendmal um die Scheidung, aber er will nichts davon hören. Wie auch immer, alles, was er besitzt, gehört mir und ihr, sagt er. Gestern gab er damit an, dass er eine Klinik aufmachen wolle, und schlug mir vor, zusammenzuarbeiten. »Damit wir das Geld nicht anderen geben, und es in der Familie bleibt.« Wieder das Geld. Ich dachte, ich sollte schweigen, aber beim

Abschied sagte ich dann doch: »Ich war wieder bei der Untersuchung. Tamara wird nicht sterben, die Ärzte geben ihr noch ein paar Jahre.« Er zahlte den Kaffee und schloss sehr achtsam die Tür hinter sich.

## 58

Alle hatten wir Sternchen. Je einen roten Punkt auf je einem Kinderherz. Ich war Oktobristin geworden und konnte offen lieben. Lenin war leichter zu lieben als die Frau, die mich ernährte und kleidete. Ich war stolz auf meinen Stern. Ich nahm ihn mir täglich zehnmal von der Brust, um die Nadel zu überprüfen. Ich hatte Sachar Antonowitsch und seine Sorge um die Medaillen zu verstehen begonnen. Gib dem kleinen Mann einen Anstecker, ein Papier mit einem Stempel drauf, und er wird sich in Sekundenschnelle als Held fühlen. In den Pausen überboten wir einander darin, uns zu sagen, wie sehr wir Lenin liebten. Ich liebe ihn wie alle Planeten zusammen. Ich liebe ihn, wie ich das Vaterland liebe. Wie das neue Jahr! Dumme Kinder. Eigentlich waren auch die Eltern nicht klüger. Nach dem Unterricht nahmen wir all diesen Unsinn mit nach Hause. »Mama, ich liebe Wladimir Iljitsch Lenin mehr als dich!«, sagte Maricica zu ihrer Mutter. »So gehört es sich auch, Maricica, Lenin steht über der Mutter«, antwortete diese.

Mir gefiel es in der Schule. Etwas schwerer tat ich mich mit der moldauischen Sprache, allerdings war ich ansonsten Klassenbeste. Die Mathematik verschlang ich nur so. Während der Rest der Schüler noch bis zehn zu addieren und zu subtrahieren lernte, konnte ich schon die komplette Multiplikationstafel in zwei Sprachen auswendig. Zu jener Zeit war das erste Schuljahr einfach, eine Art Eingewöhnung. Lesen, Schreiben, Zählen. Dann hatten wir noch Naturkunde, worin wir etwas über die Jahreszeiten, über die Vögel und Tiere lernten. Und, gewiss, Russisch – die schönste Sprache der Welt. Nicht dass ich andere Sprachen gekannt hätte. Erst in der vierten Klasse sah das Unterrichtsprogramm eine Fremdsprache vor. Auf dem Dorf eher Französisch. In der Stadt Englisch, Spanisch und, eher selten, Deutsch. Unsere Schule hatte großes Glück, dass sie gleich über zwei Englischlehrerinnen verfügte: Berta Abramowna und – eine Ironie des Schicksals – Tamara Pawlowna. Ich hatte angefangen, tatsächlich auch auf Moldauisch schöne Wörter zu hören. Schwur, Öffner, Weinberg. Weinberg, also Podgorje, gefiel mir besonders gut, und als ich Tamara Pawlowna sagte, was für ein schönes Wort ich gelernt habe, lachte sie böse. *Russkoje eta slowa – podgorje. Wot jasyk wybrala, dashe swoich slow net.* Das ist ein russisches Wort. Da kannst du mal sehen, was du dir für eine Sprache ausgesucht hast, die hat nicht einmal eigene Wörter. In der Russischstunde fühlte ich mich zu Hause. Nach den Dreiecken der Tamara Pawlowna sprach ich sogar korrekter als die Lehrerin. Ich las als Erste die Texte mit lauter Stimme vor, damit auch die anderen Kinder es hörten. In solchen Augenblicken plusterte ich mich derart auf, dass ich nicht mehr in die Schulbank passte. Auch ich hatte meine Freuden – solche eben.

## 59

Im Frühjahr war das Verbrüdern in die Schule geschwappt, und alle schlossen Blutsbrüderschaften. Die Mädchen eher zögerlicher als die Jungs, denn sie waren ängstlicher und fürchteten sich vor Blut. Ich aber fürchtete mich nicht. Eines Tages nach der Schule bin ich mit Maricica in einen fremden Hof gegangen. Ich hatte von zu Hause eine Rasierklinge mitgenommen und Maricica einen Wattebausch. Damit wir keine *krowoislijanie*, keine Hämorrhagie kriegen, sagte sie. Keine von uns beiden wusste, was dieses Wort bedeutete, aber es passte. Wir stritten uns ewig, wo genau wir uns aufschneiden wollten – an der Vene oder irgendwo anders. Ich beschloss, es solle am Finger geschehen, damit keine sichtbare Narbe zurückbleibe und wir schließlich nicht heiraten könnten. Ich schnitt mich als Erste, und es schmerzte überhaupt nicht. Ein Schmerz, den man sich mit präziser Absicht zufügt, ist viel geringer, dachte ich. Jedenfalls tat es anders weh, wenn ich Seife für die Flaschen raspelte und mir einen Finger aufriss. Maricica aber wollte sich nicht schneiden. »Kann ich mich nicht mit einer Nadel stechen, das ist doch auch Blut?«, versuchte sie, Zeit zu schinden. »Hast du eine Nadel?«, gab ich zurück.

Während wir da herumverhandelten, fing es an zu regnen und wir mussten uns unterstellen. Maricica rannte schnell ins Kellergeschoss hinunter, ich folgte ihr und schleppte beide Ranzen. Sie achtete nie so auf die Sachen wie ich. Wir setzten uns auf ein Rohr und warteten. Der Hof war genauso wie unserer. Auch das Gebäude und die Treppenhäuser. Auch die Bank war wie unsere, nur ohne Sachar Antonowitsch. Durch die Fenster konnte man bekannte Vorhänge und Möbel sehen. An den Wänden – die gleichen Tapeten: eine grüne Weintraube auf goldgelbem Hintergrund. Der Balkon, der dem von Shurotschka entsprach, war verglast und hatte weiße Vorhänge. Und aus dem Fenster, in dem man die Kakteen von Bella Isaakowna hätte sehen müssen, schaute ein glatzköpfig geschorener Kinderkopf auf uns herab. Der Regen war heftiger geworden. Die Leute eilten dahin und dorthin, die Welt füllte sich mit Frische. Von hier unten sahen wir nur Dinge und Menschen in einiger Entfernung ganz. Es war wie in einem Theatersaal, auf dessen Bühne ein Frühlingsanfang gezeigt wurde. Was neben uns geschah, schien uns wie entzweigeschnitten. Ein Paar Schenkel betritt das Treppenhaus des Wohnblocks. Ein Paar Schuhe tritt die Pedale eines Fahrrads. Wie anders kam mir das Leben zwei Straßen von zu Hause entfernt vor! Ein der Leine entronnener Hund. Ein Kinderwagen. Ich stellte mir vor, wie es wäre, wenn wir alle die Plätze tauschten. Ich könnte in jenes Zimmer mit den Blumen dort umziehen, und wer dort lebte, würde an meiner Stelle Flaschen sammeln. Der kahle Junge sollte Bella Isaakowna zur Mutter haben, die Frau mit den runden Schenkeln sollte Shurotschkas Stelle einnehmen, und Shurotschka sollte wenigstens für ein paar Tage gesunde Beine haben.

Maricica ging mir auf die Nerven, ihre Ängstlichkeit gefiel mir nicht. Ich merkte, dass ich eine falsche Entscheidung getroffen hatte. Ich wünschte mir eine starke Blutsschwester, mit der ich bis an unser Lebensende Geheimnisse teilen und eines Tages auch Rodion Eduardowitsch umbringen könnte. »Schneidest du dich nun oder nicht?«, wollte ich verärgert wissen. »Nein«. Ich hatte meine Zeit mit einem Dummkopf vertan, außerdem hatte ich mich zu tief geschnitten. Das Blut tropfte unaufhörlich, ich musste den Finger in den Mund stecken. Ich machte mich auf den Heimweg, und sie kam bettelnd hinter mir her. Es sei nicht ihre Schuld, dass sie sich vor Blut fürchte. Wir könnten auch so Schwestern sein, wenn wir es nur richtig wollten. Ich hörte ihr gar nicht mehr zu. Wäre es Olea gewesen – die hätte sich als Erste geschnitten. Olea hatte sich vor gar nichts gefürchtet. Selbst die großen Mädchen hatten sie um ihr Durchhaltevermögen beneidet. Sie zeigte mir, wie man die Zähne zusammenbeißt und das letzte Wort behält, auch wenn dies mit mehr Schmerzen verbunden war.

Der Regen hörte erst auf, als wir in unserem Hof ankamen. Die Rosen des Rottenführers waren glücklich. Sie standen alle aufrecht da, die Köpfe kurz vor der Explosion. Ich schaute Maricica an, ihr trauriges und schuldbewusstes Gesicht, und begriff, dass ich ihr nicht böse sein durfte. Ich sagte, wir würden ein andermal Blutsschwestern werden, und sie könne sich eine Nadel von zu Hause mitnehmen, wenn sie sich vor der Rasierklinge fürchte. Am Ende der Straße tauchte Katja auf, und wir wandten uns beide ihr zu. Sie war nass, ihr Kleid klebte am Körper, und das aus den Spangen geglittene Haar reichte ihr bis zur Taille. Ihre Schönheit lähmte mich, und ich hörte auch Maricica aufschreien. Sie hatte eine Nadel gefunden – den Oktobristen-Anstecker.

*Niemand liebt mich, aber es könnte auch schlimmer sein.*
*Im Nachbarhof haben die Banditen eine Frau umgebracht.*
*Echt böse. Die Frau. Sie hat immer Morkowka verscheucht.*

*Ich hätte gerne Kleider wie die von Katja, möchte ein Gesicht wie das von Maricica haben.*
*Maricica ist schön geworden, ich aber nicht.*

## 60

Das Moldauische brachte mich durcheinander – darum hatte ich angefangen, anders Russisch zu sprechen. Ich wusste nicht, wie anders, in jenem Alter fiel es mir schwer, zu verstehen. *Kak baba na basare*, sagte Tamara Pawlowna – Wie die alte Bäuerin auf dem Markt. – und schaute mich angewidert an. Das schmerzte mich nicht, es erschreckte mich. Ich wollte keine Bäuerin sein, davor fürchtete ich mich mehr als vor einem Bandwurm. Ich wollte schlank sein, sauber, lange Haare haben und Seidenkleider tragen. Und später, wenn ich herangewachsen war, würde ich Studentin sein und Stöckelschuhklappern auf den Bürgersteigen hinterlassen. Und noch etwas später, nach der Universität, ganz bestimmt wäre es die Medizinische Fakultät, würde ich einen reichen Mann heiraten, verwöhnte Kinder gebären und nur gebackene Hühner essen, wie die Juden. Woher war die Angst vor den Bauern in meinen Kopf gelangt, wer hatte sie so tief in mir versenkt? Ich weiß es nicht. Und wovor fürchtete ich mich eigentlich? Vor der Arbeit, dem Schmutz, der Hässlichkeit? In der Stadt war ich eine Flaschensammlerin. Ich trug Flaschen aus den scheußlichsten Abfällen zusammen, und aus diesen Abfällen kam mein Geld. Ich verrichtete eine Arbeit, die nur wenige Kinder auf dem Dorf verrichtet hätten, und was meine Herkunft betraf, so kam ich aus dem Waisenhaus. Die Verachtung aber blieb mir erhalten. Genährt von Tamara Pawlowna, unterstützt von Katja, nach rechts und nach links von den Russen in die Welt hinausgespuckt, die sich für einen Kopf größer hielten als alle anderen Nationen auf der Welt. Denn wer waren eigentlich die Bauern?

Jene dummen und stinkenden Menschen, die mit ihren Anliegen in unsere Stadt kamen.

## 61

Der Rottenführer kam mit einer Handvoll wässriger Kirschen in den Hof heraus, einem Dutzend, genauer gesagt. »Leihweise«, sagte er lachend zu uns, und dann fügte er noch rasch hinzu, »lasst uns jeder einen Wunsch ausdenken«. So hielten es alle, wenn sie zum ersten Mal im Jahr eine neue Frucht aßen. Manch einem erfüllte sich angeblich der Wunsch. Mir aber nicht. Und was sollte das schon für ein Wunsch sein, den eine Frucht erfüllen konnte? Etwa so war jener Sommer über mich gekommen: mit einer Schuld und einem Wunsch. In beinahe zwei Jahren hatte ich gelernt, dass in der Stadt alles zurückkehrt. Hast du dir Streichhölzer geholt, so bringst du die Streichhölzer wieder. Hast du dir Eier geholt, bringst du Eier zurück. Wer so tat, als habe er eine Schuld vergessen, bekam von niemandem mehr etwas. »Hier gibt es nichts umsonst«, sagte mir Tamara Pawlowna eines Morgens und schickte mich mit vier Lorbeerblättern, die sie sich für ein Gericht ausgeliehen hatte, zu Tonea. Die Kirschen des Rottenführers waren gelblich und geschmacklos, aber sie dufteten nach Gras und warmem Regen, nach Kattunkleidern und Sonne. Und doch dankten wir ihm alle wie für ein Wunder. Es war eine große Sache, den Leuten eine Freude zu bringen, erst recht, wenn es sich um eine ganze Jahreszeit handelte. In den folgenden Monaten haben wir viele Abende und Sonntage zusammen verbracht. Wir verteilten Rockschöße voller Früchte, Geschichten und Rezepte. Dies war der Sommer aller Sommer! Der letzte bunte Sommer, den ich erleben durfte.

Zuerst überschwemmten uns die Erdbeeren, dann die gelben Zuckermelonen und die Wassermelonen. Dann die Pfirsiche, die Aprikosen, die Zwetschgen und die Birnen. Und zum Schluss, wenn ich schon meinte, die Natur könne nichts Besseres mehr hervorbringen, kamen die Kornelkirschen und die Bitterkirschen. Jahrelang trug ich diese Früchte in mir, wie Dunstgläser in einem Regal. Ein Regalfach Russisch, eines Moldauisch. Und erst als ich nach Rumänien kam, erfuhr ich, dass sie alle nur in meinem Kopf lebten. Dass keine meiner geliebten Früchte in der rumänischen Sprache ihren Platz hatte. »Was ist das, eine Pearsche, was soll das heißen, Abrikoase?«, fragten mich meine Kolleginnen, und lachten sich scheckig, während sich mir das Herz zusammenkrampfte. »Ist Presada eine Birne oder was?« Gut, dass wenigstens die Kirschen auch hier Kirschen hießen. Wieder musste ich sie alle neu lernen, aber sie waren nicht mehr dieselben. Grüne Melone, gelbe Melone, Birne, Zwetschge – allesamt wie hässliche Frauen, diese neuen Namen! Jetzt schmecken mir die Früchte nicht einmal mehr, wenn ich drei davon im Jahr esse. Dann aber, wenn ich einsam bin und Sehnsucht nach den Jahren der Botanik habe, nach dem Hof, der mich erzogen hat, benenne ich sie alle wie in meinem Sommer. Pearsche – sliwa, Harbus (Melone) – arbus, Abrikoase – abrikos. Und zum Schluss, wie ein Springbrunnen über den Rand schwappend, die Kornelkirsche – kisil.

## 62

Der Igel war ein Junges, das hatten wir uns schon gedacht, denn aus seinem Maul war ein weißes Häutchen geglitten, das wie Milch aussah. Ebenso gut konnte es aber ein junger oder ein sehr alter Igel sein. Noch niemand von uns hatte jemals einen Igel gesehen, darum konnte auch niemand wissen, wie Igel unterschiedlichen Alters aussehen. Er zitterte, und ich spürte seine Angst. Unglücklicherweise hatte ihn Volodâmâr gefunden. Der arme Igel, er war vor den Autos davongerannt und unter Menschen geraten. Volodâmâr wickelte ihn schnell in ein Stück Zellophan ein und rief die Jungs. »Umbringen!«, rief er mit dem Recht dessen, der ihn gefunden hatte. »Und was dann?«, wandten die anderen ein. Besser wäre, wir stechen ihm die Augen aus, schneiden ihm die Nase ab, ertränken ihn. Nach der Abstimmung war die Mehrheit für die letzte Variante. Ertrinken schien, wiewohl auch tödlich, etwas menschlicher. Und mit der Klinge, da hätte sich ein Blutstreifen über die ganze Straße gezogen. Und das Augenausstechen war einfacher gesagt als getan. Das Auge schaut dich an. Die Mädchen hatten kein Recht auf eine Meinung, außerdem wären ohnehin nur Oksanka und ich da gewesen. Zwei Stimmen hätten nichts an der Sache geändert. Eine Stimme, genau gesagt. Oksanka war auch fürs Ertränken.

Ich hörte ihnen zu und spürte, wie mir der Ekel den Hals hinaufstieg. Ich wünschte, die Kastanie würde über sie alle stürzen, die Bandwürmer würden in sie fahren und sie von innen und bei lebendigem Leib auffressen. Ich wollte, dass alle Jungs aus dem Hof starben, aber der Igel sollte leben. Nach etwa einer halben Stunde kam auch Pawlik, der nicht spielte, sondern nur so dastand. Und was glaubt ihr? Pawlik – noch vor einem Jahr war er mit dem ausgeschlagenen Auge um den Wohnblock gerannt –, auch er stimmte für das Ertränken. Nein, ich war nicht besser als sie. Im Gegenteil. Auch ich wollte morden, allerdings keinen hilflosen Igel. Eine andere Tierart. Ich wollte einen Menschen umbringen. Und wie ich den umgebracht hätte! Ich hätte das Fleisch in Streifen aus ihm geschnitten wie aus einem Stück gefrorenem Speck, hätte ihn sich quälen lassen bei Nacht, und am nächsten Tag wäre ich wieder mit der Klinge gekommen. Aber ich hatte nicht das Glück von Volodâmâr, Rodion Eduardowitsch in einem Kellergeschoss zu fassen zu kriegen.

Mittlerweile war der Igel aus dem Zellophan entkommen, hatte sich wie eine Faust geschlossen und angefangen, sich gemächlich zu wiegen, als hätte ihn ein starker Wind bewegt. Das hat die Jungs ganz schön verärgert. Volodâmâr zog sofort sein Messer heraus, um es ihm in den Bauch zu stoßen, doch nun konnte man Oksanka hören, die da sagte: »Ihr wisst schon, dass der Igel Gift in den Stacheln hat, wenn er einen damit sticht, wird man debil.« Das war wieder mal eine der Idiotien, die nur sie aussprechen konnte. Alle schwiegen betreten. Nur einer griff nach dem Igel.

Was dann folgte, könnte ein Erwachsener schwer fassen, wir aber waren Kinder. Volodâmâr nahm den Igel in eine Hand und fing brüllend vor Schmerz an, damit auf Oksanka einzuschlagen. Auf den Kopf, auf die Brüste, ins Gesicht – sucht es euch aus –, und als sie auf dem Boden lag, setzte er sich auf sie und begann, auf ihr herumzureiten. »Debil, debil, debil«, hörten wir alle ihn immerzu wiederholen, wieder und wieder, während sich sein Gesicht wie unter einer gewaltigen Anstrengung verzerrte. Niemand wusste, was zu tun war. Selbst diejenigen schienen jetzt erschrocken zu sein, die dem Igel die Augen hatten ausstechen wollen. Volodâmârs Grausamkeit war zu ausgeklügelt. In ein paar Minuten war Oksankas Rücken voller Blut, und der starke Gestank, der jetzt unter ihr hervorkam, sprach auch von etwas anderem. Das schien Volodâmâr zu besänftigen. Mit einem Mal, und wie auf ein diabolisches Kommando hin, glättete sich sein Gesicht und er erhob sich heiter. Die Jungs schafften ihn schnell unter die Kastanie und ich rannte zu Oksanka. Der Igel blieb am Leben.

## 63

Tamara hat sich schon wieder den Arm gebrochen, zum zweiten Mal innerhalb einer Woche. Rekord. Auch wir haben unsere Rekorde. Ich glaube, sie hat sich an den

Schmerz gewöhnt, denn sie weint nicht mehr. Sie stöhnt nur leise, bis ich begreife, was mit ihr los ist. Diesmal habe ich es tatsächlich nicht erwartet. Es war ein sonniger Tag, wir haben die Enten gefüttert. Sie bückte sich, als hätte sie die Entenküken besser sehen wollen, und dann blieb sie so. Das war bestimmt der Schmerz. Sie versteckte sich vor mir, damit es wehtun konnte. Der Rettungswagen kam spät, wir hatten uns beide schon beruhigt. Saßen auf der Bank und zählten die Sonne. So zählen wir gerne gemeinsam die Sonne und den Mond. Neigen den Kopf nach rechts – eins. Nach links – zwei. Den Mond zählen wir im Bett. Wenn wir bei Hundert angelangt sind, schlafe ich. Immerhin gut, dass sie mich nicht anschwärzen und behaupten kann, ich würde sie anschreien. Dass ich dann auch dafür noch verantwortlich bin und eine böse Mutter. Das bin ich, ich glaube, dass ich das bin. Ich war mein ganzes Leben böse. Ich habe auf niemanden gehört, habe nichts verziehen, habe niemandem geholfen. Und geliebt habe ich auch nicht. Ich trinke viel, und die Leute glauben, ich sei so aufgedunsen, weil ich zu wenig schlafe. Wisst ihr, wie es ist, wenn man sich vor jemandem versteckt, damit es einem wehtut?

## 64

Ich hatte als Klassenbeste abgeschlossen. Alle Nachbarn lobten mich dafür, bis auf Raja, die Probleme hatte. Ihre Marina hatte erklärt, sie wolle Schneiderin werden und werde nicht mehr zur Schule gehen. Weder wurde sie

Schneiderin noch kehrte sie zurück in die Schule. Raja weinte und trank. Trank und weinte. Ein Jahr davor war Andrej, ihr großer Sohn, nach Murmansk zum Studium gegangen, aber der hatte sich mit einer Hure eingelassen. Die hatte ihm ganz schnell einen Sohn geboren, und nun musste Geld ins Haus kommen. Andrej hatte die Universität aufgegeben und war Lokomotivführer geworden, anstatt Ingenieur zu werden, wie es seine Mutter gehofft hatte. Wenn Marina wenigstens geheiratet hätte, aber woher? Wen denn? Marina war darüber hinaus auch noch hässlich. Tamara Pawlowna versuchte, Raja, so gut es ging, zu ermutigen, vor allem, indem sie sie belog. »Mach dir mal keine Sorgen, Marina wird schon einen Mann mit so einer Wohnung finden, wie ihr sie habt!« Aber wenn sie nach Hause kam, schrie sie mich an, ich solle lernen, damit ich kein Dummkopf werde.

Ringsum erfreuten sich die Kinder am Sommer, aber für mich hatte wieder die Quälerei begonnen. Früh morgens standen wir noch bei Dunkelheit auf und zogen mit unseren Netzen an alle Orte, von denen sie meinte, dort könnten Flaschen zu finden sein. Wir fanden auch welche, angepisst, verkotzt, stinkend – dank der Hitze. Wir wuschen sie nicht einmal mehr. Wir schleppten sie gleich an die Arbeitsstelle, wo wir sie für gut befanden, denn wir waren sicher, anschließend die Säufer übers Ohr hauen zu können. Auch hatte ich mir die russische Sprache noch einmal ernsthafter vorgenommen – sie hatte sich jetzt etwas Neues für mich ausgedacht. Sie las mir aus der Zeitung vor, und ich schrieb Diktate, bis meine Hand ermüdete. Wenn ich fertig war, ließ sie mich selber die Fehler überprüfen und sie mit einem Rotstift einkreisen. Danach bekam ich Prügel.

Ich war den ganzen Sommer über weggeschlossen, schrieb auf Russisch und zählte Geld. Ich glaube, sogar die Kinder im Internat hatten interessantere Ferien als ich. Nach dem Dienst – also nach acht in jenem finsteren und elenden Raum mit dem Gitter am Fenster zugebrachten Stunden – gingen wir nach Hause. Aber nicht einfach so. Wieder sammelten wir Flaschen. »Wir nehmen eben, was wir so finden«, sagte sie unersättlich und wusste, dass sie mehr Geld verdient hatte, als irgendjemand sonst in unserem Hof. Wusste auch, dass sie sich mit diesem Geld nichts gönnen würde. Sommers hasste ich sie am meisten. Im Sommer wäre ich mit Freuden ins Internat zurückgekehrt. Eines Tages stahl ich einen Rubel aus der Kasse, und so habe ich zu stehlen begonnen.

## 65

… alle bis auf eines sind gestorben, sie haben sie der Reihe nach herausgebracht, wie Spielzeuge …

Die Nachrichten erreichten Shurotschka auf rätselhafte Weise, wenn wir bedenken, dass sie in einem Jahr vielleicht zehnmal die Wohnung verließ. Stimmt schon, sie hatte ein Telefon, aber das allein konnte es nicht sein. An jenem Tag hatte Shura sich selbst übertroffen, und die Geschichte, die sie vom Balkon herab erzählte – alle waren sie im Hof versammelt, wie im Kino –, übertraf jeden Gruselfilm. In einem Kindergarten hatte sich tatsächlich eine große Tragödie ereignet. Eine junge Erzieherin hatte die Schlafräume, weil sie die Fliegen vernichten wollte, mit Diklofos eingespritzt und die Kinder ins Gift zum Schlafen gelegt. Bis auf eines waren sie alle tot. Die Erzieherin hatte den Verstand verloren, aber was nützte es schon? Solch eine Geschichte zu erfinden, wäre sogar für Shura ein bisschen viel gewesen. Die Leute probierten es trotzdem. »Vielleicht nicht gerade bei uns, Shurotschka, sondern in Turkmenistan, wo es viel mehr Fliegen gibt?« »Vielleicht sind nicht alle gestorben, Shurotschka?« »Sicher hat die den Verstand verloren, aber vielleicht wollte sie ja nur dem Gefängnis entgehen?« Allein Sachar Antonowitsch, eifersüchtig auf unsere Ohren, konnte keine Ruhe finden auf seiner Bank. »Du denkst dir da nur wieder was aus, Weib!«, rief er verärgert, als die Erzählerin diskret eine Pause für einen Schluck Likör einlegte. »Die Ruhr, das ist die schrecklichste Krankheit! Die Ruhuhuhr!« Sachar Antonowitschs Geschichte konnten wir unglücklicherweise auswendig. Nicht nur einmal hatten wir uns über alle Maßen angeekelt alle Krankheitsfälle angehört, mit denen sich seine Division während des Krieges konfrontiert sah. Der Sonntag musste gerettet werden.

Schnell, Ljontschik hat Bier und eingelegte Rotaugen gebracht. Raja hat sauer Eingelegtes herausgerückt. Der Rottenführer, der gleich neben der Eingangstür wohnte, ist auf den Balkon hinausgetreten und hat von dort her Teller und Gläser ausgeteilt. Auch Maricicas Eltern, die alle liebten, sind herausgekommen, dann tauchte Katjuscha schöner als ein Blumengarten im Hof auf. Die Freude der Erwachsenen übertrug sich auch auf uns Kinder. Die Jungs zogen in einem lärmenden Haufen los zur Haltestelle, um Eis zu besorgen. Bella Isaakowna hatte ihnen von sich aus fünf Rubel gegeben. Oksanka stieg Volodâmâr auf den nackten Rücken und lachte glücklich. Die Art, wie ihr Verstand funktionierte, überstieg mein Fassungsvermögen und war eine Quelle fortwährender Verwunderung. Nach jenen Schlägen mit dem Igel hatte Oksanka Volodâmâr nicht nur nicht ihren Eltern verraten, sondern sogar angefangen, ihn zu lieben. Auch Morkowka war erschienen, im Wipfel der Kastanie konnte man Dmitrij erblicken. Dieser Junge hatte etwas Beängstigendes, etwas überwältigend Schönes. In seinem Gang, in seinem Schweigen, in seinem verrückten Im-Baum-Sein. Ein einfacher Sonntag, werdet ihr sagen, und vielleicht habt ihr recht. Wahrscheinlich habt ihr recht. Schönere aber hatten wir nicht.

## 66

Die Schule hatte begonnen, die Hälfte meiner Lehrbücher war neu. Ich hatte aufgehört, eine Flaschensammlerin zu sein, wenigstens in den Augen der Lehrerin. Bei meinen Mitschülern versuchte ich immer noch durchzudringen – wie durch einen Morast. Ich hörte ihnen in den Pausen zu, wenn sie von ihren Ferien erzählten. Die Städter gaben an mit der Bräune vom Meer, mit den Muscheln, die sie in Dunstgläsern gesammelt hatten, und langen Fahrten auf Schiffen mit den Namen von Helden. Diejenigen, die Großeltern auf dem Land hatten, erinnerten sich an Traktorfahrten oder an die Tiere, denen sie bei der Geburt geholfen hatten. Natascha redete von allen am meisten. In einem einzigen Sommer hatte sie es geschafft, auf die Krim und nach Moskau zu gelangen, woher sie mit ein paar unglaublichen Sachen zurückgekehrt war. Wer wusste schon, ob das wirklich alles so gewesen war, aber ihr Paar flauschiger weißer Strümpfe versetzte mir einen Stich ins Herz. Sie waren weich und hatten kleine rote Troddeln an der Rückseite der Waden. Manchmal tat ich während der Unterrichtsstunden so, als wäre mein Kugelschreiber oder Radiergummi zu Boden gefallen, dann bückte ich mich unter die Bank und streichelte über diese Troddeln. Ein Junge aus der Parallelklasse, Shenja, brachte in seinem Ranzen einen Drachen mit. Wir versammelten uns alle, wie zum Film. Er war gelb, auf seiner Unterseite war ein orangefarbener Lindwurm zu sehen, und etwa zwanzig Meter Schnur waren dran. Die Jungs ließen ihn ganz schnell in den Himmel steigen und rannten mit ihm drei Minuten lang durch den Hof. Dann blieb der Drachen an einem Strommast hängen, und alle Freude war zu Ende. Shenja weinte eine ganze Woche lang, aber niemand konnte den Drachen herunterholen. Er blieb dort, in den Stromkabeln verheddert, bis zum nächsten Frühling, als er, von Regen und Schneefällen aufgeweicht und faulig geworden, wie ein Erdklumpen herunterfiel. Ja, meine Ferien waren anders. Gut, dass mich niemand gefragt hat, wo ich gewesen war und was ich gesehen hatte. Was hätte ich ihnen schon erzählen können? Dass ich Flaschen gesammelt hatte, dass ich etwa zehn russische Zeitungen von Hand abgeschrieben oder dass ich erfahren hatte, was für eine schreckliche Krankheit die Ruhr ist? Dasselbe Stadtviertel, unterschiedliche Leben.

## 67

Im November sagte mir Tamara Pawlowna, sie habe in Odessa zu tun, ich möge mich entscheiden, wo ich übernachten wollte. Entweder bei Raja oder bei Shura. Mehr sollte ich sie nicht fragen, auch sollte ich nicht glauben, sie würde es nicht erfahren, wenn ich etwas anstellte. Ich sagte ihr erfreut, ich wollte bei Katja schlafen, dachte, die Auswahl zu haben, heiße, tatsächlich auch wählen zu können. Die Ohrfeige erinnerte mich sogleich, dass dem nicht so war. Katja? Bei Katjuscha wollte ich schlafen? Dass sie sich eine undankbare Hündin vom Internat geholt hatte, habe sie schon gewusst, aber sieh an, dass sie sich eine Hure eingehandelt hatte, das sei ihr noch nicht bewusst gewesen. Sie hat mir alle Knochen verflucht und mich für drei Tage zu Shura geschickt. Das war nicht schlecht, aber zum *blagodarnost*, zum Dank musste ich Shura die ganze Wohnung putzen, und die hatte schon seit etlichen Monaten keinen Besen und keinen Lappen mehr gesehen.

## 68

Wenn es sich wenigstens ausgezahlt hätte, aber nun hatte auch ich angefangen zu glauben, ich hätte die falsche Wahl getroffen. Es fiel mir schwer, es hatte auch keinen Sinn, mich zu verstecken. Den Rest der Hausaufgaben hatte ich in einer halben Stunde erledigt, aber mit der moldauischen Sprache verlor ich manchmal einen ganzen Abend. Ich verwechselte die Endungen, schrieb mit Trennungsstrich, was mit Apostroph geschrieben werden musste, und bei den Aufsätzen fehlte mir der Atem. Alles das, was schön war an Sprache in meinem Kopf, war auf Russisch. Die hörte ich im Fernseher und im Radio. Auf den Straßen und im Hof. Ich kann mich an kein moldauisches Lied erinnern, das ich einem Russischen vorgezogen hätte. Keinen Zeichentrickfilm. Kein Märchen. Ich kannte etwa zwei Rätsel und drei Anekdoten, das schon. Rätsel und Anekdoten, darauf verstanden sich die Moldauer bestens. Ich behaupte nicht, es sei in allen Familien so gewesen. Es gab auch Kinder, die zu Hause Moldauisch sprachen, ihre Eltern lasen ihnen Bücher vor, sie hatten Großeltern auf dem Land, von wo sie Spiele und Erlebnisse mitbrachten. Wenn sie aber in den Hof herauskamen, landeten auch sie schnell beim Russischen. Wenn es die Wahl hatte, entschied Chişinău sich immer für die russische Sprache.

Also übersetzte ich. In Gedanken, mit lauter Stimme, die ganze Zeit. Mir kam es so vor, als wären die Wörter zuerst auf Russisch erfunden worden und danach erst in die anderen Sprachen gelangt. Eines Tages fragte ich Mariana Andrejewna, ob es in unserer Sprache auch Wörter gebe, die es in der russischen Sprache überhaupt nicht gab. Nach der Sache mit »podgorje« wollte ich vor Tamara Pawlowna mit solch einem Wort angeben. Aber sie erschrak wie eine Verrückte und schrie mich vor allen Kindern an. »Was sollen solche Fragen, willst du, dass ich deine Eltern in die Schule rufe?«

Nun sind es schon mehr als zwanzig Jahre, seitdem ich

nach Bukarest gekommen bin, und ich übersetze immer noch. Warum, frage ich mich jedes Mal, aus Sehnsucht nach jenen Zeiten? Aus dem Wunsch heraus, mich abzusetzen, klüger zu wirken? Mein Hirn kommt mir vor wie ein englischer Wasserhahn, der schlicht und einfach kein warmes Wasser von sich geben kann. Kalt oder heiß. Ja oder njet.

## 69

Katja war spät dran mit einer Verabredung und bat mich, ihr mit den Lockenwicklern zu helfen. So konnte ich mir in aller Ruhe ihr Zimmer anschauen. Das Sofa war abgeschabt, ein paar Federn lose. Die Bettwäsche weich und nicht gestärkt wie bei den Hausfrauen. An der Wand ein alter und hässlicher Teppich. In der Ecke ein Schrank mit lackierten Türen. Wie konnte eine so schöne Frau wie sie einfacher leben als die Mädchen im Wohnheim? Wie war es ihr gelungen, aus einem verschimmelten Loch einen Kristallpalast zu machen? Katjuscha musste die Männer mit etwas anderem verrückt machen. Nicht wegen ihrer Möbel stiegen sie zitternd die Treppenstufen hinauf.

»Hast du uns verraten«, fragte sie schlicht, als ich mit den Haaren fertig war und sie angefangen hatte, sich einen Rock zu bügeln. »Nein« antwortete ich schnell. Zu schnell. Sie glaubte, ich belüge sie, dabei hätte ich das nicht gewagt. Hätte ich vor der Wahl gestanden, mir selber die Zunge abzuschneiden oder Tamara Pawlowna eine Sache wie jene zu erzählen, hätte ich mich für Ersteres entschieden. Katja schaute mich neugierig an und setzte sich vor mir auf einen Stuhl. Ihre Augen glänzten in allen Farben, ihr Atem war kalt wie Gift und roch nach Mandeln. Ich merkte, dass ihr seidener Morgenmantel sich vorne etwas geöffnet hatte, und zwischen den Beinen lugten ein paar Fäden goldenen Haars hervor. Sie war schön wie ein Mond – Katjuscha – und ebenso einsam. Ihre Tochter hätte ich sein mögen, ihre Geheimnisse hätte ich hüten wollen. Ihr Brot und Milch bringen, sie kämmen und ihr Seidenzeug flicken. Wie viel Schönheit ging in diesen Menschen, wie viel! Warum hatte sich das Schicksal nicht um ein Stockwerk vertan, um ein Bett?

## 70

In der Schule wurden wir verpflichtet, uns in der Bezirksbibliothek einzuschreiben und mindestens ein Buch pro Woche zu lesen. Diejenigen, die fünf Bücher im Monat lasen, bekamen eine Fünf in Moldauisch. Unsere Bibliothek befand sich in der Tolbuhin-Straße und war russisch. Also lasen wir auf Russisch und wurden in moldauischer Sprache benotet. Der Gang in die Bibliothek nervte mich wegen der Bibliothekarin. Eine Dicke, die immerzu nach Arzneimitteln stank und deren dicke Winterunterhosen unter dem Rock zu sehen waren. Den ganzen Tag sprach diese fette Tonne am Telefon oder kochte sich in einem Teekessel Kräutertees. Wenn sie mich sah, ging es auch schon los. *Knigu protschitala ili tak?* Hast du das Buch gelesen oder nur drin rumgeblättert? Ich musste ihr seitenweise erzählen, was das Häschen getan hatte, der alte Pupser, wen die Piraten ausgeraubt hatten, woraus der Schatz auf der Schlangeninsel eigentlich bestand. Tamara Pawlowna ermutigte mein Dahinlesen nicht gerade. Vor allem, als sie mich eines Tages mit einem Buch über eine Prinzessin erwischt hatte, die sich auf eine Erbse gelegt hatte und vor Schmerzen nicht schlafen konnte. »Mit solchem Unsinn verschwendest du deine Zeit«, fragte sie mich. »Wenn der Mensch müde ist, schläft er auch auf Nadeln.« Und damit ich mich davon überzeugen könne, schickte sie mich ins Bad, die Wanne schrubben, bis ich meine Seele erbrach. Nach etwa zwei Monaten wurden meine Besuche in der Bibliothek seltener, dann hörten sie gänzlich auf. Damit ich in der Schule keinen Verdacht erregte, schrieb ich gegen Monatsende von den Mädchen vier Buchtitel ab. Ich hatte damit nie ein Problem. Mariana Andrejewna kümmerte es einen feuchten Kehricht, ob das stimmte, was ich da hinschrieb. Ein einziges Mal fehlte mir ein Titel, und sie hatte schon damit begonnen, die Hefte zur Prüfung einzusammeln. Ich musste schnell etwas erfinden, also schrieb ich:

4. Grădina de sticlă. Autor T. But[1]

Der Autorenname war mir von butylka, Flasche, gekommen, und ansonsten hatte ich hineingesteckt, was mir am teuersten war: meinen Garten aus Glas. Mariana Andrejewna hat nicht einmal mit der Wimper gezuckt. Die Lehrerin in ihr – in mir die Schriftstellerin.

1 »Der Glasgarten« auf Rumänisch, aber in russischer Grafie.

## 71

Sie war aus der Stadt zurückgekehrt und wirkte verändert. Sie aß nichts, schrie nicht herum, kontrollierte mich nicht im Russischen. Sie ging in die Küche, stellte den Teekessel auf die Platte, und trank hintereinander weg drei Gläser mit heißem Wasser. Raja war die mit den Altweiberheilmitteln. Fürs Herz – Wasser mit Zucker. Für den Magen – Wasser mit Jod. Für die Zähne – Wasser mit Salz, und immer so weiter. Sie aber hatte ich noch nie mit diesen Dingen gesehen. Sie hatte immer den Ärzten vertraut und den Medikamenten, sie respektierte die Medizin. An jenem Tag aber war sie eine andere. Sie hatte Kopfschmerzen, und ich sah, dass es starke Schmerzen sein mussten. »Ist Ihnen übel, Tamara Pawlowna«, fragte ich vorsichtig, denn ich wusste nicht, von welcher Seite ich mich nähern sollte. »Vielleicht ein Tee mit Honig?« Sie schaute nicht in meine Richtung, gut ging es ihr allerdings auch nicht.

Am nächsten Tag kam sie im gleichen Zustand nach Hause. Und auch am dritten. Innerhalb eines Monats waren ihre Kopfschmerzen Teil unseres Lebens geworden. Damals hatte das Ende begonnen, doch woher hätten wir das wissen können? So etwas kann man nie wissen.

Vor dem Schlafengehen ging sie vor den Spiegel, führte ihre zu Fäusten geballten Hände an die Schläfen und begann zu drücken. Sie drückte und drückte, manchmal kratzte sie sich bis aufs Blut auf. *Tschego ty chotschesch, poganaja?* Was willst du, Drecksstück? Ihr Kopf sprach. Ich ließ sie ein paar

Minuten gewähren und schubste sie dann auf das Bett zu wie einen Schubkarren. *Proidjot, proidjot*, wiederholte ich zigmal, es geht vorüber, es geht vorüber, bis sie sich in Bewegung setzte. Morgens war der Schmerz weg, und sie wurde wieder die Alte: eilig und nimmersatt.

## 72

Vierecke unten, Vierecke oben – die Häuser. Lange Striche, die Straßen, kurze Striche, die Autos. Die Stadt war uns eine viereckige Henne mit Küken. Und bloß die Menschen, die glaubten, sie könnten alles, die den Eindruck hatten, sie stünden über allem – ein paar Punkte. Punkte, Punkte, Punkte, wie am Ende eines Kapitels, das du nicht beenden kannst, oder das eben beginnt, versteht ihr? Es hieß *Teufelsrad*, und genau das war es auch. Ich sah ihn häufig zwischen den Zweigen, im gelben Hemd, jung und an eine Turbine gelehnt. Wie er mit einem Finger das Rad drehte, das voll von uns war, voll mit uns – den Kindern, die ohne Gott aufgewachsen waren.

Aus wessen Schuld war er entkommen, wem etwa hatte er es zu verdanken? Wer hatte ihn in unsere Stadt gebracht, damit er sich langweile, damit er Sehnsucht bekomme, während sein Rivale – der Meistgeliebte unter den Rivalen – aus dem Gedächtnis und aus dem Kalender getilgt worden war? Wussten denn die Henkeranfänger nicht, dass sie, wenn sie nur einen am Leben ließen, den anderen ununterbrochen gebären und wiederbeleben würden?

Was ist das Teufelsrad?

Wer ist der Teufel?

Die Wahrheit aus dem Mund der Kinder, die Kinder aus dem Mund der Wahrheit.

Und warum hat man schließlich nicht erst einmal gesagt: Gott ist auferstanden?!

## 73

Jeden Tag gingen wir nach dem Unterricht zum Rad. Maricica mochte es oben, ich jedoch in der Mitte. Von dort her, von der höchsten Kurve her hielten wir uns für die Herrinnen der Stadt. Fliegen wollte sie, während ich versuchte, mich an den Boden zu gewöhnen. Chişinău kam mir als der schönste Ort der Welt vor, und die Städter – mehr denn Menschen. Die Bauern widerten mich an, die nur in die Stadt kamen, um auf den Markt zu gehen. Immerzu mit Taschen und Säcken, immerzu nach Keller riechend oder nach Tieren. Angeekelt schaute ich mir die dicken und ungelenken Frauen an, selbst die jungen schon mit Kopftüchern, sie stiegen schon um acht Uhr morgens verschwitzt in den Bus. Ich hütete mich vor ihren Männern mit den Goldzähnen und bis unter die Achseln hochgezogenen Hosen. Ich hatte Mitleid mit den Moldauern, mit allen. Mit ihrer sinnlosen Sprache, ihrer Gefügigkeit und Heiterkeit in jedweder Lage, selbst bei Erniedrigung. Ich wollte nicht wie sie sein. Ich war eine andere und lebte unter anderen.

Ich war in den zwei Jahren ganz schön gewachsen, überragte beinahe schon Tamara Pawlowna. Ich war kein Kind mehr, aber auch noch nichts anderes geworden. Die Mädchen in der Klasse redeten viel von sich und über Jungs. Alle warteten sie darauf, dass sie ihre Periode bekämen, als wäre dies eine Bestätigung. Ich hatte überhaupt kein Interesse an mir, dafür umso mehr für die anderen. Abends betrachtete ich mich wie eine Fremde im Spiegel. Ich wusste, wie jeder Teil des Körpers heißt, aber ich sah auch, dass meine Körperteile nur der Reihe nach funktionieren konnten, niemals gleichzeitig. Wenn ich meine Brüste berührte, blieb der Rest meines Körpers auf der Stelle stehen. Wenn ich einen Finger zwischen die Beine steckte, richteten sich auch die Augen und der Geist darauf. Ich war überzeugt, ich würde niemals Lust empfinden, und war nicht weit weg von der Wahrheit. Ich hatte Hände, Beine, Augen – drei Möglichkeiten von fünfen, das waren nicht wenige. Sachar Antonowitsch hatte weder Hände noch Beine. Bella Isaakowna konnte kein Kind bekommen, und Tonea konnte nicht lieben, wie es sich gehört. Shurotschka war scheinbar ganz und scheinbar auch nicht. Und Tamara Pawlowna war tagsüber ein Mensch und nachts ein Vogel. Ich konnte mich nicht beschweren.

*Die Direktorin wächst von oben herab und züchtet*
*Würmer in ihrem Mund.*
*Wenn du geschlagen wirst – erträgst du es.*
*Wenn du nichts zu essen bekommst – erträgst du es.*
*Wenn du es nicht ertragen kannst – weinst du heimlich.*
*Ich gehe durch die Hintertür, damit der Rest der Kinder*
*nicht traurig wird.*
*Nach Nirgendwo.*

## 74

Er schrieb, er werde zu ihrem Geburtstag kommen, und wir fingen an zu putzen. Die Vorhänge, die Teppiche, die Lüster – ich war erledigt. Ljontschik half uns nicht mehr wie früher, denn ich war kein Kind mehr. »Wozu das Geld einem Säufer geben, wenn man vier Hände im Haus hat?« Zusammen mit Jekaterina hatte ich seinen letzten Besuch bei uns, als er wie ein Dieb hier vorbeigekommen war, vor Tamara Pawlowna verheimlicht. Gewiss wusste auch Shura davon, wie hätte es auch anders sein können? Zwischen ihr und Katja hatte schon immer eine unerklärte Komplizinnenschaft bestanden. Shura liebte Katja, wie Sammler schöne Gegenstände lieben: blind, besinnungslos. Nach unserer Begegnung, die mich etliche Jahre lang verstört hatte, küsste Michail mich auf die Stirn und ging zu Katjuscha. Er roch nach Zigaretten und frischem Hemd, nach heiß und nach Schmerz. Ich spürte sein raues Gesicht mit dem beginnenden Bartwuchs, und wenn er nicht so schnell gegangen wäre, hätte ich ihn zu mir gezogen. Als Erste.

Alle freuten sie sich, ihn zu sehen. Shura bekam eine Flasche Weichsellikör und eine Salbe für die Adern geschenkt. Bella Isaakowna – ein seltenes Medizinbuch. Raja – Bonbons und einen männlichen Rat dahingehend, wie sie ihre Jungs wiederbekommen konnte. Katja hatte er ein Umhängetuch gebracht – das offizielle Geschenk – und heimlich goldene Hängeohrringe. Tamara Pawlowna hatte sich auch vorbereitet. Sie hatte sich von Sinaida ein neues Kleid mit

Dreiviertelärmeln und Rückenknöpfung nähen lassen. Allerdings schien es, als wäre bei der letzten Anprobe etwas schiefgegangen, denn das Dekolleté war zu tief geraten. Michail sagte ihr scherzhaft, sie sehe aus wie ein Flittchen, und sie verpasste ihm eins aufs Maul.

Katja war den ganzen Abend wachsam. Zu wissen, dass der Mann, den man liebt, auf der anderen Seite der Wand schläft, in der Wohnung einer anderen Frau, fällt einem nicht eben leicht. Ansonsten – alles nach Plan. Mir fiel es leicht, so zu tun, als sähe ich ihn zum ersten Mal. Ich hielt mich ohnehin meist in der Küche auf: bereitete das Essen vor, machte den Abwasch und wärmte mehrmals das Rote-Bete-Borschtsch auf – sein bevorzugtes Essen. Dann Makrele, Ente, Torte. Ich ließ sie nach Lust und Laune reden. Viel über Odessa und die Veränderungen. Michail schien besorgt zu sein und wollte sie überzeugen, es aufzugeben. Sie aber schlug mit der Faust auf den Tisch und schrie ihn an, er solle sie nicht belehren, denn sie sei kein kleines Mädchen. »Wer hat einen Menschen aus dir gemacht, Mischa, bring du mir nicht bei, was Geld ist.« Sie war gerade fünfzig geworden.

## 75

Ich mache mir mit meiner Tamara keine Illusionen. Kei-ne ein-zi-ge. Im Alter werde ich allein sein wie eine Aussätzige und alle meine Ängste – die ich jetzt noch in Fesseln gelegt, in den Schraubstock eingespannt, mit erhobenem Fallbeil unter der Guillotine halten kann – werden wie eine Treibjagd über mich herfallen. Es ist besser so. Du musst wissen, dass niemand, und erst recht keiner von denen, mit denen du deine Jahre und dein Geld verschwendest, am Ende bei dir sein wird. Welch eine Erleichterung, zu erfahren, dass die Abwesenheit dessen, den du liebst, gerechtfertigt ist. Dass die Leere im Herzen nicht dein Scheitern bedeutet oder das eines anderen. Ich sehe, verstehe, dass Tamara nicht für mich wird sorgen können, und dies führt dazu, dass ich ihr noch mehr gebe. Sie noch verzweifelter liebe. Was nützt es ihr, dass ich sie von klein auf erzogen habe? Wie viele Kannen Wasser habe ich ihr gebracht, wie oft habe ich ihre Stirn gekühlt? Ich bei den Irren, Tamara im Krankenhaus. Wer hat da noch was zu sagen? Wer glättet euch das Ende?

## 76

Er war hässlich und beinahe kahl, wie alle von Katjuschas Liebhabern. Und doch etwas schöner als jene, die ich bisher gesehen hatte. Vor allem jünger. Shurotschka wollte nicht davon ablassen, dass er zu jung sei. »So ein Mann kann unmöglich mein Alter haben«, sagte sie unzufrieden und fuhr sich mit der Bürste über die Adern. Ihr zufolge war das Ende der Welt nahe, an einem Ende der Stadt, und nur Blinde wie wir konnten so tun, als sähen sie es nicht. Tamara Pawlowna mochte seinen Namen – Michail –, aber von seinem Beruf war sie nicht begeistert. *Agronom, konetschno ne doktor*, sagte sie, ein Agronom, gewiss kein Doktor, aber mehr kommentierte sie nicht. Mir befahl sie, den Mund geschlossen zu halten und nichts davon in der Schule herumzuerzählen. Das war nicht unsere Sache. Ihre Worte machten mich noch neugieriger. Bis dahin hatte sie mir noch nie verboten, Dinge in der Schule zu erzählen. Bei diesen Gesprächen war nicht einmal Bella Isaakowna zugegen, aber das war zu erwarten gewesen. Doch auch Rosa nicht. Die Freundschaft mit Rosa hatte zu stinken begonnen. Rosa hatte ein Parteibuch – hatte es eigentlich schon während der ganzen Zeit gehabt. Shura wusste es aus sicherer Quelle.

Raja war es wie stets völlig egal, wer da gekommen war. Raja hatte wieder einmal Probleme mit ihren Jungs. Diesmal mit dem zweiten. Der hatte jemanden verprügelt oder etwas gestohlen und war ebenfalls von der Universität geflogen, und zwar direkt in einen Zug – er war Schaffner geworden. Und welcher von den dreien, welcher? Aljoschenka, der Brillante, der nur in Daunenbetten und mit Sahne aufgewachsen war! Katja konnte den Blick nicht vom Fernseher abwenden und fragte alle Welt, als hätte ihre Platte einen Sprung: Was hat er auf der Stirn, was hat er auf der Stirn? So etwas hatte nicht einmal sie je gesehen, und Männerstirnen sowie den gesamten Rest hatte Katjuscha genug gesehen. Gewiss, diesen Fleck konnte man nicht so mir nichts, dir nichts verbergen. Der zog sich rot und klar über den halben Kopf. Er glich einer Landkarte, jedenfalls etwas Geografischem. Oder, nun ja, wie Raja meinte – einem Stempel.

Mehr und Genaueres erfuhr ich am nächsten Tag von Oksanka, die wie ein Papagei alles wiederholte, was ihr Vater zu Hause gesagt hatte. »Eine Fotzenglatze ist dieser euer Gorbatschow«, und zum Guten würde uns ein solcher Mann nicht führen können. Nur Sachar Antonowitsch hantierte nicht mit Spekulationen, er hatte etwas Konkretes über den Fleck zu sagen. *More eto Kaspiskoje*, klärte er uns alle auf, und wenigstens eine von uns – Katjuscha – beruhigte sich: Das ist das Kaspische Meer.

## 77

Pawlik – wer hätte das gedacht? Wir beweinten mitleidig sein Schicksal, und er überholte uns alle um zehn Leben. Ich denke oft daran, dass ausgerechnet das fehlende Auge ihm Glück gebracht hat. Denn wenn es ihm die Kinder nicht ausgeschlagen hätten, als er noch ganz klein war, wenn er nicht mit der Missachtung der Jungs und dem Gespött der Mädchen aufgewachsen wäre, hätte Pawlik nichts aus seinem Leben gemacht. Schon merkwürdig, wie Gott seine Geschenke verteilt, als spielte er gelangweilt russisches Roulette. Pawlik hat er erst die Kindheit genommen, um ihn danach mit Glück zu überhäufen. Mir hat er, ganz im Gegenteil, alles auf einmal genommen, und letztlich mich auch noch dessen beraubt, was nicht ihm gehörte. Pawlik habe ich vor sechs Jahren in Hamburg getroffen. Das Krankenhaus hatte mich zusammen mit Florica zu einem Spezialisierungskurs geschickt. Wenn du kein Glück hast im Leben, dann hast du eben keines. Wir schliefen beide im selben Bett, ihr Geplapper verfolgte mich die ganze Woche über. Ich wusste von Marina, dass Pawlik in Hamburg wohnte, und schrieb ihm, ob wir uns treffen wollten. Ich hätte es verstanden, wenn er mir nicht geantwortet hätte. Vielleicht wollte er Chişinău vergessen, und ich war auch nicht die angenehmste Erinnerung. Aber mitnichten. Er freute sich, und wie er sich freute! Er kam mit dem Auto und holte mich vom Hotel ab, brachte mir Blumen. Er hatte in der ganzen Stadt Kastanienkerzen gesucht und gefunden. Seltsam, diese Blumen. Die Deutschen haben nicht die richtigen Kastanien, immerhin etwas, das sie nicht haben. Und wie schön Pawlik war! Schön wie ein Deutscher, da hätte niemand sagen können, er sei nicht einer von ihnen. Arriviert, Anwalt, braun gebrannt. Ich schaute sogleich auf sein Glasauge, und er lachte kindlich. »Ich sehe nichts, aber wenigstens habe ich kein Loch im Kopf.«

Wir ließen das Auto auf einem Parkplatz stehen und gingen mit einer Flasche Wodka an den Hafen. Bis es Nacht wurde, schauten wir zu, wie die Frachtschiffe beladen wurden. Wir zählten die Kräne, die Container, wunderten uns, wie viel Geld es auf der Welt gab. Seine Mutter sei am Herzen gestorben, sagte er, und ich erzählte ihm von Tamara Pawlowna und was aus ihr geworden war. Von Shurotschka, Sachar Antonowitsch und Asea berichtete ich nur die guten Nachrichten. Asea hatte er angesprochen, und das hatte mich gewundert. Ich wusste nicht, dass er die ganze Zeit über in sie verliebt gewesen war. »Glaubst du, Asea hätte einen Einäugigen angeschaut?«, lächelte er bitter, und ich sagte lachend Nein, sie hätte es bestimmt nicht getan. Eine reiche Jüdin mit einem Pawlik? Asea war schon lange in Moskau, arbeitete als Ärztin und war mit einem Bankdirektor verheiratet. Dann begann Pawlik zu weinen. Still, die Hände in meine Schultern gekrallt, als wäre alles, was er in den letzten Jahren in sich hineingefressen hatte, nun aufgeplatzt. Und es floss, Pawlik weinte alles heraus. Ich ließ ihn, solange er wollte, war ihm Kissen in jener Nacht. Ich glaube, dort in seinem Deutschland hat ihn niemals jemand so weinen gesehen, ist auch nicht nötig. Dort möge er nur Freude empfinden. Und die Kastanien mögen immer blühen. Qual und Tränen mögen an dem Ort verbleiben, an dem er geboren wurde. Diesen Tag hatte ich zusammen mit Pawlik, der nicht spielte, nur so dastand. In einem fremden Land, an einem fremden Wasser – ein Tag, in den dreißig Jahre hineinpassten.

## 78

Sie wirkte eher verwundert denn erschrocken, wie alle, wenn sie eine schwarze Nachricht hören, sie verstehen sie, aber schieben es hinaus, ihr einen Platz in ihrem Hirn einzuräumen. Ich sah, wie sie sich schlapp auf die Bettkante hinabsinken ließ, nur ein Finger war in die Luft gereckt und drehte sich wie ein Windmühlenflügel. Ich verstand sogleich, was sie wollte, und hastete zum Fernseher. Gorbatschow begann lauter zu reden. Sein Fleck glänzte, seine Hände waren ineinander verschränkt, *der Teufel.* Er war jung, nicht zu bremsen. Worte, Zahlen, *ukaz*. Ich verstand nichts, es war, als hätten sich alle russischen Wörter, die ich kannte, hinter den moldauischen versteckt. Sie aber hatte verstanden. Ihre Mundwinkel hingen herab, die Augen waren erloschen und die runzligen Kniescheiben unter dem dünnen Nachthemd hervorgeglitten. Als sie am ganzen Leib zu zittern begann, ging ich zu ihr hin und legte ihr ihre

Hand in den Schoß. Sie schaute mir direkt in die Augen, und da spürte ich zum ersten Mal ihre Angst. Ranzig, ergraut, zahnlos – die Angst. Sie war in ihre Wohnung eingedrungen und lachte ihr ins Gesicht, so wie ich es in all diesen Jahren hatte tun wollen. Auf dem Fernsehbildschirm tauchten hintereinander weg Grafiken und besoffene Leute auf. Der Übersetzer in der unteren Ecke rang seine Hände, als wollte er sich bei allen Zuschauern entschuldigen. Auch die Tauben und die Stummen hörten, was sie nicht hören wollte. *Suchoj sakon.* Wie zwei Messerstiche in den Rücken, dieses Schnapsverbot. Es war meine Schuld. Der Zaubersamen hatte endlich meinen Wunsch erfüllt.

## 79

Ich schaue sie durch das Fenster hindurch an, sie wird in ein paar Wochen gebären. Am Morgen hatte sie gesagt, ich hätte schöne Hände, wie Flügel. *Like wings of a stork*, hörte ich von ihrem Bett her. Wie Storchenflügel. Ich tat so, als wäre ich in Eile, aber ich spürte, wie ich dahinschmolz. Was soll ich in Norwegen tun? Was soll ich wo auch immer mit meiner Tamara tun? *Norsk* steht auf ihrer Krankenkarte. Ich ging an die Suchmaschine und kam auf UDI. Nicht dass sie mich gerufen hätte, aber die Sache mit den Händen hat mich erweicht. Ich glaube, jenseits der Hände ist mir nichts mehr geblieben. Verkrumpelt, böse, eine Säuferin. Immerzu fühle ich mich so, als wäre ich von einem Stuhl aufgestanden, um jemandem die Tür zu öffnen, und wenn ich zurückkehrte, war mein Platz besetzt. Von einer Hure, einem Dickwanst, von jemand Jüngerem und Schönerem. Vielleicht wäre es für mich mit einer Frau einfacher? Ich könnte mich gehen lassen, wir wären aus dem gleichen Lager, nähmen die gleichen Plätze ein. Ich müsste nicht mehr raten, ich wüsste, wo ich herumlaufe. Dass ich zu guter Letzt auch mache, was ich gelernt habe. Mir könnte eine Lange und Sommersprossige gefallen mit rötlichen Brustwarzen, wie Granatapfelkerne. Rothaarig oder vielleicht kahl. Ich würde sie entzweibrechen, ihr Haare auf den Kopf malen, ihr schmerzhaft aufs Schlüsselbein drücken. Verwunderung, Schmerz, Genuss. *You are free to go now*, was hätte ich ihr sonst noch sagen können? Sie können jetzt gehen. Und weg war sie.

## 80

*Neprawilnyj u tebja sad, towarischtsch Polkownik!*, sagte Wanja, der Abschnittsbevollmächtigte, und spuckte diesem Morgen fett ins Gesicht. Dein Garten ist nicht in Ordnung, Genosse Rottenführer. Der Rottenführer antwortete ihm nicht sofort. Er kehrte ihm den Rücken zu, wie auch wir ihn vorhin schon angetroffen hatten, schnitt die Rosen. Sein kleines Messer mit Hirschhorngriff berührte nur kurz eine Blüte und schon fiel sie ihm taufeucht in den Arm. Von der Bank, von der aus wir ihm alle drei zuschauten, hatten wir jede seiner Gesten im Blick. Er war immer noch ein schöner Mann. Seine Schultern waren immer noch gerade, wiewohl seine Haare für einen Militär – selbst für einen Reservisten – mittlerweile ganz schön lang geraten waren. Nach ein paar sonnigen Tagen war es kalt geworden in der Stadt, und über den Wohnblocks konnte man den Sturm deutlich sehen. Der Himmel hatte sich rings um uns in einem blutigen Kreis zusammengezogen, oder waren es vielleicht nur die Wörter?

Was Wanja über den Garten gesagt hatte, war schäbig. Und für unseren Hof, für uns, die wir daraus tranken wie aus einem lebendig sprudelnden Brunnen, hatten seine Worte den Geschmack einer Kanne voll Gift. Stimmt schon, mehrere Leute waren der Meinung, die Rosen des Rottenführers seien fehlerhaft, sie glichen weder denen in den Parks noch denen, die in den wenigen Blumenläden verkauft wurden. Andere wiederum äußerten aufrichtige Verwunderung, ehrlich, nicht scheinheilig und vergiftet wie die Worte des Milizionärs.

Als er sich umwandte zu uns, hatte der Rottenführer drei Rosen in der rechten Hand. Oksanka reichte er die gelbe. Maricica die weiße, und mir gab er die rote. Keine hatte Dornen, und jede duftete nach etwas anderem – nach mehr als Blumen. Wanja grinste, und bei dem Anblick wäre ich gerne Stiefel geworden, um ihm die Verachtung aus der Fresse zu treten. Maricica, sah ich, war erschrocken. Und Oksanka, die nicht zweimal nachdachte, bevor sie Blödsinn von sich gab, machte den Mund auf. Aber an ihrer Stelle sprach der Rottenführer. Langsam, jedes Wort in eine Kugel verwandelnd.

*Tak eto she Bog tak chotel, Wanja, ne ja.* So hat es Gott gewollt, Wanja, nicht ich.

Ich habe mir oft überlegt, was wohl geschehen wäre,

wenn Oksanka gesprochen hätte. Wenn sie, ein Kind, gesagt hätte, was Wanja zu hören verdient hatte. Vielleicht wäre die Stille, die dann einsetzte, nicht so drückend gewesen. Vielleicht wäre der Tag nicht mit einem Loch in der Mitte stehen geblieben. Aber alles hat sich ganz genau so zugetragen und nicht anders. Und später dann haben alle ihm die Schuld gegeben, und niemand anderem.

## 81

Mein Lebtag habe ich Stücke aus mir gerissen und sie an Leute verteilt, die sie dann den Hunden zum Fraß hingeworfen haben. Um mich an ein paar Dinge zu erinnern, brauche ich Hilfe: Gerüche, Gebärden, Alkohol. Oder aber, seht da, zwei im Regen lachende Mädchen. So viele Jahre sind vergangen, aber ich warte immer noch an den Haltestellen auf fremde Menschen, die mich geleiten könnten. Nur die Telefonkabine fehlt – ob es sie wohl noch gibt? –, ich könnte mich sonst darin einschließen wie in einen gläsernen Schrank. Heute habe ich eine Stunde lang an der Universität auf ihn gewartet, und er ist nicht gekommen. Genauso wie es ihr damals ergangen ist. In dreißig Jahren haben sich lediglich die Stadt und die Haltestelle geändert.

Ich war einige Male nach Hause gerannt, weil ich dachte, sie habe es sich vielleicht anders überlegt und ein Taxi genommen. Das tat sie manchmal, wenn sie glaubte, man verfolge sie. Shurotschka kam mit dem Vorschlag, ich solle mich nicht mehr so sinnlos verausgaben, sondern an dem Ort auf sie warten, den sie mir genannt hatte. Anrufen sollte ich sie, wenn ich Nachrichten übers öffentliche Telefon empfangen wollte. Der Vorschlag war gut. Immerhin saß Shura auf dem Balkon und hätte sie sofort gesehen, wenn sie ins Treppenhaus des Wohnblocks getreten wäre. Schon klar, es hätte sich rein gar nichts geändert, wenn ich sie zu Hause auf dem Sofa erwartet hätte. Aber mir gefällt die Vorstellung, dass ich wenigstens ein paar Dinge so getan habe, wie es sich gehört.

Es regnete, es war einer der Tage, in denen die Stadt hässlich wurde und niemand sie mehr mochte. Die Leute auf den Straßen schützten sich unter wasserdichten Regenschirmen aus Zellophan oder der Zeitschrift *Femeia Moldovei*, die zum Dach über dem Kopf eingedreht worden war. Der einzige Ort, an dem ich mich hätte unterstellen können, die Telefonzelle, war besetzt. Ein Junge – offenbar Student oder schlicht und einfach ein gescheiter Junge mit Büchern unter dem Arm – sprach und gestikulierte nervös. Er war bedrückt. Hin und wieder neigte er den Kopf an den Apparat, als ertrüge er nur äußerst schwer, was da aus dem Hörer kam. Ich dachte, vielleicht sollte ich ihm auf den Geist gehen, und ging an die Telefonzelle heran. Nun sah ich, dass er weinte, er hatte sich mit den Fingernägeln die pickelübersäte Stirn zerkratzt und war jetzt beim Kinn angelangt. Ich hatte überhaupt keine Chance. Also ließ ich ihn in Frieden und lehnte mich an den Stamm einer Pappel. Immerhin etwas, dachte ich. Ich denke immer so. Niemals an etwas Gutes, Wahres, etwas, das es wert wäre. Immerhin etwas.

Und da habe ich sie gesehen. Es waren zwei Schwestern, die durch den Regen rannten. Sie lachten und sprangen über die Pfützen, die auf den sauberen Bürgersteigen entstanden waren. In ihrem Gefolge versuchte eine alte Frau, mit ihnen Schritt zu halten, aber das wollte ihr nicht gelingen. Sie hatte weiße Haare und trug ein blaues Kleid mit reichlich besticktem Kragen und Ärmeln, was darauf hindeutete, dass sie sehr viel Freizeit hatte. Oder aber sollte es ein Zeichen dafür sein, dass diese alte Frau immer noch schön sein wollte? Ihre Großmutter. Dies konnte man der vagen Ähnlichkeit ablesen – auch die Mädchen hatten große Augen und eine hohe Stirn –, aber vor allem an der Freude anstelle von Neid, mit der sie ihnen folgte. Ich folgte ihnen mit meinem Blick, bis sie alle drei am Ende eines Weges angelangt waren. Ich wusste, dass ich niemals, in keinem Leben einen solchen Tag erleben würde. Denn ich würde nicht wie verrückt mit einer größeren oder kleineren Schwester durch die Pfützen rennen können, ohne mich vor Prügeln zu fürchten.

Tamara Pawlowna kehrte am nächsten Tag aus Odessa zurück. Verprügelt und allen Geldes beraubt.

## 82

Offiziell wurde Alkohol nur zu bestimmten Uhrzeiten verkauft, in Wirklichkeit aber wurde überhaupt keiner mehr verkauft. Da ihnen die richtigen Getränke fehlten, gingen die Städter bald zu Ersatzgiften über. Nun gab es eine gewaltige Nachfrage nach allem, das wenigstens ein Gramm Alkohol enthielt: Kölnischwasser, medizinischer Alkohol, Bremsflüssigkeit, Waschlotion für die Windschutzscheiben, Frostschutzmittel. In den Apotheken wurden massenweise Calendula-Tinktur und Jod gekauft. Wenn es hart auf hart kam, wurden sogar Laugen gegen Ungeziefer mit Wasser oder Tee verdünnt. Ljontschik kam eines Abends am ganzen Leib zitternd zu uns und fragte, ob wir nicht vielleicht Lösung gegen Fußschweiß hätten. Das war schon ziemlich eklig, allerdings schmeckte sie wenigstens nach Gurken. »Getränk und Gemüse zugleich«, lachte er. Manch ein Alkoholiker stieg um und wurde Narkotiker. Statt Wein oder Wodka zu trinken, versammelten sie sich nun, um an Holzleim zu schnüffeln, an Lackverdünnern oder etwas anderem, das ebenso giftig war. Natronlauge, Azeton und Schuhcreme, um nur ein paar Beispiele zu geben. Letztere enthielt Spiritus, und wenn man sie aufs Brot schmierte und sie wieder abrieb, wenn sie getrocknet war, hatte man eine Art Gebäck mit Alkoholgeschmack. In den zwei Jahren, die der *suchoj sakon* andauerte, vergifteten sich Tausende. Die Leute kamen mit verätzten Speiseröhren und geplatzten Därmen in die Krankenhäuser, erblindet oder geistig verwirrt. Auch Ljontschik war einen Monat lang im Krankenhaus, nachdem er eben jene Schweinerei mit der Schuhcreme gegessen hatte. Der Arme hatte nicht begriffen, dass er sie vom Brot wieder hätte abreiben müssen, und sie einfach mitgegessen.

Die Ära der Spekulationen und der klandestinen Verkäufe hatte begonnen. Endlich war Wanja, der Kontaktbereichsmilizionär, an die Futterkrippe gelangt. Es verging kein Tag, an dem er nicht jemandem eine saftige Strafe aufbrummen oder Schmiergelder einstreichen konnte. Viele brannten in ihren Küchen Schnäpse aus allem, was sie in die Finger kriegen konnten – Gemüse, Früchten und allerlei

Abfällen. Viele bereicherten sich, aber es entstand auch viel Elend. Die größte Überraschung erlebten wir jedoch in unserer unmittelbaren Umgebung. Raja schaute sich all das eine Weile verwundert an und begann dann eines Tages selber, Wein zu verkaufen. Sie holte ihn heimlich von ihrer Schwester auf dem Land und vertrieb ihn von zu Hause aus in Kanistern. So machte sie einen Haufen Geld und kaufte sich sogar ein Auto. Aber sie sollte es nicht behalten. Räuber stahlen ihr den Schiguli aus dem Hof und Raja hatte nichts mehr von all ihrer Arbeit.

Tamara Pawlowna weinte nicht, aber sie war kurz davor. In der Stadt waren die Flaschen sehr selten geworden, und wenn man mal eine fand, war die nichts wert. Ich denke, es wäre besser gewesen, wenn sie damals geweint hätte. Sie hätte nicht all den Jammer hinuntergeschluckt und wäre vielleicht nicht dort gelandet, wo sie gelandet ist. Nicht das Geld fehlte ihr – wir hatten immer noch genug für ein gutes Leben –, ihr fehlte das Sammeln. Die Freude, aus nichts ein Vermögen zu machen, die hatte man ihr geraubt.

## 83

Tamara Pawlowna schubste mich schmerzhaft über die Schwelle, damit ich begriff. Der Flur roch inzwischen nach ungetragenem Schuhwerk. Meine Haare waren nass und die Haut frisch geschrubbt. Neues Kleid, neue Söckchen, neues Höschen. Ich war für eine Nacht zu Bella Isaakowna gekommen. Tamara Pawlowna musste wieder nach

Odessa reisen, und nach dem, was im Nachbarhof passiert war, ließ sie mich nicht mehr allein. Bellas Wohnung roch nach etwas Unbekanntem. Weder nach Blumen noch nach einem Menschen oder nach Speisen. Ich schaute mich ringsum und verstand, was Reichtum bedeutete. Erst einmal waren da die Teppiche. Weich, bunt, dick. Auf denen hätte ich mich bis zu meinem Tod herumwälzen können. Dann der Lüster: enorm, wie eine Sonne mit Zierrat aus funkelndem Glas. Und dann auch noch eine Anrichte die unter der Last des Kristalls ächzte. Gläser jeder Größe, Schlangen mit rubinroten Zungen, Eulen mit Bernsteinaugen. Auf einem separaten Regal seltene viereckige Kognakflaschen, die am Ausguss mit vergoldetem Draht verschnürt waren. Entzückend.

Im Salon konnte man viele Bücher auf dem Teppich liegen sehen. Darunter welche, die dick und breit waren und Titel in Goldbuchstaben trugen. Andere wieder waren kleiner und dünner und hatten Falten statt Seiten. Bella ließ sich bei ihnen auf die Knie hinab und ihr steifer Rock umhüllte sie glockenförmig. »Willst du Ärztin werden?«, fragte sie mich und zeigte mir an, ich möge zu ihr kommen. Sie sagte, ich solle mir ein Buch aussuchen, und ich griff mir eines aufs Geratewohl. Es war eine Enzyklopädie des menschlichen Körpers. Ich schlug sie so etwa in der Mitte auf und stieß auf das Herz. Groß und rot, zu groß. Ich dachte, wenn ich mir dieses Herz in die Brust steckte, wäre da kein Platz mehr für etwas anderes. Nach den Augen und dem Gehirn war meine Angst verschwunden und hatte einer Art Vergnügen Platz gemacht, wie ich es noch niemals empfunden hatte. Die Lungen und die Nieren kamen mir wie Kleinigkeiten vor, ebenso noch ein paar weitere Organe, über die ich flink hinwegblätterte. Länger verweilte ich beim Magen, denn er hatte mich an den Schlauch erinnert, mit dem der Rottenführer die Rosen sprengte. Ich stellte ihn mir gefüllt vor, und da ekelte ich mich.

Gegen Ende des Buches gelangte ich zu einem Körperteil, von dem ich nicht gedacht hatte, dass man es einfach so zeigen konnte, am helllichten Tag. Es war »diese Sache« der Frauen. Groß, geöffnet, über zwei aneinandergeklebte Seiten hinweg, wie ich bis dahin nur die Porträts irgendwelcher bedeutenden Persönlichkeiten in Zeitschriften gesehen hatte. Ich wollte das Buch zuklappen, eher verschämt denn erschrocken, aber Bella Isaakowna schob sich die Brille auf die Stirn und schaute mich neugierig an. Jener Blick und die Worte, die dann folgten, waren meine erste fachliche Prüfung. *Eto pisda. Dlja shenschtschiny waschnee tschem serdze.* Das ist die Möse. Für eine Frau ist sie wichtiger als das Herz.

Und der Kaffee duftete.

## 84

Eines Tages fragte ich Mariana Andrejewna, wie man *projektor* ins Moldauische übersetzt. »Eine Art Lampe«, war ihre Antwort, wie gewöhnlich genial. Ich konnte mich nicht beruhigen. Ich schaute jeden Abend mit Tamara Pawlowna *Projektor perestroiki*, die populärste Sendung jener Zeit, und ich verstand nicht, was *projektor* bedeuten sollte. Also eine Art Lampe. In der Schule waren die Meinungen über die Perestroika geteilt. Die Kinder aus gescheiten Familien sagen, die Perestroika sei eine gute Sache. Freiheit und all das. Dafür meinten diejenigen, die aus Familien stammten, in denen das Denken auf dem zweiten Platz rangierte, oder auf dem dritten oder vierundzwanzigsten – wie bei mir und Tamara Pawlowna –, die Welt rolle hangabwärts. Als könnte sie etwa auch den Berg hinaufrollen. Die Zeit hat gezeigt, dass sowohl die einen als auch die anderen recht hatten.

## 85

Nach wie vielen Erinnerungen wird der Mensch zum Alkoholiker, wie oft muss man ein Kind verraten, damit sein Herz schwarz wird? Ich musste nicht Ärztin werden, musste es nicht. Es gibt Menschen, die werden durch ihren Beruf vergiftet, und nach meiner Tamara wäre es nur korrekt gewesen, den Kindern anderer Leute nicht zu nahe zu kommen. Ich sehe, wie sie geboren werden – weich und hilflos –, und denke, wenigstens sie werden mal glücklich sein. Mit Müttern, sogar mit Vätern. Mit Geld. Dann sehe ich, wie sie ihre Kiefer in die schlagen, die sie geboren haben, und an ihnen zerren wie junge Hunde. Was ist der Schmerz eines anderen Menschen angesichts des eigenen Hungers? Die Grausamkeit. Die Grausamkeit steckt schon in ihrem Innern, bebend wie eine rote Blume. Die Grausamkeit wächst im Menschen schneller als die Fingernägel, das Haar, die Zähne.

Diese Frau, die einen toten Jungen geboren hat – ich bin doch zu ihr hin –, sie sagte, sie betrachte sich trotzdem als Mutter. Der Tod hat nichts anderes bewirkt, als sie über einige Etappen hinwegzuheben. *Wir gelangen alle dorthin, die Lebenden, die Toten und die anderen, die dazwischen.* Ihre Worte haben mich erschüttert, und mein Kopf ist voll davon. Ich denke sie immerzu, drehe und wende sie, möchte sie auch für mich wahr machen. *Und die anderen, die dazwischen.* Der Tod! Der Tod macht ohnehin, was er will. Aber was geschieht, wenn das Leben dich über einige Etappen hinwegführt? Wenn du siehst, dass du noch lebendig und kräftig bist, aber es – das Leben –, es schickt dich ans Ende der Schlange und betrachtet dich wie einen beinahe Toten. Ich bin dazwischen, Tamara ist dazwischen. Mein ganzes Leben war dazwischen. Ich möchte wenigstens zwei Etappen zurück. Zumindest ohne diese große Enttäuschung, die sich als Liebe ausgab.

## 86

Denn was heißt eigentlich Glasnost?
Im Trolleybus zu fluchen.
Der Miliz zu verraten, welcher Nachbar Alkohol verkauft.
Die Russen nach Hause zu schicken.

Das mit den Russen konnte man nun öfter hören, zu oft in einer kleinen Stadt, worin der Hof Legion war. Immer mehr

Moldauer sagten offen, dass sie ihre eigene Sprache haben, mit der Betonung auf *eigene*. Und unsere Sprache, unsere Sprache – aus dem Fernseher, aus dem Radio, aus den Mündern. Für einige Russen waren das die ersten moldauischen Wörter, die sie zu hören bekamen. Offenbar auch die einzigen. »Uuunsehere Sprache«, rief Shurotschka angewidert wie eine Italienerin vom Balkon und erzählte irgendeine Räuberpistole, die sie sich in der Nacht ausgedacht hatte. Shura verstand sich darauf, ihre Geschichten anzupassen.

Mir, die ich so in der Herde im Internat gelebt hatte, war der Wunsch und vor allem die Freude, etwas als »das Unsere« zu bezeichnen, fremd. Ich sagte in allen Sprachen »meins«: zur Birke, zur Sonne und zu Lenin. Alles, was ich in die Finger kriegte, wurde meins. Eines Abends fragte ich Tamara Pawlowna aus Dummheit, wo das Haus der Russen war, aber ich bekam schmerzhaft eine aufs Maul. Ihre Antwort auf alle meine falschen Fragen. Marina klärte mich am nächsten Tag auf: Der Bahnhof, der Bahnhof war ihr Haus. Ich spürte, sah, dass sich etwas verändert hatte.

Die Kinder der Moldauer ließen sich im Hof von den Kindern der Russen nicht mehr »Maisbreifresser« nennen, oder aber sie erwiderten umgehend mit einem »Ihr Säue«. Nach den Unterrichtsstunden kamen nun die Jungs von der russischen Schule im Tal, um sich mit unseren Jungs zu prügeln. Mir ist, als hätten unsere sie öfter verprügelt. Bei den Mädchen war es anders. Die Russinnen hatten sich stets für schöner und schlauer gehalten als die Moldauerinnen, und dabei blieb es auch. Es herrschte großer Bedarf an einem Fingernagel, der uns alle glatt strich.

87

Raja schien verärgert, aber sie verscheuchte mich nicht. »Hast dir die beste Zeit ausgesucht, um hier reinzuschneien«, rief sie mir von hinter der Tür zu und rannte in die Küche. Ich folgte ihr leicht angeekelt. Wollte wissen, wo der Gestank herkam. Auf der Herdplatte ein Aluminiumkessel, in dem ich sie die Früchte für ihre Marmeladen hatte waschen sehen. Der Geruch kam mir bekannt vor, aber eine Speise konnte es nicht sein. Ich ging näher heran und sah einen rötlichen Schaum, der kurz davor war, sich über den schmierig verklebten Rand zu ergießen. Raja legte den Deckel drauf, und der Gestank ließ nach. »Was ist das«, fragte ich sie, die Hand vor dem Mund. »Was denn, kannst du bei Nacht nicht schlafen?«, wies sie meine Frage ab. Eigentlich war ich ja mit einer Aufgabe zu ihr gekommen.

Ich musste eine Schokoladenwurst machen – eine der Idiotien, die man den Mädchen in der vierten Klasse abverlangte. Aus dem Unterrichtsfach *Vorbereitung auf die Lebensführung* erinnere ich mich noch an die Schokoladenwurst und an das Kreuzstichsticken. Mit anderen Worten, auf das Leben war ich stahlbetonmäßig vorbereitet, als ich die Schule verließ. Vom Rest will ich schweigen. Niemand hat mich auf die Vergewaltigung vorbereitet. Niemand hat mich auf den Verrat vorbereitet. Waschen, Essen, ins Bett gehen: Das musste eine Frau können. Niemand hat mir gesagt, dass der Tag kommen würde, an dem mein Mann – einer der Jungs, die im gleichen Unterrichtsfach ganz bewundernswerte Holzschnitzereien anfertigten – auf mein Essen und meine Sauberkeit scheißen und davongehen würde. Nicht einmal zu einer anderen Frau, auch nicht mit einem bestimmten Ziel. Er würde schlicht und einfach davongehen. So etwa war das mit unserer »Vorbereitung auf das Leben«. Wirst du geschlagen – knetest du eben eine Schokoladenwurst. Gebierst ein krankes Kind – bestickst ein Taschentuch im Kreuzstich.

Stimmt schon, ich bin böse. Ich fluche und trinke. Mache auch noch andere Sachen. Ohne verzauberte Glühwürmchen in meinem finsteren Loch. An jenem Tag habe ich keine Wurst mehr gemacht, und auch an keinem anderen Tag. Raja wusch in diesem Kessel die Lumpen, die zwischen ihren Beinen gesteckt hatten, wie es alle Frauen einmal im Monat tun mussten. Als ich erfuhr, was sie da auf der Herdplatte stehen hatte, und den Geruch gestockten Blutes erkannte, bin ich hinausgegangen und habe im Treppenhaus alles erbrochen, was ich gegessen hatte.

## 88

*Poama – der größte Reichtum der Fluren!*, stand auf dem Blatt an der Windschutzscheibe des Ikarus-Busses, der uns in eine Kolchose in der Vorstadt fahren sollte. Einige der Kinder waren von ihren Eltern hergebracht worden. Um ihnen hart gekochte Eier und nach Knoblauch stinkende Fleischklößchen mitzugeben, was von den Städtern für Wegzehrung gehalten wurde. Aber auch um den begleitenden Lehrern noch ein paar Worte zu sagen. »Bitte beachten Sie, unser Nataschalein hatte eine Blinddarminfektion.« Oder: »Der kleine Shenja verkühlt sich sehr schnell, wenn es geht, sollte er immer Handschuhe und Schal tragen.« Tamara Pawlowna fragte, als sie hörte, dass ich mit der Schule zum Arbeitseinsatz fahren sollte, ob ich auch bezahlt würde. Ich sagte, dass ich es nicht wisse. »Das Schaf säugt, solange es ein Lämmchen hat, aber der Dummkopf lässt sich sein ganzes Leben lang melken«, winkte sie gelangweilt ab. Die Freude meiner Mitschüler kannte keine Grenzen. Auch ich freute mich, dass ich mitkommen durfte. Was hatte ich denn bis dahin schon gesehen? Solange ich im Internat war, war ich nirgends sonst hingekommen. Die Welt der Waisenkinder war am Tor und hinter der Kantine zu Ende gewesen.

Durch das große Busfenster sah ich ein anderes Leben. Anstelle der Wohnblocks und Balkone Häuser mit Toren und angeketteten Hunden. Anstelle der breiten Straßen schmale Gassen, Gänse. Pferdewagen und Laster. Nicht eine einzige Ampel, Kühe. Die Schule, *prawlenije*, der Sitz der Kolchose, die Kirche mit kleinem k. Frauen mit Kopftüchern. Zu heitere Männer, ihre Kinder, die uns winkten.

Grün, violett, gelb: Der Weingarten nahm kein Ende. Die vielfarbigen Seidenkordeln und was sonst noch von den letztjährigen Kleidern der Frauen übrig geblieben war, leuchteten zwischen den Reben wie Überreste des Sommers. Überwältigende Schönheit, hätte ich gesagt, wenn ich damals diese Worte gekannt hätte. Aber ich kannte sie nicht. Ich atmete tief ein und hörte zu, was Mariana Andrejewna sagte. »Wir schauen uns den Weinberg an, Kinderchen, den Schatz unserer Ahnen, die Freude ihrer Hände, das Sehnsuchtslied des gesamten Geschlechts.« Und immer so weiter. Ich löste mich von der Klasse und rannte mit ausgebreiteten Armen bis zur Hälfte einer Reihe. Ich konnte es nicht glauben, dass es all diese Schönheit außerhalb der Stadt geben konnte. Hinter dem Hügel kam die Sonne heraus und, vom Morgenlicht gestreift, erglühte der Weinberg. Ich legte mich unter die Reben und begann, die Trauben direkt mit dem Mund zu essen, verschlang die Trauben mitsamt den Kernen. Sie rochen nach Gras und nach Basilikum und nach Glückseligkeit. Soll ich davonlaufen, mich verstecken, bleiben? Wenigstens einen Tag, wenigstens bis zum Abend.

*Sterben die Großeltern gleichzeitig mit den Eltern?*
*Warum kommen die Waisen nicht zu den Eltern der Eltern, sondern zu Tamara Pawlownas?*
*Woher holt sich der Rottenführer die verzauberten Samenkörner?*

## 89

Die Zahlen waren tatsächlich erfreulich. Der Alkoholismus hatte abgenommen, dafür war alles andere angestiegen. Tamara Pawlowna schaute kaum mehr Fernsehen – sie bekam Kopfschmerzen von den Nachrichten. Vor allem, nachdem sie durch die politischen Entscheidungen auch noch ihrer Arbeit beraubt worden war. Die Flaschen waren einfach zu Abfall geworden. Unser Sammelzentrum wurde mit einem anderen, kleineren, zusammengelegt, und Geschäftsführerin wurde eine jüngere Frau, die *auch* Moldauisch sprach. Ich dachte, das würde sie niederschmettern, aber ich hatte mich geirrt. Sie weinte etwa zwei Tage und begann schließlich, Raja bei deren Spekulationen beizustehen. Es ging ihr ganz gut. Wieder schleppte sie den ganzen Tag volle Taschen, allerdings nicht mit leeren Flaschen, sondern mit Wein und mit *samogon*, selbst gebranntem Schnaps. Wanja, der Quartiersmilizionär, der ziemlich genau wusste, was die beiden taten, wurde bestochen. Sie wurden von ihm gedeckt.

Damals wurden auch ihre Reisen nach Odessa häufiger. Als ich nach Jahren erfuhr, dass sie seltene Medikamente, die Michail ihr auf krummen Wegen hatte zukommen lassen, auf dem Schwarzmarkt verkaufte, wunderte mich das kaum noch. Sie fuhr nun alle zwei Wochen mal hin und ließ mich fortan nicht mehr bei anderen übernachten. »Als ich so alt war wie du, habe ich Mischa schon allein großgezogen«, sagte sie mir jedes Mal, wenn sie mit der schwarzen Tasche durch die Tür ging. Bestimmt log sie. Man konnte sehen, dass sie etwas verbarg, aber das kümmerte mich nicht. Ich war sogar froh, dass sie mich allein ließ. Ich schaute bis spät nachts fern, aß jede Menge Salami ohne Brot und trank literweise Birkensaft. Ich hatte mir allerhand Geld zusammengeklaut, das ich im Souterrain hinter dem Rohr versteckt hielt. Ich konnte mir alles kaufen, worauf ich Lust hatte. Warum ich stahl, weiß ich nicht. Nicht aus Armut, nicht vor Hunger. Geld hat sie mir immer gegeben. Ich stahl eher aus der Überzeugung heraus, dass mir sehr viel mehr zustand oder wenigstens der gleiche Anteil. Wie sollte ich sie sonst bestrafen, wenn nicht, indem ich sie ärmer machte?

## 90

In der Schule war ich unter den besten Schülern, ich stolperte nur über die Sprache. Selbst Mariana Andrejewna, die eine dumme Nudel war, wunderte sich, warum ich mich bei so einer leichten Disziplin schwertat. Aus Verärgerung musste ich wohl angefangen haben, im Fernsehen immer häufiger Sendungen in moldauischer Sprache zu suchen. Tamara Pawlowna rümpfte vielleicht zweimal die Nase, aber ich sagte, ich würde sie »aus Trainingsgründen« schauen. Und damit wir keine Geschenke machen müssten, wie andere Kinder es taten. Dies gefiel ihr.

Die Diskussionen über die »Besatzer« – wie die Russen neuerdings genannt wurden – hielten an. Ich wusste nicht, auf wessen Seite ich sein sollte. Die Schule war moldauisch, aber das Russische mochte ich lieber. Ich sprach im Hof Russisch, im Geschäft und in der Stadt. Also überall. Greta, die mit der Kreide, begann mit einer neuen Werbekampagne. »Unsere Sprache ist die rumänische Sprache und nicht das Moldauische«, hörte ich sie auf den Fluren sagen. Die Kinder hörten ihr mit offenen Mündern zu. Eines Tages ging auch ich hin und hörte ihr zu, aber ich verstand nicht sonderlich viel. Sie sagte beispielsweise, vor langer Zeit habe Moldau an Rumänien drangeklebt – ja, genau so sagte sie es! »Womit war es drangeklebt?«, wollte ich wissen, und schon war sie verärgert. Dann sagte sie, die Russen hätten alle klugen Moldauer umgebracht und nur die Dummen am Leben gelassen. Nun, dazu wusste ich nichts mehr zu sagen. Und zum Schluss flüsterte sie uns zu, ihr Vater habe ihr beigebracht, in *lateinischer Schrift* zu lesen.

Stimmt schon, Greta sprach schöner als Mariana Andrejewna, allerdings war das auch nicht schwer. Mariana Andrejewna sprach wie eine Asphaltwalze, der man eine Kartoffel ins Auspuffrohr gesteckt hatte. Und so roch sie auch. Ansonsten aber glaubte ich von alledem, was ich von Greta zu hören bekam, kein einziges Wort. Aber ich überlegte, auch hier mein Glück zu versuchen, und fragte auch sie, wie man die Schweinerei von wegen Projektor der Perestroika ins Moldauische übersetzen sollte. »Eine Art Lampe«, antwortete Greta. Wenigstens etwas wusste ich nun mit einiger Sicherheit.

## 91

Tonea war zweifellos die schönste Frau in unserem Hof. Katjuscha wusste sich zu pflegen, aber an manchen Tagen verblasste auch ihr Gesicht, trotz der vielen teuren Cremes. *U Kati opjat upalo lizo*, kündigte Shurotschka diskret an, Katja ist wieder das Gesicht heruntergefallen, aber mehr als das sagte keine von ihnen. Alle waren sie Frauen und wussten, wie es war, wenn man Kohlen in der Brust hatte.

Wenn sie heute leben würde, wäre Tonea Model geworden. Mager, die langen Haare von einem Mittelscheitel zweigeteilt und streichholzdünne Gelenke. Die arme Tonea nannten sie die Nachbarinnen, die sich auf Marmeladen,

Gelees und Heilkräuter verstanden, aber blind waren, wenn es um die Seele eines Menschen ging. Und so blieb Tonea ihr ganzes Leben lang arm. Tonea, Tonetschika, Antonina. Sie liebte die Frauen, unsere Tonea, aber nicht einmal sie selbst hatte den Mut, sich das in aller Konsequenz einzugestehen. Woher eine Liebe für alle nehmen?

Ich erinnere mich an einen Nachmittag, den ich, bevor ich nach Rumänien ging, bei ihr zu Hause verbracht habe. Manchmal hat man diesen Wunsch, einen Menschen zu sehen. Der wandert in dir herum wie eine Feuerkugel und richtet Verwüstung an. Ich wollte jemandem von Radu erzählen und spürte, dass allein Tonea diesen Verzweiflungszustand mitzufühlen in der Lage war. Sie war krank. Sie hatte sich in einen Sessel gekauert und aß ein Stück Obst. Wir sprachen viel an jenem Nachmittag. Sie sagte mir, es sei besser, grünen Tee zu trinken als Kompott. Das heiße Wasser lasse einen altern, ebenso das Fleisch, und dass der Wodka etwas für die Mushiks ist. Dass irgendwo, gar nicht mal so weit weg, eine Stadt sei, in der die Leute alle groß und schön, und die Dächer der Häuser rot wie lodernde Flammen seien. Als sie mich fragte, warum ich gekommen war, wusste ich nicht, was ich sagen sollte. Also sagte ich schlicht, wenn ich nicht gekommen wäre, wäre es mir sehr schlecht ergangen. Als ich ging, gab mir Tonea etwas grünen Tee in einem Taschentuch mit und sagte: »Antonina, mein Name ist Antonina«. Sie wusste bestimmt, wie die Frauen sie nannten, aber es kümmerte sie nicht.

## 92

Im Mai erfuhren wir alle, dass sich im April in der Ukraine etwas Schlimmes ereignet hatte. Im Moldauischunterricht lernten wir, was Strahlung bedeutet und Explosion, und im Russischunterricht *dolg*, Pflicht, und *geroj*, Held. Ich kannte beides schon. Um mich vor meinen Mitschülern hervorzutun, erzählte ich auf Russisch von Sergej Laso und wie er bei lebendigem Leib in einer Lokomotive verbrannt war. Dabei fügte ich noch eigene Lügen hinzu – ich hatte von Shurotschka gelernt, wie man eine Geschichte aufbaut. Die Explosion interessierte uns kaum. Wir waren alle stolz, dass wir Pioniere geworden waren, und ich war ganz wild auf meine rote Krawatte. Ich bügelte sie jeden Abend am Rande meines Bettes, damit bloß keine Spur vom Knoten des Vortags übrig bliebe. Den Oktobristenanstecker hatte ich an den Vorhang in der Küche gesteckt, er interessierte mich nicht mehr. Angesichts all dessen kam mir Tschernobyl nun tatsächlich popelig vor.

Unsere Ignoranz entsetzt mich. Wahrscheinlich hat allein Bella Isaakowna wirklich verstanden, was für eine Tragödie geschehen war, aber sie verspürte nicht das Bedürfnis, von einer Bühne herab zu sprechen wie Shura. In jenen Tagen starben die Leute da und dort, und wir dachten ans Meer und an die Einmachzeit. Shura wälzte sich in den Lügen wie die Schweine im Morast, aber die Nachbarn glaubten ihr, es war nur noch wenig Gutes in der Welt verblieben. Jenseits der Sprache und der Explosionen, der Perestroika und Rajas blühender Spekulation trugen sich in der Stadt auch noch ein paar andere Dinge zu. Ich war offiziell zur Frau geworden. Ich hatte meine Periode bekommen, und das war interessanter als alles oben Erwähnte zusammengenommen. Ich war keine Rotznase mehr und konnte auf der Straße *dewuschka*, Fräulein, gerufen werden. In der Schule redeten die Mädchen nur über die Liebe. Diejenigen, die ältere Schwestern hatten, erzählten die unglaublichsten Dinge so, als wären sie ihnen geschehen. Zwei meiner Mitschülerinnen – die dicksten in der Klasse – hatten angefangen, BHs zu tragen, und die eine gab damit an, dass ihr *da unten* Haare gewachsen waren. Oksanka – wen wunderte das? – hatte schon einen Jungen aus der neunten Klasse geküsst, und Maricica hatte einen Geliebten, der ihr Liebesbriefe schrieb. Bis dahin war es für mich – gerade, was den BH betraf – noch eine weite Wegstrecke. Ich sah aus wie ein Besenstiel und anstelle von Brüsten trug ich zwei Bohnenkerne mit mir herum, die sich nur bei Kälte verhärteten. Ich dachte schon an die Liebe, aber offenbar nicht so, wie es sich gehörte. Nachdem Rodion Eduardowitsch uns schon alles Mögliche angetan hatte, kam es mir vor, als befände ich mich längst auf einer völlig anderen Stufe. Und nach der Begegnung mit Michail kamen mir die Jungs meines Alters nur unterentwickelt und picklig vor.

## 93

Wenn ich nach Herzenslust weinen wollte, schloss ich mich im Bad ein und log, ich würde mich gründlich waschen. Das Waschen war bei uns höchst angesehen, sie ließ mich in Ruhe. Eine Sache aber sagte sie doch noch, als sie erfuhr, dass es bei mir mit den Rotphasen losgegangen war. *Stanesch podstilkoj, ubju.* Wenn du zum Flittchen wirst, bringe ich dich um. In der Sekunde sah ich Neid in ihren Augen. Das sage ich ohne jedes Ressentiment, nicht um sie zu beschuldigen oder ein weiteres Mal schlecht von ihr zu sprechen. In Ermangelung anderer Freuden beneideten sich die Frauen häufig gegenseitig, ja selbst um den blutenden Spalt der anderen. So waren die Zeiten: Entweder du heiratetest und ertrugst es oder du standst hinten an – machtest auf Hundeschwanz –, aber kriegtest hin und wieder ein Geschenk, eine Blume und den Rest. Eigentlich, was heißt hier Rest, welchen Rest? Ein Stück Kuchen und eine Nelke, nicht einmal zwei wie die Toten. Schließlich kriegten nicht alle goldene Ohrgehänge und Parfüms wie Jekaterina. Die Spalte von Shurotschka war etwas ganz anderes als die von Katjuscha. Auch die Männer waren nicht gerade blöd, die wussten schon auch, wem sie mehr zu geben hatten und wem weniger.

Wenn es damals einen Gott gegeben hätte, ich hätte ihn gebeten, er möge mich anders machen. Hätte ihn gebeten, wenigstens einen Tropfen Freude an mich zu verschwenden, wenigstens einen kleinen Rest von Genuss. Mir hätte es schon gereicht, wenn er in meine Richtung gespuckt hätte, ich war nicht habgierig. Sosehr ich sie liebte, so sehr verachtete ich sie auch. Für ihre kargen Leben, denen jeder körperliche Genuss abging. Für die Knoten im Hals und im Herzen. Ich hätte es wagen können, Hure zu werden. Ich kam aus dem Internat, was konnte man von einem Waisenkind schon erwarten? Am meisten aber fürchtete ich, in ein paar Jahren so zu sein wie sie – immerzu nach Essen riechend, bucklig und schlapp, ohne Brüste, ein Gebiss im Mund. Mit »der Sache«, die aussah wie eine rote Paprika. Das mit der roten Paprika hatte ich von Raja gehört. Sie erzählte bei einem Besäufnis davon, dass ein Mann mal auf eine verzichtet hatte, weil sie »diese paprikarote Sache« hatte. Ich blieb einen ganzen Abend im Bad, um zu sehen, womit meine Sache wohl zu vergleichen war. Jedenfalls nicht mit roter Paprika. Wenn ich sie so krank sah, vor der Zeit gealtert, den Dreck zwischen ihren Beinen neben den Marmeladen auf dem Herd auskochend, verkrampfte sich mir das Herz in der Brust. Aber andere hatte ich nicht. Dies waren meine Frauen, die einzigen, die mich mochten.

Du, Mutter, was bist du gewesen: Hundeschwanz oder Seidenbluse?

## 94

O*tstan*, hau ab, sagte ich zweimal zu ihr, aber die Bettlerin ging weiterhin wie von einer Schnur gezogen mit uns mit. Ich versuchte, sie mit der Miliz zu erschrecken, aber das funktionierte nicht. Sie lachte und sang und bot uns immer wieder an, uns gegen einen Rubel die Zukunft vorherzusagen. Ich war mit Tamara Pawlowna auf dem Weg zum Arzt. Seit einiger Zeit wachte sie nachts schreiend auf, entsetzt von immer dem gleichen Traum, in dem es einen gesichtslosen Dieb gab. Am Anfang bedauerte ich sie. Ich brühte ihr einen Tee mit Honig auf, dachte, sie brauche vielleicht Wärme, um wieder einschlafen zu können. Aber der Traum wollte nicht verschwinden. Der gesichtslose Dieb holte noch einen schwarzen Mann herbei, der an der Tür auf sie lauerte, um ihr das Geld zu stehlen. Nach ein paar Monaten verwandelte sich mein Mitleid in Bitternis. Tee machte ich ihr keinen mehr, schreien aber, das konnte ich. Eine Zeit lang war es sogar besser. Wenn ich mit ihr schimpfte, wachte sie auf, dann schämte sie sich und legte sich wieder sachte auf das Kissen zurück. Sie weinte in die Fäuste, bis sie einschlief. Am Morgen blieb sie schlafend im Bett, ich aber zog mich an und ging zur Schule. Als ich es nicht mehr aushielt, ging ich zu Bella. Ich sagte ihr ehrlich, dass mir danach war, sie umzubringen. Bella Isaakowna hörte mir zu, schrieb eine Adresse und einen Namen auf einen Zettel und sagte »Donnerstag« zu mir. Wir sollten am Donnerstag hingehen.

Wir hatten uns verirrt. Wir waren die Straße hinaufgegangen, nicht hinunter, wie es uns eine Frau erklärt hatte. Weil die Leute die Straßen jeweils unterschiedlich sehen, und manch einer denkt sein ganzes Leben lang, oben sei unten. Ich ging voran, um die Leute zu fragen, und sie kam mit ihrer Wahrsagerei hinterher. »Komm, wenigstens für das Mädel, denn jung ist's und schön auch«, hörte ich sie hinter mir. Tamara Pawlowna, die kein Wort Moldauisch konnte, war hier verloren. Sie versuchte immerzu, die Wahrsagerin mit der Hand zu verscheuchen, diese aber, jünger und frecher, hüpfte wie eine Katze von einer Seite auf die andere.

Nach etwa einer halben Stunde war auch das Krankenhaus zu sehen – am Ende der Straße. Es war ein rundes Gebäude, völlig verglast, und ähnelte eher einem Raumschiff als einem Spital. Wir waren schon tausendmal dort vorbeigekommen, aber woher hätte ich denn wissen sollen, dass ein Spital rund sein und *romaschka*, Kamille, heißen konnte. Ich fragte mich, ob uns Bella Isaakowna den richtigen Weg beschrieben hatte. Konnten einen auch die Krankenhäuser, die Blumennamen trugen, heilen? Als die Bettlerin sah, dass wir angekommen waren, und damit auch begriff, dass sie kein Geld mehr aus uns herausholen konnte, regte sie sich furchtbar auf. Mich spuckte sie an, und ihr sagte sie ins Gesicht: »Umbringen wird dich das, was du am meisten liebst.« Dann hob sie einmal den Rock, verfluchte uns in ihrer Sprache und ging lauthals weiter fluchend davon.

## 95

Das Rohr spielte verrückt, es war Shura. Ich schaute auf den Wecker und sah die phosphoreszierende Zwei im Dunklen leuchten. Ich sprang auf die Beine und ging ans Fenster, woher die Stimme kam. »Tamaraaa«, rief Shurotschka weder laut noch leise. »Ta-ma-ra!« Sie hatte den ganzen Wohnblock geweckt. Tamara Pawlowna begann, sich ohne Eile anzuziehen. Ich blieb im Nachthemd, fuhr mir aber dreimal durchs Haar, für den Fall, dass andere Leute herauskämen. »Bist du's?«, fragte Shurotschka hinter der Kette hervor. »Der Tod, mach auf«, antwortete sie, und wir traten ein. Acht Familien in einer Sommernacht wieder zum Schlafen zu bringen, ist nicht leicht. Auch wenn Shura sich beruhigt hatte, die Schläge ans Heizungsrohr hielten an. Alle wollten sie zeigen, dass sie nicht schliefen, und zwar nicht gerade freiwillig. Selbst Sachar Antonowitsch klopfte mit seiner einen Hand ans Rohr. Tamara Pawlowna verkündete mit lauter Stimme vom Balkon, damit alle es hören konnten: *U Shury slutschilsja ispug.* Shura hat sich erschreckt. Die Nachbarn begannen nun, Shura einen Schweinetrog zu nennen, jemand sprach sogar von der Miliz.

Da dachte ich, dass die Leute nicht mehr waren wie früher. Von einer solchen Zugewandtheit direkt zur Miliz! In uns war etwas kaputtgegangen, etwas war verrottet, und wir waren nicht besser als eine Horde Tiere. Wir hatten kein Mitleid mehr und auch kein Vertrauen. Die Tage waren vorbei, an denen wir allesamt wässrige Kirschen aus einer hohlen Hand gegessen hatten, und einen Igel hätten wir innerhalb einer Sekunde umgebracht. In Wahrheit fürchteten wir uns. Wir fürchteten uns vor der Perestroika, aber noch mehr fürchteten wir uns davor, zuzugeben, dass wir uns fürchteten. Wir fürchteten uns vor der Strahlung, auch wenn nicht klar war, was sie uns antun konnte. Vor Banditen und vor einem Aufruhr fürchteten wir uns. Auf der Straße machten sich die Leute gegenseitig an. Die Russen schimpften auf die Moldauer, die Moldauer auf Moskau. Unsere Juden gingen weg! Aus Chişinău oder Czernowitz mit dem Zug bis Bukarest und von dort mit dem Flugzeug schnell weiter. Bezahlung in Dollar. So gelangte man nach Israel. Aber nicht alle waren Juden. Und es musste einen jemand dort erwarten.

Wir fragten Shura, warum sie uns mitten in der Nacht gerufen hatte, und da war dann endlich ihr glorreicher Augenblick gekommen. »Dort«, wies sie mit triumphaler Geste auf das Sofa, wo Jekaterina in einer Blutlache kauerte.

## 96

Mit dem Geld von ihrem Schwarzmarktgeschäft kaufte Raja sich einen Schiguli. Weiß, glänzend, mit einem Schalthebel, der eine Rosenknospe als Knauf hatte. Das hat ihr Tamara Pawlowna nie verziehen. Sie war es nicht gewohnt, mitanzusehen, dass andere mehr verdienten als sie. Ebenso wenig war sie es gewohnt, als Tagelöhnerin für jemand anderen zu arbeiten. Sie zankten eine ganze Nacht, tranken viel, aber es nutzte nichts. Etwa eine Woche darauf fuhr sie für drei Tage nach Odessa, und als sie zurückkehrte, leuchteten ihre Augen. In kürzester Zeit hatte der Schwarzhandel richtig zugelegt. Eines Abends packte sie sich ein paar Sachen in eine Tasche und sagte, sie werde bis zum Herbst dortbleiben. »Glaub bloß nicht, dass du mich aus dem Haus getrieben hast«, herrschte sie mich an, als sie durch die Tür ging, aber ich merkte, dass sie ihren Blick abgewandt hatte. Geld hat sie mir so viel dagelassen, als wäre ich drei Leute.

Ich hatte den ganzen Sommer nur für mich. Maricica war mit ihren Brüdern und den Eltern ans Meer gefahren.

Oksanka war für eine Woche zu einer Gagausenhochzeit geeilt. Mit dieser Hochzeit gab sie dermaßen an, als würden bei so einer Gagausenhochzeit wer weiß welche Wunder geschehen. Schließlich geschah auch eines, aber nur mit Oksanka. Nicht einmal die Braut war so begehrt. Von den Männern konnte man nur Sachar Antonowitsch und Ljontschik im Hof sehen, nachdem Letzteren unter anderem der Kampf gegen den Alkoholismus wieder zu einem Menschen gemacht hatte. Nach jenem Versehen mit der Schuhcreme hatte Ljontschik das Saufen aufgegeben, einen Arbeitsplatz und sogar eine Frau gefunden. Liza – so hieß sie – war gekommen, um mit ihm zusammenzuleben, und wir wunderten uns nicht wenig, als an seinen ewig ungeputzten Fenstern Vorhänge und Blumen auftauchten.

Ich ging jeden Tag zu Jekaterina. Nach der Abtreibung ging Katja kaum noch aus dem Haus, und ihre Beine waren stets verbunden. Ich sprach niemals mit ihr darüber, was in jener Nacht geschehen war. Tamara Pawlowna hatte mir nur gesagt, dass es auch mir so ergehen würde, wenn ich »die Männer in mich reinließe«. Ich habe eins und eins zusammengezählt und verstanden, dass Jekaterina versucht hatte, eine ungewünschte Schwangerschaft loszuwerden, indem sie sich in kochend heißes Wasser setzte. Ich glaube aber, sie hat noch mehr als nur das getan, meine Katja. Zu heftig quoll das Blut aus ihr. Sie hatte sich zu stark bestraft.

Ich wurde zu ihrem Hündchen. Brachte ihr die Medikamente aus der Apotheke, wechselte ihren Verband, half ihr beim Waschen. Den lieben langen Tag über lagen wir beide auf dem Bett, blätterten in Zeitschriften herum und träumten von schönen Orten und von Michail. Von ihm erzählte sie mir ganz offen, sie hatte nichts mehr zu verbergen. Sie kannten sich schon aus ihrer Jugendzeit, als Tamara Pawlowna mit ihm in die Stadt gekommen war und ihn wie eine Mutter großzog. Sie hatten sich ein paar Jahre geliebt, dann wollte sie mehr, wie alle schönen Mädchen. Ich war erstaunt, zu erfahren, dass Katjuscha ebenso wie ich noch nie irgendwo sonst gewesen war. Ihre teuren Kleider, die Dinge, die ihre Liebhaber ihr aus dem Ausland mitgebracht hatten, das waren ihre einzigen Reisen. Nach jenem Sommer kam kein einziger Wolga mehr in unseren Hof. Katja begann, längere Kleider und dickere Strümpfe zu tragen, fast so wie alle gewöhnlichen Frauen. Ihr Leben, wie sie es bis dahin gekannt hatte, war zu Ende.

## 97

Wenn mir vor lauter Einsamkeit und Freude über meine Diebereien der Kopf brummte, ging ich ins *Lajner*. Dort gab es das beste Eis in der ganzen Stadt, natürlich auch das teuerste. Aber Geld hatte ich genug. Ich musste es nur mit Sinn und Verstand ausgeben, damit man es nicht merkte. Ununterbrochen konsumierte ich Birkenlimonade, Kaugummis, Kuchen und Milchshakes. Es gab keine Konditorei in der Stadt, in der mich die Verkäuferinnen nicht gekannt hätten. »Däumchen«, »Ludmila«, »Krümelchen« – wie viel Geld ich bei ihnen gelassen habe! Was andere Kinder über mehrere Wochen von ihren Eltern erbettelten, gab ich an einem Tag aus.

»Lajner« war vor langer Zeit ein echtes Flugzeug gewesen – eine Antonow An-10A –, aber weil zu viele Flugzeuge dieses Typs angefangen hatten, vom Himmel zu fallen, wurde beschlossen, sie aus dem Verkehr zu ziehen. Die neuen wurden verändert und fliegen heute noch. Die alten aber wurden als Kinos, Schützensäle oder, wie hier, als Cafés in die Schwesterrepubliken verbracht.

Ich setzte mich immer ganz hinten im Rumpf auf die rechte Seite. Von da aus konnte ich alle hereinkommenden Leute sehen, dazu wie in der offenen Handfläche den Park und den See. Ich bestellte immer ein Eis mit Weichselkompott, und das kam in einem Metallbecher mit sehr viel Nusskrokant darüber. Es gab auch welche, die bestellten es mit geriebener Schokolade, aber die waren dumm. Eben das mit den Weichseln war das Glück auf Erden. Ich weiß nicht, ob ich nur wegen des Eisbechers dorthin gegangen bin. Ich denke, auch wegen des Vergnügens, die Welt durch ein Bullauge zu betrachten. Aber vor allem wegen des Gefühls, von Schönheit umgeben zu sein.

Dort gab es auch:

Eine Kellnerin mit spitzenbesetzter weißer Schürze und einer kronenförmigen Kopfbedeckung; Verliebte jeden Alters, die Hände und Beine unter den tellergroßen Tischchen ineinander verschlungen; Studenten, die vom anderen Ende her Fotos machten, damit das ganze Flugzeug ins Bild passte; kleine Kännchen mit verzaubertem Kaffee und schwarze Schokoladenvierecke; Birken.

## 98

Es reicht, morgens über eine Schwelle zu treten, damit die anderen sagen, du seist weggegangen. Aber über eine Grenze gehen? In Moldau bin ich eine Weggegangene, in Rumänien bin ich eine Zugezogene. Manchmal kommt es mir so vor, als lebte ich allein in meinem Kopf, und auch dort nur zur Miete. Ich sagte ihnen, dass sie nicht schwer ist, diese Sprache, nur groß. Dass es nicht reicht, zu wissen, wie die Dinge heißen. »Du willst uns wohl auf die Schippe nehmen«, lachten sie, aber ich wusste nicht einmal, was »auf die Schippe nehmen« bedeutet. Alles kluge Mädchen. Roxana mit drei Fremdsprachen, Magda mit Akademikereltern. Aber sie wiederholten immerzu, wie schwer sie sei, die russische Sprache, zu schwer. Tausende Knochen auswendig wissen, aber keine Sprache lernen können! Am Anfang wollte ich ihnen helfen, ich glaubte, sie seien ehrlich und wollten sie tatsächlich erlernen. Auf eigene Kosten fertigte ich Kopien mit Verben und Endungen für sie an. Endlich hatte auch ich etwas zu geben. Aber ich musste begreifen, dass sie das Russische überhaupt nicht interessierte, es machte ihnen bloß Spaß, zu sagen, wie geil es sei. Diese Faszination für die Russen – ohne sie zu verstehen und ohne sie zu kennen –, das ist zu viel für mich, und es tut weh. So viele Jahre sind nun vergangen, seitdem ich nach Bukarest gekommen bin, und es hat sich nichts geändert. Immer noch bin ich »die Russin«. Die Sprache und die Angst: Zu dem Preis, zu dem sie mich kaufen, verkaufen sie mich auch.

## 99

Andere Sorgen als die Wohnung sauber zu halten, hatte ich nicht. Ich aß, was ich wollte, ging jeden Tag ins Kino oder stieg schlicht und einfach in einen Trolleybus und fuhr durch die ganze Stadt. Im Juli kam sie einmal nach Hause, um zu sehen, ob ich allein zurechtkomme, sagte sie. Ich aber war sicher, dass sie wegen etwas anderem gekommen war. Sie fürchtete wohl, ich könnte verhuren. Für sie konnte eine Frau nicht mehr verkommen, als wenn sie den Männern in die Hände fiel. In Odessa hatte sie einen Alten gefunden und den um ein Untermietverhältnis gebeten. Der freute sich, dass sie ihn ernährte – er überließ ihr ein ganzes Zimmer. Ich freute mich aufrichtig, sie zu sehen, und das wunderte mich. Freiheit und Einsamkeit sind nicht das Gleiche, das hatte ich bald begriffen. Ansonsten fühlte ich mich längst als Herrin. In der Küche hatte ich eine Ordnung nach meinem Geschmack geschaffen, und auch im Zimmer hatte ich einige Änderungen vorgenommen. Dem Beispiel von Bella Isaakowna folgend, hatte ich Fliegengitter für die Fenster gekauft. Einen neuen Abfalleimer, eine Nachttischlampe. Und ins Bad hatte ich einen flauschigen Teppich gelegt, wie ich es bei Raja gesehen hatte. Sie lobte mich für all das.

In jenem Monat hatte sie so viel Geld gemacht wie sonst in einem Jahr, aber sie hatte noch immer nicht genug. Sobald sie durch die Tür getreten war, zog sie die Vorhänge zu und begann, aus allen möglichen Verstecken Geldbündel hervorzuholen. Sie hatte sie in Kleider eingenäht, im Boden der

Reisetasche verborgen, sie trug mehrere Blusen übereinander, obwohl draußen eine Gluthitze herrschte. Man merkte, dass sie sich recht selten oder überhaupt nicht mehr wusch, denn sie stank entsetzlich. Sie war wie die Säufer geworden, die sie früher so angeekelt hatten. Ich bestand darauf, sie ins Bad zu verfrachten, wo ich sie gründlich wusch. Sie hörte auf mich, und ich konnte sehen, dass sie sich schämte. Ich habe ihr die Haare entwirrt und die Fingernägel geschnitten. Habe sie sauber und rein zurückgeschickt.

Eines Abends legte sie zweitausend Rubel zur Seite – so viel Geld hatte ich noch nie in unserer Wohnung gesehen. Sie legte ein Gummiband darum und trug das Geld am nächsten Morgen zur Bank. Als sie ging, reichte sie mir zweihundert Rubel. »Für die Schule und als Geburtstagsgeschenk«, sagte sie. Sie schnappte sich ihre Tasche, die Blusen, und ich sah sie erst im Herbst wieder.

## 100

Im August habe ich mich allein auf die Schule vorbereitet. Im *Uniwermag*, dem Kaufhaus von Chişinău, kaufte ich mir eine Uniform, Schuhe und einen Mantel. Ich ging zu Mariana Andrejewna und bat sie um die Liste der nötigen Dinge. Ich flickte meine Lehrbücher. Ich hatte Sehnsucht nach meinen Klassenkameraden, nach dem Geruch der Tafelkreide und guten Noten. Ich hatte genug von den Filmen und den Cafés, aber vor allem von Katja. Ich liebte sie wie die Augen im Kopf, aber mit ihrer Abtreibung hatte sie mich fertiggemacht. Nicht einmal sie selbst verstand, denke ich, was sie fühlte. Den einen Tag weinte sie, weil sie ihr Kind umgebracht hatte, den anderen, weil sie wegen eines »Scheißhaufens mit Augen« hässlich geworden war. Nun hatte auch ich nicht allzu viel Verstand, aber ich konnte sehen, dass ihr Unglück von ganz woanders herrührte. Katja hatte sich ein Kind gewünscht, aber nicht von irgendwem, sondern von Michail. Und auch nicht irgendwie und irgendwo, sondern in Moskau. Ich hatte Mitleid mit ihr, aber es war nicht unerschöpflich. Immerhin war sie kein schutzloser Igel. Sie war ziemlich schlau, aber sie hatte einen Fehler gemacht.

Es geschahen zu viele Frauenangelegenheiten rings um mich. Raja und Marina stritten sich den ganzen Tag ums Heiraten. Shura hielt mich stundenlang zurück, um mir von irgendwelchen ihrer Großtaten zu erzählen. Wenigstens wenn Tamara Pawlowna zugegen war, schämte sie sich, mir von intimen Dingen zu erzählen. Aber wenn wir allein waren, vergaß Shura mein Alter ebenso wie ihre Scham. Was ich in jenem Sommer von ihr hörte, hätte mir für fünf Ehen gereicht. Die arme Shura, wenn sie schon nicht Liebe machen konnte, erfand sie sich eben Liebhaber.

Oksanka war zu Hause, aber sie kam mich nicht besuchen. Immerzu hatte sie mit Volodâmâr zu tun, dem sie wie ein Schatten folgte. Mitunter grüßten wir uns morgens, dann ging sie zum Kindergarten im Tal, wo sie sich heimlich trafen, wie ich wohl wusste. Den ganzen Tag saßen sie auf dem Spielplatz. Ich sah sie lachen und sich auf der Rutschbahn oder unter dem hölzernen Pilz küssen. Mir blieb Sachar Antonowitsch und manchmal kam auch noch Bella Isaakowna bei mir vorbei.

Ich erinnere mich an einen Samstag, als sie an meiner Tür klingelte und mich auf einen Spaziergang mitnahm. Sie hatte Mitleid mit mir bekommen, als sie sah, was für einen Sommer ich hatte. Wir liefen beide lange und ein ganzes Stück, genauso wie in den Filmen über Moskau, in denen die Helden in zehn Sekunden die ganze Stadt durchqueren können. Russisch sprechend, wie die Eliten. Aus Angst, den von ihr ausgesuchten Weg allzu schnell zu Ende zu bringen, bewegte ich kaum noch meine Beine. An Bellas Arm sah ich mich als Studentin, eminent, reich. Mit einem moskowitischen Doktor der Wissenschaften, der mir den Hof machte. Ich habe immer davon geträumt, einen moskowitischen Doktor der Wissenschaften zu heiraten. Am Abend aß ich Eis und trank Mineralwasser aus einem neumodischen Gerät. Dabei habe ich erfahren, dass jedes anständige Mädchen ein Taschentuch und ein Gefäß zum Wassertrinken in der Handtasche haben muss. Das Taschentuch habe ich auch heute noch stets dabei.

Der Tag war fast vorüber, aber es gab ihn noch. Die letzten Sonnenstrahlen beschienen schicksalsergeben unser Viertel. In dieser Wirklichkeit wäre ich am liebsten erstarrt. Ich wollte die Zeit anhalten und sie mit uns allen darin in ein Bernsteinkorn verwandeln. Es blieben uns noch zwei Straßen, und wir stiegen jeden einzelnen Schritt voran, der zu unserer Trennung führen würde. Plötzlich blieb Bella Isaakowna stehen und tat etwas, das ich bei ihr nicht für möglich gehalten hätte. Sie trat an einen Busch und begann, dessen Blüten ausgiebig zu streicheln. Ich hatte sie öfter schon gesehen – weiß, klein, hässlich. Sie wuchsen in der ganzen Stadt – eine Art Füllung zwischen den Wohnblocks und den Läden. Bellas Gesicht leuchtete. »*Smotri gorodskije zwety!*«, sagte sie und lachte beinahe wie ein Mädchen, wobei sie mir auch einen Zweig hinreichte. Schau, Stadtblumen! Der Duft war süßlich, unkompliziert. Etwas zwischen Grün und Seife – jedenfalls kein Duft für eine Frau wie sie. Ich starrte sie wie hypnotisiert an: wie sie mit ihnen sprach! So entzückt hatte ich sie noch nie gesehen, nicht einmal von den Rosen des Rottenführers.

Ich weiß nicht, warum ich mich heute an jenen Spaziergang und den bizarren Abend erinnert habe, der ohne irgendeine andere Entdeckung endete. Vielleicht aus Sehnsucht nach Bella oder der Sehnsucht nach Chişinău. Erst nach vielen Jahren habe ich erfahren, dass die Pflanze, die mich damals veranlasst hatte, sie in einem anderen Licht zu sehen, *Bräutlein* heißt. *Ein Gesträuch, das in Kleinstädten weithin zur Gestaltung von Grünanlagen eingesetzt wird.* Für mich blieben diese Blüten das, was sie dazu gesagt hatte: Stadtblumen. Die Blumen meiner Stadt.

## 101

Ich verfolgte den Fahrschein während seiner Reise durch den Trolleybus. Erst als er mit acht Löchern entwertet zu mir zurückgekehrt war, setzte ich mich auf den Sitz über dem Rad, wo es immer verbrannt roch. Von dort würde mich niemand vertreiben. Ich wollte nicht – ich wollte wirklich nicht – den Platz an eine Schwangere oder eine Rentnerin abtreten. Alte Frauen dieser Art gab es viele, insbesondere Russinnen, und wenn man in die Schusslinie von deren

Maulwerk geriet, wollte man sich danach am liebsten aufhängen. Ich sage ja nichts dagegen, manch eine hatte es verdient, zu sitzen. Sie war krank und so. Andere waren wohlgenährt und herausgeputzt wie Stuten, aber Kinder von den Sitzen vertreiben, war ihnen beinahe eine Selbstverständlichkeit. Ich wollte spüren, dass auch ich einen Platz hatte – wenigstens irgendwo.

Durch das Fenster sah ich Sergej, den Helden, umgeben von einem Blumenmeer. Dahinter war eine schwangere Braut, die ihr Kleid zurechtzupfte, während der Fotograf nervös auf die Uhr und den zu jungen Bräutigam schaute. »Laso«, kündigte der Chauffeur an, und die Türen öffneten sich. Leute stiegen aus und stiegen zu. Das Kino *Iskra* auf der linken Seite war zu. Auch das *Teufelsrad* war nicht in Betrieb, ich konnte durch die Baumkronen hindurch sehen, dass es stillstand. Ich kriegte Sehnsucht nach Maricica, es waren noch zwei Tage, bis die Schule wieder anfing. Der Luna Park war abgefahren, und ich wunderte mich, dass das Tal der Rosen noch voller Leute war. Frauen und Kinder lagen rings um den See auf dem Rasen und nutzten die letzten Sonnenstrahlen des Sommers. Die Männer saßen in kurzen Hosen am Ufer und tranken Bier. Städter.

Auch der Kulturpalast der Eisenbahner war geschlossen. Der war allerdings immerzu geschlossen. Konnte auch sein, dass die Eisenbahner keine Kultur hatten oder sie keine Paläste mochten, kann man das wissen? Ins Tal hinab nahm der Trolleybus Fahrt auf und raste so bis zum Möbelgeschäft an der Ecke, dem mit einem einzigen Stuhl im Schaufenster. »Ba-ba-ba-«, fing der Chauffeur an, hustend zu stottern, aber alle, die auszusteigen hatten, wussten auch ohne seine Durchsage, dass als nächste Haltestelle der Bahnhof folgen würde. Ich hatte vergessen, dass gerade das Hochschuljahr begonnen hatte, der Bus war mit einem Mal voller Studenten. Zwei Mädchen mit fingerlangen Wimpern stiegen mit vier großen Taschen durch die Mitteltür zu. Essen, ich roch es. Eine hatte auch eine eingerollte Decke und ein Kissen auf dem Rücken. Sie war hässlich, ihre gebräunte Haut hatte sich stellenweise geschält, und sie war von Pickeln übersät. Nun begann es, eng zu werden und nach Schweiß zu stinken. Eine der Taschen der Mädchen platzte auf, und Nüsse kullerten heraus. »Huch«, rief die Pickelige betrübt, ihre Freundin aber, offenbar um einiges praktischer veranlagt, wandte sich sogleich zu mir um und herrschte mich an: »Komm, hilf uns, Mädchen.« Nun sah ich, dass sie zwischen den oberen beiden Schneidezähnen eine kleine Zahnlücke hatte, gerade so, wie es Shurotschka bei den Männern gefiel.

Gewiss, ich hätte ihnen helfen können, es wäre mir nicht schwergefallen, mich zu bücken, aber ich wollte nicht. Ich wollte schlicht und einfach nicht. Wer hatte mir denn mit den Flaschen geholfen? Wie viele hatten sich an meiner Stelle gebückt, wer hatte denn geschleppt und sich durch die Haltestellen gequält? Ich tat so, als verstünde ich sie nicht, und schaute zum Fenster hinaus. »Is ne Russin, eh, lass sie«, sagte die andere beschämt. Recht so. Sollte sie sich doch schämen, das Maul halten, sich selber helfen. Wieder sind uns die Bauern in die Stadt gekommen, dachte ich.

Immer zu Pferd, der Kotovski, immerzu reitend. Ich versuchte, die Hoden des Pferdes zu sehen, ansonsten interessierte mich an dieser Haltestelle nichts. »Hoo-tels *Cosmos* und *Intourist*«, der Chauffeur hatte nun keinen Husten mehr. Ich habe nie verstanden, wer die Haltestelle Monument brauchte. Wer sollte schon mitten am Tag beim Hotel

*Intourist* aussteigen? Vielleicht nur die *Intouristen*, die ganz bestimmt mit dem Trolleybus der Linie 1 aus dem Ausland nach Chişinău kamen. Mittlerweile hatten die Mädchen ihre Nüsse wieder eingesammelt – gute Klauberinnen, diese Mädchen – und stiegen aus. Die sollten sich nur wegscheren! Die Luft war auch so schon dick genug, auch ohne ihre Essensvorräte. Nun sah ich linker Hand das Geschäft *Melodia* und etwas weiter unten das Café *Ludmila* – wie schön doch *mein* Chişinău war. Ich hatte noch zwei Haltestellen und tastete nach dem Geld in meiner Jacke. Es war da. Ich war unterwegs, um mir goldene Hängeohrringe zu kaufen, wie die der Städterinnen.

## 102

Und in der Nacht gab es ein Erdbeben. Es war aus Vrancea gekommen, sagte man im Fernsehen. Das tat Rumänien für uns: Es schickte uns Erdbeben. Wo war nur die dumme Greta, dass ich sie fragen konnte, wie toll diese ihre rumänische Sprache war? Ein Schrank, ein paar Lüster, Rajas Eingemachtes. Unser Wohnblock war gut davongekommen. Ich verlor die teuren Teller und alle Kristallgläser. Alle waren sie vom Regal gefallen, eines nach dem anderen – zang, zang, zang, zehnmal hintereinander –, und waren hin. Ich sammelte sie Scherbe für Scherbe vom Teppich auf, und als ich fertig war damit, waren meine Hände wie ein Sieb, voller Stiche und Schnitte. Am Morgen rief Tamara Pawlowna bei Shurotschka an, um zu erfahren, ob ich noch lebte. Als sie erfuhr, dass ich noch am Leben war, teilte sie Shura mit, dass sie noch nicht nach Hause komme. Ich solle in die Schule gehen, auf sie warten und kein Flittchen werden. Um die Gläser tat es mir mehr leid, als ich es erwartet hätte. Sie gehörten nicht mehr ihr, waren meine. Auch die Wohnung war meine und das gelbe Tischtuch, und das Geld auf der Bank. Ich dachte, ein schlimmeres Jahr als dieses könnte nicht mehr kommen: Perestroika, Tschernobyl, das Erdbeben. Aber ich täuschte mich. Mein Übel legte sich eben erst das Festtagshemd zurecht. Ein Gelbes.

## 103

Die Sonne konnte man an zwei Stellen sehen: über den Tannen und im Fenster des Brotgeschäfts. Ein künftiger Architekt hätte sich die Zeit damit vertrieben, die beiden leuchtenden Punkte so schön wie möglich zu verbinden. Ich aber wollte Ärztin werden. Eine Linie wäre zu lang gewesen. Vielleicht eine Spirale oder eine Treppe? *Solnetschnaja lestnitza*, dachte ich und übersetzte die Wendung sogleich. Das tat ich immerzu, aber auf Moldauisch klang es nicht so gut. »Treppe für die Sonne, Sonnenleiter« – alles daneben. Tamara Pawlowna übergab sich immer noch. Es waren gut zehn Minuten vergangen, seit sie sich an einen Telegrafenmast gelehnt hatte und alles von sich gab, was sie am Tag davor bei Raja getrunken hatte. Sie hatte es nicht mehr geschafft, sich von den Netzen zu befreien, und stand nun mit unter der Last gespreizten Beinen da. Ich schämte mich, nicht einmal Ljontschik übergab sich mehr an den Haltestellen. Der *suchoj sakon* war vorbei und sie hatte wieder angefangen, Flaschen zu sammeln.

Ich erblickte es nicht plötzlich. Es lag mitten auf der Straße. Wie eine Wunde, würde ich jetzt am liebsten schreiben. Damals aber sah ich die Dinge nicht auf diese Weise. Es lag ganz einfach mitten auf der Straße. Ich hatte sie schon tausendmal gebeten, mir auch eins zu kaufen, aber sie weigerte sich ebenso wie mit dem Schlitten. Nicht etwa weil es zu teuer gewesen wäre, sondern weil ich kein Kind mehr war. Etwas Schweres war darübergerollt, und was davon noch heil geblieben war, sollte in den nächsten Sekunden zerstört werden. Die Ampel vorne zeigte Grün, Zeit hatte ich. Wie ich es aufhob, weiß ich nicht mehr. Schreie, Reifenquietschen, Geruch nach verbranntem Kautschuk – lediglich das. Der Fahrer des Trolleybusses war ausgestiegen, und die Passanten schauten nach oben. Einer der beiden Stromabnehmer war von der Leitung gesprungen und pendelte funkenstiebend hin und her. Welch ein Licht, dachte ich noch, da kam die Faust.

Tamara Pawlownas Gesicht war kreidebleich und ihre Augen glühten. Sie schlug noch einmal zu und noch einmal, worauf der Schmerz keine Bedeutung mehr hatte. Die Leute ermutigten sie, insbesondere die Frauen, auch ein Milizionär kam herbei. Ein Ochse, wie alle Milizleute, nur noch hässlicher. Er wartete, bis ihre Hand ermüdet war, dann zog er sein Notizbüchlein heraus. Die Frage, die dann folgte, kam auch vom Milizmann: »Für so ein Spielzeug hast du all das Durcheinander angerichtet?« Strafe, die Adresse, das und jenes. Zu Hause schlug sie mich wieder, diesmal mit dem Teppichklopfer. Als an mir keine lebendige Stelle mehr verblieben war, sagte sie, wenn ich sterben wolle, sei Gifttrinken einfacher.

Das Kaleidoskop ließ sie mir.

## 104

Ich fror auf der Bank. Lippen, Nase und Ohren waren häutchendünn geworden. Da hätte Raja mir die Ohrlöcher stechen sollen, genau da. Sie hätte sie nicht mehr mit Salz einreiben müssen, bis ihre Fingerkuppen aufplatzten. Ich aß ein Butterbrot und dachte darüber nach, wie man als Frau Liebe erhielt. Wie hatte Tamara Pawlowna die Liebe bekommen, Katja, Raja. Auch Shura war eine Art Frau, wenngleich nicht eben vollständig. Aber welche war vollständiger? Welcher Teil einer Frau machte diese vollständig? Maricica war ins Kino gegangen, ohne mich mitzunehmen. Oksanka hatte schon lange andere, spannendere Interessen. Marina hatte ich mit ihrer Mutter zur Versammlung gehen sehen. Sie ging zusammen mit Raja zu den Versammlungen der Volksfront und rief den ganzen Tag »Einheit!«. Marina hätte sich mit so gut wie jedem vereint, wenn sie nur geheiratet worden wäre. Wieder war ich allein zu Hause geblieben, im Hof, überall. Ich war anders geworden und wusste nichts mit mir anzufangen – mit der Neuen.

Eines Morgens wachte ich warm und verschwitzt auf, und die schamhaften Stellen, die ich unter den Kleidern verbarg, fühlten sich glitschig an und fest. Ich berührte meine Brüste, sie schmerzten. Dann fühlte ich weiter unten nach, und tiefer drin. Überall roch es nach Frau. Gerne hätte auch ich nach Gift und Mandeln gerochen wie Jekaterina. Oder nach Obst und grünem Tee wie Tonea. Mein Geruch aber war anders. Er erinnerte mich an die grünen Akazienblüten, die alle priesen, aber nur die Kranken benutzten. In der Schule, unter meinen Mitschülerinnen nahm ich weitere Gerüche wahr. Linkische, verschlossene. Warme oder kalte, weiche oder stechende. Die Mädchen begannen ohne Worte zu sprechen.

Wenn Bella Isaakowna recht hatte und für die Frau das Geschlecht das Wichtigste war, hatte ich überhaupt keine Chance, jemals geliebt zu werden. Auch hatte ich niemanden, von dem ich es hätte lernen können. Über das Liebemachen sprachen die Frauen im Hof nur selten und nannten es *»eto delo«*, jene Sache. In diese beiden Wörter passte ein Kuss ebenso wie eine Geburt oder eine Entfernung der Gebärmutter. Wäre es nach ihnen gegangen, sie hätten sich alle ihre Spalten zugenäht wie löchrige Strümpfe. So wären sie sauberer geworden. So wären sie stärker geworden.

## 105

Es hätte mir gefallen, wäre es eine Rose gewesen. Eine von diesen weißen, die in dem missratenen Garten des Rottenführers wuchsen. Zur Nacht schlossen sie sich der Reihe nach wie kleine Münder und strahlten wie die Sterne. Dann glich unser Garten einem Streifen Himmel. Mein Himmel auf Erden. Meine Sterne aus der Schürze.

Ich hätte mir gewünscht, dass es da einen Zaubervogel gegeben hätte – alt und weise –, mit Blut, das die Wunden heilt und mit einer Feuerzunge, die an den Toten leckt und sie zum Leben erweckt.

Es hätte mir gefallen, wenn es eine Birke gegeben hätte. Tausende Blätter haben die Birken, die wie Augen aussehen, und wenn man hineinschneidet, vergießen sie Papierblut. Niemals darf man eine Birke aus Liebe verletzen. Sie verzeiht nicht. Ihr Fluch ereilt dich am Tag deiner Hochzeit, und du wirst hier auf Erden alles sein, nur keine Braut mehr. Die Krone wird dir wegschmelzen, dein Herz wird vertrocknen, Tränen wirst du trinken.

Es hätte mir wohl gefallen, wenn da noch viele andere Dinge gewesen wären – meine erste Erinnerung –, aber es gab sie nicht. Schönheit reichte mir nicht. Meine Schönheit haben andere verschwendet und mir bloß die Scherben hinterlassen. Ich habe sie eingesammelt, nach Hause getragen und so mit ihnen gelebt, wie ich es vermochte.

## 106

Der Arzt, zu dem uns Bella Isaakowna schickte, half überhaupt nicht. Eines Abends, als sie sich vom vielen Dagegendrücken die Schläfen blutig gerieben hatte, überwältigte mich die Scham. Ich fühlte mich als das, wovon sie immer schon gesagt hatte, dass ich es sei – eine *neblagodarnaja twar*, ein undankbares Miststück. Wen hatte ich außer dieser Frau? Was war ich für ein Mensch, dass ich mich nicht einmal insoweit als dankbar erweisen wollte, dass ich ihre Sprache sprach? Ich war kurz davor, ihr zu sagen, ich sei bereit, in die russische Schule zu gehen. Ich wollte ein für alle Mal mit der Vergangenheit brechen. Ich umfasste sie von hinten und sagte: »*prostite menja*«. Verzeihen Sie mir. Sie blieb reglos zwischen meinen Händen stehen, bis ich spürte, dass sie heiß und feucht waren. Und ich sagte nichts mehr.

## 107

Die Birken sind keine Bäume, Zaubereien sind sie. Wer sonst hat eine Briefrinde wie sie? Wer versteht es, im Verborgenen zu weinen, während andere an einem verstümmeln, was schön ist? Ich nahm sie als Waisen wie mich selbst wahr. Shura schickte mich, Birkenknospen für ihre Beine zu holen. Ein Altweiberheilmittel, das ihr bestimmt Raja empfohlen hatte. Sie hielt sie einen Monat lang in Schnaps eingelegt und rieb sich dann das ganze Jahr über damit die Beine ein. Ich ging ins Tal der Rosen, wo es ein paar Stellen mit jungem Birkenbewuchs gab. Ich nahm mir ein Messer und ein Glas mit. Sachar Antonowitsch hatte mir gezeigt, wie ich die Rinde aufritzen musste, damit mehr Saft herauskam.

In einer Stunde hatte ich zwei Taschen gefüllt, das hätte Shura auch für drei Beine gereicht. Dann hätte ich gehen müssen, dann. Warum hatte mir niemand beigebracht, rechtzeitig zu gehen? Ich ging zu dem Baum, den ich zuvor geritzt hatte, und schaute mir das an den Stamm gebundene

Glas an. Es war fast leer. Ein kleiner, durchscheinender Tropfen war da zu sehen, der sich wie eine Träne aufgewölbt hatte. Ich bückte mich und leckte ihn ab – sein Geschmack ergriff mich. Ich sollte noch warten!

Ich legte mich ins Gras und schaute in den Himmel. Verloschen, von rötlichen Strähnen durchzogen, wie ein müdes Auge. Dafür strahlten die Birken. Auf der Unterseite hatten die Blätter eine feine Silberschicht. Darum!, dachte ich, und sogleich hatte ich Sehnsucht nach Olea. Ob sie von oben her die Blätter auf beiden Seiten sehen konnte? Im Stillen freute ich mich, dass die Knospen Shurotschkas Schmerzen vertreiben würden. Gleichzeitig fühlte ich mich den Bäumen gegenüber schuldig, ihnen wegen ein paar verdorbener Menschenbeine die Kinder gestohlen zu haben. Ich ging noch ein paar Mal zum Glas. Der Saft floss nur sehr verhalten.

Ich glaube, ich war eingeschlafen, was sonst? Und daran dachte ich viele Jahre, als käme es noch darauf an. Als ich die Augen aufschlug und die gespreizten Knie vor seinem Gesicht sah, wusste ich, dass es zu spät war. Er trug Jeans und roch gut. Wie Michails Zigaretten – der letzte Gedanke.

Dann der Schmerz,
die Schande,
die Verwunderung darüber, dass ich am Leben war.

## 108

Das Herz, Lastotschka, ist kein Fingernagel, es schmerzt. Klare Sache, dass es ohne Herz besser ist, aber wie willst du es loswerden? Wenn der Mensch alles wegwerfen würde, was ihn schmerzt, wäre er innen leer wie eine Schote. Der Mensch würde bei lebendigem Leib vertrocknen. Hast du, Lastotschka, schon mal leere Schoten gesehen? Hast du nicht. Was hast du alles nicht gesehen! Bist weder Kind noch Erwachsene – zwergwüchsig. Weinst, du weinst immerzu, Sachar sieht alles. Wenn es in meiner Macht stände, würde ich dir die Seele von innen streicheln. Ich würde dir mein brav gewordenes Herz in die Brust packen, und vielleicht würde es dir damit leichter. Verzeih, Lastotschka, und der Druck wird sich lösen. Weißt du, was mit dem Menschen geschieht, der nicht verzeiht? Nicht einmal das weißt du. Eine große Schwärze bemächtigt sich dieses Menschen und überlagert alles, was da lebendig ist. Und damit basta. Der Mensch, der nicht verzeiht, sieht von nun an weder Sonne noch Mond. Er kennt keine Freude mehr. Aber die Schoten, Lastotschka, die sind gut. Wir vergaßen selbst den Tod, wenn wir zwei davon fanden und sie mit in die Unterstände nehmen konnten.

## 109

Im Fernseher sagte eine Frau mit offenen Haaren und einem Trikoloreband in der Stirn, dass Eminescu die Träne der Nation sei. Da weint noch jemand außer mir, dachte ich. Leonida – so hieß sie – las ein Gedicht vor. Ich verstand nicht alle Wörter, aber einige gefielen mir. »Das süße Feuer«, habe ich in einem Vers gehört und versucht, dies ins Russische zu übersetzen. *Sladkij ogon* kam mir nicht halb so schön vor. Zum ersten Mal war die moldauische Sprache reicher als die russische, und hat mir eine unverhoffte Freude bereitet. Ich hörte Leonida verwundert zu, auch mit einer Art Angst, als hätte sich ein enormer Schmetterling auf meiner Handfläche niedergelassen und angefangen, zu mir zu sprechen.

## 110

Im Herbst starb Feodosja, eine Alte im Nachbarhof. Damals waren die Wörter einfach: Wasser, Mehl, Salz – sie bedeuteten nur, was man hörte. Eine alte Schachtel war nur eine alte Frau, mehr nicht. Feodosja war seit zwanzig Jahren gelähmt gewesen. Kein Kind im Hof hatte sie jemals lebendig gesehen, und die Erwachsenen erinnerten sich auch nur noch lückenhaft. Feodosja kam von der Arbeit, kaufte Brot, brachte den Müll weg. Weder schön noch böse. Winters in wattierten Hosen und sommers in einem Arbeitseinteiler. Sie hatte ein Leben lang auf dem Bau gearbeitet, Kinder hatte sie keine. Dann der Unfall, die Rente und die Qual. Zwanzig Jahre lang nicht aus der Wohnung zu kommen! Es gibt auch Leben, die verstehen es nicht, rechtzeitig zu gehen. Am meisten bemitleidete Shurotschka sie. »Wenn sie wenigstens einen Balkon gehabt hätte wie ich«, sagte sie traurig über Feodosja, mit der sie niemals auch nur ein einziges Wort gewechselt hatte.

Die Dahingegangene hatte uns genauso verlassen, wie sie gelebt hatte: ungesehen. Eines Tages hielt ein Rettungswagen ohne Blaulicht unter der Kastanie. Zwei Männer stiegen durch die hintere Tür mit einer Bahre aus, und ein paar Minuten später wurde die Bahre mit der toten Feodosja aufgeladen. »Wer hat ihnen die Wohnungstür geöffnet?« »Warum hatten die Leute keine weißen Kittel an?« Diese Fragen hingen in unserem Sonntag wie Zeitungsüberschriften. Und vielleicht wäre all das vergessen worden, wenn der Rettungswagen nicht eine Woche darauf noch einmal gekommen wäre. Diesmal stieg ein junger Mann aus und lud zusammen mit dem Chauffeur gut eine halbe Stunde lang allerlei Sachen aus, vor allem aber Bücher.

Es waren sehr viele Bücher, als wäre irgendwo eine Bibliothek abgebrannt. Ein Teil davon war stapelweise mit Bindfäden verschnürt, andere wieder in Kleider eingewickelt oder in Kartonkisten verpackt. Es gab auch solche, die in einem gut verknoteten Deckenüberzug verborgen waren. Wir begriffen alle, dass der junge Mann umzog, wir wussten auch, wohin. Den Rest sollten wir in ein paar Tagen erfahren. Von Shura natürlich. Er hieß Radu, war aus Czernowitz gekommen und Feodosjas Neffe. Eine Frage blieb aber unbeantwortet: Was machte er mit so vielen Büchern?

## III

Von der Vergewaltigung wusste allein Katja. Ich war damals vom Park direkt zu ihrer Tür gegangen. Das Elend durchlebt man am besten mit seinesgleichen, das habe ich immer so gehalten. Katja wusch mich, gab mir eine süßliche Tablette und sagte, es hätte auch schlimmer kommen können. Mit den Mädchen in der Schule konnte man sich nicht unterhalten. Ich konnte sie den ganzen Tag von der *idealen Liebe* reden hören. In dem Alter mussten alle Dinge so sein – ideal oder gar nicht. Ideales Haar und ideale Fingernägel, ideale Kleider und ideale Jungs. »Was sollte ein braves Mädchen am besten nicht tun« – dies war ihre Grundbeschäftigung. Es schnürte einem die Luft ab. Welche Mädchen, und was heißt, am besten? Manch eine von ihnen hatte einen Hintern, dass sie nicht zwischen den Tischen hindurch kam. In der Pause stopften sie ganze Weißbrotstangen in sich hinein, dabei wogen sie schon so viel wie ein Kühlschrank. Die Mädchen. Wie gut sollte es ihnen noch ergehen? Ich hätte ihnen schon etliches zu sagen gehabt, aber ich wollte nicht mit meinen schmutzigen Stiefeln in ihre ideale, aus dem Ei gepellte Welt treten.

Die Fleißigen verstanden sich nur auf eines: gute Noten und gekräuselte Bänder. Weder ein Ei kochen noch einen Strumpf waschen, nichts konnten sie. Das Buch – Büchlein.

Die anderen, etwas schlauer und schöner, dachten von morgens bis abends ans Heiraten. Keine von ihnen wollte auf eine Fakultät gehen, etwas mit dem Kopf tun, mit den Händen. Selber etwas tun. Sie schnitten sich Ponyfransen und träumten von einem braven Mann, dem sie die Unterhosen mit Kreuzstichen verzieren würden. Dies überstieg schlicht und einfach mein Fassungsvermögen. Ich will ja nicht sagen, dass ich nicht auch an Männer dachte, aber an brave? Warum brav, wozu brav? Wenn ich schon jemanden heiraten musste, dann sollte das wenigstens der Reichste, der Klügste, ein hohes Tier, ein berühmter Mann sein. Wozu sollte ich mir einen braven Mann aussuchen? Damit er mir half, Gemüse sauer einzulegen?

Meine Freundschaft mit Maricica war brüchig geworden. Maricica hatte anscheinend jemand verzaubert. Sie hatte einen Jungen gefunden und kroch ihm nun hinterher wie ein Kalb. Wenn sie wenigstens etwas getan hätte wie Oksanka, aber sie ging einfach nur an die gleichen Orte, an denen er zu tun hatte. Er ging Fußball spielen, Maricica war im Stadion. Er ging auf eine Zigarette mit den Jungs, Maricica schob an der Ecke Wache. Abends begleitete er sie nicht einmal bis nach Hause. Sie kam allein, verbittert und traurig heim, als hätte ihr jemand den Strom abgestellt.

Am schwersten fiel mir jedoch, Marina zu verstehen. Marina hatte nicht einmal auf dem Land geheiratet, wo ihre Mutter sie extra zwei Monate lang hingeschickt hatte. Etwa zweimal hatte Raja versucht, ihr Verstand einzubläuen, indem sie sie schlug. Marina hatte Glück, dass Shura ihr zu Hilfe kam. »Du wirst sie noch verkrüppeln und auf dem Balkon halten müssen«, sagte Shura zu ihr, als Marina eines Abends blutüberströmt zu ihr gekommen war. Stimmt schon,

Raja hätte sie nicht schlagen sollen. Aber auch Marina verhielt sich nicht richtig. Warum wollte sie nicht arbeiten? Als Schneiderin, wie sie früher immer gesagt hatte. Oder als Telefonistin wie Angela aus dem dritten Hof. In einem Friseurladen, einer Reinigung, wo auch immer. Die Stadt war voller Berufe für Menschen ohne Abschluss.

Ich hatte keine Wahl. Entweder Ärztin werden oder gar nichts.

*Der Winter vergeht, ist vergangen.*
*Ich bin zu groß für den Schlitten.*
*Ich bin für alles zu groß.*

## 112

Uns war eine Art Frühling angebrochen, aber nicht das, was wir erwartet hatten. Es regnete ständig, die Winterkälte ragte noch in unsere Tage und die Farben ließen auf sich warten. Dreck und Matsch gab es noch den ganzen März hindurch, was sogar die Kinder bösartig werden ließ. Mit den alten Gebäuden, in deren Wänden die Feuchtigkeit hochstieg, und den ungepflasterten Höfen sah unser Viertel wie eine frisch ausgehobene Baugrube aus. Tamara Pawlowna war die meiste Zeit über in Odessa. Sie kam ab und an für einen oder höchstens zwei Tage nach Hause, packte das Geld aus den Blusen und fuhr wieder. In den wenigen Stunden, die wir zusammen verbrachten, sprachen wir darüber, wie wir das Geld ausgeben würden. Wenn die Zeit reif war, es auszugeben. Für mich ein Apartment. Ein Auto, gewiss, aber keinen verdammten Schiguli wie der von Raja. Nicht zehn, eher zwanzig Kristallgläser. Wir schliefen reich und zufrieden ein, gehörten zur besten Gesellschaft in der Stadt. »Für dich mühe ich mich ab, damit du es besser hast«, sagte sie zu mir, wenn sie aus der Tür ging. Ich gab die Dankbare, sie die Stolze. Wieder trennten wir uns für Wochen.

Und doch hatte ich eine Freude. Die Quartiersbibliothekarin wechselte. Anstelle jenes Schranks von einer Frau war da nun eine brave, kleine Frau mit Brille. Sie las den ganzen Tag, machte sich Notizen mit einem Bleistift. Sie quälte die Kinder nicht mit dümmlichen Fragen, im Gegenteil, sie empfahl ihnen interessante Bücher, sogar solche aus den oberen Regalen. Ich begann, Märchen zu lesen, nur Märchen. Nun hatte auch ich, wie Sachar Antonowitsch, einen Zufluchtsort gefunden, zu dem das Böse keinen Schlüssel besaß. In einem Jahr schaffte ich sämtliche Kinderbücher. Das war mein Ausgleich für den Schlitten und für das Kaleidoskop, das sie mir nicht gekauft hatte, sowie für alle anderen verweigerten Freuden. *Die Schneekönigin, Die weise Vasilisa, Die Gänseschwäne, Auf Befehl des Hechts, Iwan Zarewitsch und der graue Wolf, Die zwölf Monde, Der goldene Hahn, Buratino*. Eine Matrioschka an Welten!

*Zarewna-ljaguschka*, die Froschfee, war mir das liebste. Wenn ich gekonnt hätte, wäre ich an die Stelle des Froschs in der Geschichte getreten. Nein, ich hätte die Haut nicht verbrannt. Ich hätte sie behütet wie mein Augenlicht. Ich wäre nur während der Nacht Mensch geblieben, tagsüber aber hätte ich frei in den Teichen gelebt. Unter den Fröschen und den hässlichen Kröten hätte ich mich wohlgefühlt. Ich hatte zu glauben begonnen, dass es auf der Welt gerechtere

Lebensformen gab als die unter den Menschen. Die Kastanie. Die Birken. Die Rosen des Rottenführers. Im Winter vertrocknen und im Frühling wieder zum Leben erwachen: rein, duftend, ohne Spuren. Das wünschte ich mir.

## 113

Greta brachte ein Buch in einer fremden Sprache mit in die Schule. Einer anderen als Englisch, das ich begonnen hatte, viermal in der Woche zu lernen. Englisch mochte ich, und ich kam darin auch recht schnell voran. Gewiss, nach dem Russischunterricht mit Tamara Pawlowna kamen mir alle Sprachen leicht vor. Die Buchstaben in Gretas Buch waren wie die englischen, aber manche hatten darunter ein Schwänzchen oder Dächer darüber. Dafür waren die Wörter länger. Ich las einen Satz und wunderte mich, dass ich alles verstanden hatte. Was ich da hörte, ähnelte stark der moldauischen Sprache. »Was ist das?«, wollte ich wissen. »Das ist Rumänisch«, so Greta – und dann etwas nachdrücklicher, »unsere Sprache«. Ich wusste nicht, was ich glauben sollte. Wie konnte eine Sprache, die die unsere war, mit solchen Buchstaben geschrieben werden? Und vor allem, wozu?

## 114

Als schließlich die Sonne herauskam, trieb es die Leute schubweise ins Freie. Alle bewegten wir uns wie nach einer langen und ungerechten Krankheit. Wir rächten uns, so gut wir konnten. Sachar Antonowitsch kaufte sich eine Tasche voll frischer Bonbons. Der Rottenführer pflanzte eine neue Rosensorte. Ljontschik kündigte uns an, dass er ein Kind bekommen würde, und das nahmen wir alle als Zeichen dafür, dass nun tatsächlich Frühling war. Maricica brachte ein gelbes Stück Kreide von zu Hause mit und verwandelte die Straße in ein Himmel-und-Hölle-Spiel. »Kommt, lasst uns sehen, ob wir nicht vergessen haben, wie Hüpfen geht!«, lachte sie und rief auch mich. Eins-vier-sieben-zehn. Zwei-drei, fünf-sechs, acht-neun. Und noch mal von vorne. Maricica gehörte wieder ganz mir. Sanftmütig, brav, ein Kind. Wie hatte ich sie nur von mir wegschieben können? Sie so schnell durch eine Jekaterina ersetzen können? Beide hüpften wir wie verrückt, bis unsere Brüste anfingen wehzutun und unsere Münder trocken waren. Wir gaben dem Hüpfspiel alles, was wir einen ganzen Winter lang in uns aufgestaut hatten. Die Jungs, picklig und rauer geworden, beobachteten uns von ferne und taten so, als reparierten sie Fahrräder. Wir aber, die wir merkten, dass sie Witterung nach uns aufgenommen hatten, lachten über sie wie von Sinnen. Wir spürten – ebenso wie die Schmetterlinge den Regen spüren –, dass dies unsere letzten Mädchentage waren. Dass wir schon bald würden Rechenschaft ablegen müssen, für etliches. Und so war es.

Wir träumten davon, Frauen zu sein, so wie wir es eben verstanden und wie die Zeiten waren. Wir wollten große Sorgen und echte Schmerzen haben. Dass uns wenigstens etwas geschah, uns verwirrte. Von uns allen hüpfte Maricica am höchsten und war die Schönste. Sie war wie eine Seerose, meine Maricica: kalt, glatt, durchscheinend. Sie duftete nach Regen und Sturm, und ihre Kleider flatterten von alleine. Wenn sie über die Straße ging, küssten die Jungs sie mit den Blicken, und die verheirateten Männer schauten verbittert woanders hin. *Ot grecha podalsche*, sprach Ljontschik laut aus, was alle anderen nur verschämt dachten: schlimmer als die Sünde. Unsere Sünde, die aller. Maricica liebten sogar die Stechmücken, und die Bienen ließen sich auf ihren Schädel nieder, als setzten sie sich auf eine Blume. »So ist halt ihr Blut«, sagte ihre Mutter verlegen, aber alle verstanden, dass da etwas anderes dahintersteckte. Etwas Höheres als Blut. Etwas aus anderen Zeiten.

Als wir unsere Beine nicht mehr spürten, setzten wir uns beide unter die Kastanie, um ein bisschen zu Atem zu gelangen. Maricica, schmal und weiß, beklagte sich über Seitenstechen. Wir waren ja auch wie die Irren herumgehüpft, kopflos und ohne jedes Maß. Ich hatte völlig vergessen, wie Kinder spielen, wie sie sich von einer Nichtigkeit ausgehend bis zum Ende des Tages freuen können. Ich war glücklich, dass ich grundlos lachen konnte. Das Leben hatte mir sein Gesicht zugewandt. Das Leben hatte Maricicas Lächeln.

Mit einem Mal hörte ich mich sprechen. »Maricica, was möchtest du am meisten im Leben?«, fragte ich. Wo diese Frage nur hergekommen war, wer benötigte darauf eine Antwort? Ich bestimmt nicht. Ich hatte einen einzigen Traum – schwer, lang, auf Schulden. An wessen Stelle habe ich dann diese Worte ausgesprochen? Wer hatte es mir befohlen?

Wie sehr sehnte ich mich nach ihr!

Maricica schwieg. Sie kreuzte die Arme über der Brust und saß einfach so da, schaute ins Weite, eine ganze Zeit lang. »Am Meer will ich leben«, hörte ich endlich, und in der Nacht starb sie an einer Blinddarmentzündung.

## 115

Komm, lass uns etwas unternehmen«, sagte er heute zu mir. Er war zuerst da gewesen, wartete im Regen auf mich. Ich weiß, dass er sich vor dem Regen wie vor geschmolzenem Pechruß fürchtet. »Ich will die Dinge mit Tamara und mit uns geraderücken.« So sagte er es. Geraderücken will er die Dinge. Womit will er sie geraderücken? Wie will er Tamara geraderücken, mit dem Fingernagel, womit? Ihr die Knochen zusammenkleben oder sie noch mal in mich hineinstopfen und dann gesund herausholen? »Lass uns die Scheidung einreichen, Tamara nehme ich.« Und er fing an zu weinen. Wie ein Jammerlappen, wie ein Kind. Beschämt von seiner eigenen Scham, wie Pawlik vor langer Zeit auf der Bank weinte. »Gib auch mir einen Schlüssel, ich weiß, dass du das Sicherheitsschloss ausgetauscht hast.« Si-cher-heits-schloss. Nach so vielen Jahren lerne ich immer noch Rumänisch. Mit den Dreiecksschlägen auf die Stirn lernt man eine Sprache verlässlicher. »Es ist nur ein Schlüssel, ich habe nur noch euch.« Ich überlege, was mich dann doch erweicht hat. Ich glaube, das war es – *ich habe nur noch euch* –, nicht die Tränen, nicht das Geld. Dass ich das einzige Gut in jemandes Leben bin. Dass da für niemand außer mir mehr Platz ist. Aber vielleicht hat *Iala,* das rumänische Wort für dieses Schloss, in mir die *Jolka* aufgerufen, oder auch nichts von alledem. Ich habe ihm einen Schlüssel gegeben.

## 116

*Die Krone wird dir schmelzen, Tränen wirst du trinken, wirst auf Erden keine Braut mehr sein.*

Zu Maricicas Abschied sind alle herausgekommen, selbst die aus den Nachbarhöfen. Sie hatte einen teuren Sarg, er war mit weißer Seide gefüttert und ringsum mit silbern glänzenden Ziernägeln beschlagen. Sie hatte ein Brautkleid an, dessen Schöße schwer mit Perlen behangen waren und eine kleine Krone aus kaltem Wachs. Ihr Vater, der zu Hause das Geld zusammenhielt, hatte an nichts gespart. Vielleicht weil er wusste, dass dies die letzte Ausgabe war, die er mit diesem Mädchen hatte, vielleicht aber auch aus einem anderen Grund. Maricicas Brüder, von deren Zimmer sie jahrelang geträumt hatte, übersäten sie mit Blumen und Spielsachen. Sie küssten ihr die Stirn und steckten ihr zehn Rubel zwischen die Finger. Die Nachbarn hätten es verstanden, wenn es etwas weniger gewesen wäre. Aber meine schöne Maricica hatte dies offenbar verdient.

Weiß und entspannt lag sie da, scheinbar heiter, als hätte sie sich hingelegt, um durchzuatmen, und allein die kurzgeschnittenen Fingernägel des Schulmädchens bewahrten noch ein Krümelchen Leben: Das Gelb der Kreide, mit der sie das Hüpfspiel auf den Asphalt gezeichnet hatte. Die Frauen brachten Nelken und Brot. Sachar Antonowitsch streute ihr Bonbons rings um den Kopf, als wär's ein Gegenzauber. Bella Isaakowna und der Rottenführer weinten und bedeckten sich die Augen mit der Handrückseite, allein Katja trat nicht an den Sarg. »Ich will sie mir als Kind im Gedächtnis bewahren, nicht als niemandes Braut«, sagte sie.

Dann kamen die Mitschüler – die ganze Klasse in Uniformen und mit Pionierkrawatten –, und sie brachten Maricica ein Diplom. Die Klassenlehrerin lobte sie ausgiebig und sagte den Eltern zum Schluss, sie hätten allen Grund, stolz zu sein: Ihre Tochter sei eine hervorragende Pionierin gewesen. Beide Eltern wirkten sehr stolz.

Ich trat zuletzt an den Sarg, allein. Ich zeichnete ihr mit dem Finger einen Kreis auf die Brust und wünschte ihr, sie möge so hoch wie irgend möglich fliegen. Mir waren ihre Worte von damals eingefallen, als wir beide auf dem Teufelsrad fuhren. Mit den Blicken suchte ich auch ihn, aber ich habe nirgendwo sein gelbes Hemd sehen können. Am nächsten Tag, als Maricicas Mutter wie üblich zur Arbeit ging, sah alles wie immer aus. Nur ihre linke Schulter hing etwas tiefer hinab als die rechte, und sie hob sich nie wieder.

*Am Meer will ich leben*, ist mir wie ein Lied von Maricica geblieben.

## 117

Der Hass ist niemals verschwunden. Manchmal jedoch, wenn ich ermüdete, beruhigte auch er sich und nistete sich in meinem Hirn ein wie eine Gewehrkugel. Dass ich mich reinige, mir Gerechtigkeit verschaffe, den Schmerz räche. Irgendetwas war in mir aufgeplatzt und hatte mich mit Gift und Galle angefüllt bis ans Weiße im Auge. Irgendwo habe ich gelesen, dass die Identität des Aggressors für das Opfer wichtig ist: Man muss wissen, wen man hasst. Ich wollte es nicht wissen, will es nicht. Was hat es denn noch zu bedeuten? Ich habe mich jahrelang und ohne Unterbrechung vergewaltigt gefühlt. Jene Vergewaltigung unter der Birke hat lediglich zu Ende geführt, was mir im Internat und danach zu Hause geschehen war. Die Vergewaltigung unter der Birke – ob wohl eine normale Frau so sprechen würde? Es hatte den Wunsch nach Rache gegeben – den gibt es auch jetzt –, das geht nicht vorbei. Aber in gewisser Weise – und ich habe diesen Gedanken so lange in mir bewahrt, wie ich es irgend vermochte – hat mich jene Vergewaltigung befreit.

Ich musste mich nicht mehr verstecken, um zu hassen. Ich hatte mir all meinen Hass wie die Wäsche auf der Leine aufgereiht. Nur ihr habt gefehlt. Ihr aber hättet nicht einmal auf tausend Wäscheleinen gepasst.

Maricicas Beerdigung hat mich, anders als die anderen Kinder, nicht erschreckt, sondern glauben lassen, der Tod sei schön. Dass Mord einfach ist und Rache gerecht. Tagsüber machte ich Entwürfe, und bei Nacht kümmerte ich mich um den fauligen Kopf von Tamara Pawlowna. So habe ich ein paar Monate gelebt, dort, im finstersten Winkel des schwärzesten Lochs. Dass ich damals niemanden ermordet oder mich nicht selbst umgebracht habe, verdankte sich einem noch größeren Übel. Jenes fremde Böse kam und überwand das Böse in mir.

Er verbrannte bei lebendigem Leib. In ein paar Minuten wurde er zu Asche. Wir sind alle mitten in der Nacht in den Hof hinaus und an seiner Seite geblieben, bis der letzte Funken zum Himmel hochgestiegen war. Mit ihm ist einigen anderen die Jugend verbrannt, und ihm die einzige Freude, die ihn noch am Leben gehalten hatte. Der Rottenführer stand versteinert auf der Schwelle, die eine Hand in der Brusttasche. Er rührte sich nicht. Da war auch nichts zu tun, das hatten alle verstanden, aber vor allem er. In der Luft roch es stark nach Benzin, das Feuer war zu groß. Dieses Bedürfnis war nicht aus sich heraus entstanden. Wenn die Blumen etwas mehr Saft gehabt hätten, wäre vielleicht etwas übrig geblieben. Die Rosen aber waren geschwächt nach dem Winter. Die Stämme trocken. Dann ließ ich mich gehen und weinte um alle. Um Olea, um mich, um Maricica. In jenem verbrannten Boden, in dem lange Jahre danach nichts wuchs, hatten wir uns alle drei ein Grab ausgehoben.

Am nächsten Tag, als Wanja, der Kontaktbereichsbulle, kam, um in dem Fall zu ermitteln, wollte niemand mit ihm reden. »Ich glaube, die Jungs haben ihn verbrannt, die bringen auch Katzen um«, sagte er, und dabei blieb es.

## 118

Nicht nur Tamara Pawlowna, auch die Stadt war verrückt geworden. Die Nachbarn konnten sich gegenseitig nicht mehr ertragen. Die Moldauer brüllten die Russen an, die Russen die Moldauer. Raja fing an, sich Raisa und Ciubotaru anstatt Cebotari zu nennen. Eines Tages hörte ich sie sagen, sie habe ihr ganzes Leben unter den Russen gelitten. Ihretwegen seien ihre Söhne Zugschaffner und nicht Ingenieure geworden. Ich dachte, ich hörte nicht richtig, aber Marina bestätigte es mir: Besatzer waren die Russen, und sie hatten uns Moldauern alles gestohlen. Bella Isaakowna kriegte man nur noch selten zu sehen, ich denke, sie bereitete damals schon ihren Weggang nach Israel vor. Oksankas Familie war ins Zentrum gezogen, in ein neu gebautes Zweizimmerapartment. Oksanka sah ich trotzdem jeden Tag, weil sie zu Volodâmâr kam. Die beiden versteckten sich nicht mehr und liebten sich offen, wo immer es sie überkam. Sachar Antonowitsch sagte, jemand habe alle Scham vom Erdboden weggewischt. Dmitrij kletterte seltener auf die Kastanie, und Pawlik, der nicht spielte, sondern nur so dastand, belegte den ersten Platz in der städtischen Deutscholympiade. Wir waren alle stolz auf ihn, sein Vater, der die Familie für eine Sekretärin verlassen hatte, etwas weniger.

Am besten ging es eigentlich Ljontschik. Ihm war eine Tochter geboren worden, Mascha, sein Sonnenschein. Er trug sie nur auf den Armen, wie ein Goldklümpchen, und ließ alle dreimal ausspucken, bevor er ihnen ihr Gesicht zeigte. Zwanzig Jahre später war aus Mascha Mary Berry geworden, die in England eine Rockband gründete. Jetzt erzählt sie in allen Interviews, dass sie den fantastischsten Vater auf der ganzen Welt hatte, der sich nach dem Tod ihrer Mutter genötigt sah, aufs Land umzuziehen und sich der Schweinezucht zu widmen. Ich las diesen Satz von ihr, der mir die Tränen in die Augen trieb. Vater hat mir die erste elektrische Gitarre gekauft, sie hat ihn drei Ferkel gekostet. Ljontschik, Mascha!

Meine große Freude blieb das Kaleidoskop. Ich klopfte seine Wand mit einem Hämmerchen gerade, die Linse war unbeschädigt geblieben. Im Keller zerschlug ich ein paar verschiedenfarbige Flaschen, suchte die schönsten Scherbenstücke aus und packte sie hinein. Wie mein Kaleidoskop gab es kein zweites! Die Vorstellung, ich hätte damals daran vorbeigehen, es nicht gesehen haben können, entsetzt mich. Es war mein Wunder, das Kaleidoskop. Allein Tamara übertraf es an Schönheit.

## 119

Auch in der Schule hatten sich die Dinge verändert. Etliche Schüler, Greta vorneweg, verzichteten auf die Uniform und trugen auch die Pionierkrawatte nicht mehr. Sie sagten, dies gehöre zu den Russen, ebenso wie Lenin. Ich wollte meine niemandem geben und bügelte sie weiterhin jeden Abend. Die Schüler fürchteten sich nun nicht mehr, weder vor den Lehrern noch vor ihren Eltern. Sie fürchteten nicht einmal die Miliz. Viele schwänzten den Unterricht, sie versammelten sich hinter der Schule, wo sie rauchten oder Karten spielten. Sie hatten auch welche mit nackten Frauen. Der Direktor drohte uns allen mit Schulverweis, aber niemand beachtete ihn.

Oksanka hatte wieder einmal recht behalten: Gretas Vater war in der Volksfront, und nicht nur er. Zu den Versammlungen gingen auch Raja und Marina. Von Marina erfuhr ich, dass es ein Eminescu-Denkmal mitten im Stadtzentrum gab. Ein Held, ebenso wie Laso, dachte ich. Maria wusste mir nicht zu sagen, woran genau Eminescu gestorben war, was sie aber mit Sicherheit wusste war, dass er nicht bei lebendigem Leib verbrannt worden war. Tamara Pawlowna betrachtete ihre Versammlungen nicht wohlwollend und sagte, sie würde mir die Beine brechen, wenn sie mich dort hingehen sähe. Eines Tages gerieten die Dinge noch heftiger durcheinander. Es war Sonntag, Shurotschka fing an, vom Balkon herab zu erzählen, dass die Volksfront alle Russen in der Stadt umbringen wolle. Da regte sich Raja unglaublich auf, ja ganz massiv. Sie nannte Shura eine »Sau« und sagte, sie solle keine Lügen mehr verbreiten. »Nicht sie umbringen, sondern ihnen die Sprache beibringen. Schau, du lebst seit fünfzig Jahren bei mir im Land und kennst kein einziges Wort in unserer Sprache.«

Dies hatte niemand erwartet. Seitdem waren sie keine Freundinnen mehr.

Ich war zwiegespalten. Ich mochte Raja, und ich mochte Shura. Ich wagte es nicht, mich für eine Russin zu halten, und Moldauerin wollte ich auch keine sein. Welcher Mensch, der einigermaßen bei Sinnen war, wollte das Russische mit dem Moldauischen vergleichen? Und ich hatte noch eine Frage. Warum hatte Raja gesagt, Shura lebe bei ihr im Land? Und lebten auch ich und Tamara Pawlowna in ihrem Land? Nichts war mehr so wie früher. Gorbatschow – der hatte alles verdorben.

## 120

Jener Kristallsturm brach los.
Der Himmel zerplatzte vor so viel Licht.
Die Stadt – Scherben.
Ein junger Mann ging pfeifend durch die Straße.
Sein gelbes Hemd hat uns der Reihe nach der Sinne beraubt.

## 121

Sie verkaufte Kuh- und Schafskäse. Milch-Sahne-Butter, nicht aber Eier. Es war nicht leicht, die Eier herbeizuschaffen, wenn sie nämlich unterwegs zerbrachen, verlor man das Geld wie das Huhn die Federn. Sie war früher eingetroffen, im Beiwagen eines Motorrads. »Musst eine ganz schöne Kälte ertragen, aber du gibst nichts aus«, lachte sie und setzte sich hin, um mal durchzuschnaufen. Dies war der Platz von Sachar Antonowitsch. Auf den setzte sich niemand, nicht einmal, wenn man sich vor Müdigkeit kaum mehr auf den Beinen halten konnte. Ich hätte ihr sagen sollen, sie möge sich woanders hinsetzen, aber da wusste ich noch nicht, wie der Tag enden würde.

Galea schien krank zu sein. Ihre Augen waren rot und die Haare, die unter ihrem Kopftuch hervorgeschlüpft waren, hatten sich auf ihrem Gesicht wie eine Maske aus Schnittwunden eingekringelt. Ich wartete, dass sie ihre Taschen und Einmachgläser ordentlich abstellte, aber vor allem, dass sie sich auszog. Erst eine dicke karierte Bluse, dann ein fleckiges Leibchen, einen breiten Schal über den Hüften. Als sie dann in einem weißen Hemdchen dastand, schmutzig auch dieses und klatschnass vor Schweiß, fragte sie und stocherte mit der Zungenspitze in einem ihrer Zähne herum: »Um Butter?« »Aha«, antwortete ich. Vielleicht aber auch nicht »aha«, ich kann mich nicht ganz genau an alles erinnern. Doch auch wenn ich nichts gesagt hätte, die Butter hätte sie mir ohnehin gegeben und ganz schnell das Geld verlangt. Für Tamara Pawlowna hielt Galea die Butter fertig abgewogen an einem separaten Ort. Stets ein halbes Kilogramm, eingewickelt in einen sauberen Lappen. »Der Alten schmeckt die Butter gut«, lachte sie wieder, und ich glaube, ich sagte wieder »aha«. Sonst kann ich mir nicht recht vorstellen, wie wir beide ins Gespräch gekommen sein konnten.

»Komm, bleib ein Weilchen bei mir sitzen …« – auch dies wurde zu einem bestimmten Zeitpunkt gesagt.

Die Nachbarn schliefen, es mag fünf Uhr in der Früh, vielleicht auch noch früher gewesen sein. Ich schreibe nun all dies auf und spüre, dass meine Hand nicht an meiner Seite ist. Wenn sie zu mir hielte, würde sie sich nicht so beeilen.

Da würde die Hand die Frage, die mein Leben zerstört hat, noch etwas hinausschieben. Sie würde sie von diesem Blatt schubsen, aus diesem Morgen und diesem verdammten Frühling. Sie würde gerade jetzt, in diesem Satz, das Motorrad in eine Schlucht stürzen. Wäre Galea nicht gestorben, dann wäre sie zu spät gekommen! Da wären noch mehr Leute mit Dunstgläsern, Töpfen und Geld in den Hof gekommen, und es hätte weniger Raum gegeben für die paar Worte. Der Morgen verläpperte sich irgendwie idiotisch, und zwischen uns ließ sich ein strenger Eutergeruch nieder. Ich stand auf, wollte weggehen, und erst dann, nach ihrem hässlichen Gelächter und meinen beknackten »Ahas«, fragte mich Galea. Ich hab das nicht verstanden, sind die Deinen gestorben oder haben sie dich weggegeben?

## 122

*Mama*
stand an der Tafel, aber wir haben alle gelesen
*Papa*
Die Klasse lachte. Ich allein aber wusste, wie es ist, wenn man etwas, das man nie gehabt hat, gegen etwas eintauscht, das man niemals haben wird. Die Frau Lehrerin Natalia verlangte von uns, sie genauso zu nennen und erklärte uns auch die anderen Unterschiede. Die Moldauischstunden würden nun auf Rumänisch abgehalten. Wir sollten uns freuen, stolz sein, durchatmen, schließlich seien wir frei. Die Fünf als Note wurde zur Zehn. Die Vier war nun eine Zwei. Die

Zwei war schlimmer als die frühere Zwei, denn darüber gab es noch mehrere Zahlen. Der Apostroph verschwand beinahe.

Wie schwer kann es sein, eine Sprache zu lernen, die man schon spricht?

Vergesst die alte und fremde Sprache.

Liebt diese neue und wahre.

Unsere Sprache.

Ich kehrte weinend nach Hause zurück, die tote Sprache verschlungen in mir. Wozu hatte ich für sie gekämpft, wenn ich sie so leicht verlieren konnte?

## 123

Marina mochte ich immer mehr, denn sie verkomplizierte die Dinge nicht. Wenn sie etwas wollte, tat sie es, sie ertrug die Prügel, blieb aber unter allen Umständen bei ihrer Sache. Eines Tages, sie wollte irgendeine Schauspielerin nachahmen, färbte sie sich zu Hause selber die Haare. Sie fielen ihr alle aus, alle. Sie wurden ihr an der Wurzel abgebrannt, wie man auf den Feldern das Unkraut abbrennt, und Marinas Kopf war glänzend rot und roch nach Apotheke. Sie weinte nicht einmal, obwohl sie wusste, was das hieß. Sie packte die Haarbüschel in einen Stoffbeutel und brachte sie heraus in den Hof. Sie kriegte Prügel, Raja schlug sie ganz bestimmt. Sie stieß sie mit dem Kopf an die Wand, schlug ihr einen Zahn aus, verfluchte sie. Marina hat zu alledem gelacht, und als ihre Haare wieder wuchsen, färbte sie sie so, wie es ihr gefiel. Diese Sturheit – wie der Widerhaken der Angel im Maul eines Fisches – bewunderte ich am meisten an ihr. Marina lebte ihr Leben ohne den großen Durchblick. Sie aß stets die Mitte des Brots und nicht die Krümel anderer. Als ich nach Bukarest gekommen war, freundeten wir uns an. Wir sprechen heute jeden Tag miteinander, von ihr erfahre ich noch einiges über Chişinău und über Radu. Raja ist nicht mehr da, um ihr den Kopf an die Wand zu knallen, aber das Leben lässt sich auch ohne sie meistern.

Und ich? Was habe ich im Leben getan? Nicht einmal was Tamara betrifft, bin ich mir sicher. Der Staat hält sie für eine Last, ihr Vater rennt vor ihr davon. Eines Tages sagte er, wir müssten noch ein Kind machen, ein gesundes. Damit er jemanden habe, dem er alles hinterlassen kann. Bestimmt das Geld. Ständig, ständig, ständig das Geld. So wie die Leute im Wald leben oder auf dem Berg habe ich im Geld gelebt. Nach unseren Begegnungen bin ich tagelang stumm. Ich frage mich, warum ich ihn immer noch treffe, weshalb ich ihm zuhöre. Versteht er denn nicht, wie mir seine Worte wehtun? Andererseits, und das sagt auch Marina: Wäre es leichter für mich, wenn er mir was vorlügen würde? Wäre ich glücklicher mit einem Mann gewesen, dem ich jeden Tag angesehen hätte, dass er sich vor seinem eigenen Kind fürchtet? Ich sagte ihm, er solle sich eine andere Frau suchen, die ihm einen Sohn gebärt, wie es seinem Vermögen gebührt. Das will er nicht. Er lebt allein, und seinen Freunden sagt er, wir hätten eine Pause eingelegt. Bis es Tamara gut geht. Bis sie versteht, wie es dazu gekommen ist.

## 124

Radu bestellte Sauermilch und ein französisches Weißbrot. Varea rollte angeekelt mit den Augen. Noch ein *Rumäne*. Die anderen Frauen begannen zu schreien. Möge der ganze Rest nichts als Rest gewesen sein, die Reihenfolge war jedenfalls durcheinandergebracht. Eine Russin nannte ihn »Faschist«, aber nicht alle waren so zurückhaltend. »Kefir und eine Stange«, erklärte ich Varea, und die Schlange kam voran. Ich hatte in der Schule »Kekse« gelernt, »Fußgängerüberweg«, »Ampelanlage«, »Kellergeschoss« – all so was. Ich fühlte mich sehr gescheit. »Warum sprichst du nicht Rumänisch?«, fragte mich Radu lächelnd, und ich blieb verwirrt an Ort und Stelle stehen, wusste nicht, wusste tatsächlich nicht, was ich ihm darauf antworten sollte. An den folgenden Tagen sah ich ihn ein paarmal im Hof, einmal auf dem Balkon, dann an der Haltestelle. Ringsum hatte sich ganz schnell alles mit Radu angereichert.

Warum sprichst du nicht Rumänisch?
Warum sprichst du nicht Rumänisch?
Warum sprichst du nicht Rumänisch?
Ein Lied.

Als ich anfing, nachts von ihm zu träumen, ging ich zu Shura und fragte sie unter anderem, womit sich der Mann mit den vielen Büchern beschäftigte. »Sprachlehrer«, antwortete sie, und vermied es, Sprachlehrer für Rumänisch zu sagen, für diese neue und unklare Sprache.

## 125

Nach Galeas Frage wuchs mir eine Spirale quer durch die Brust, und die bewegte sich nicht mehr von der Stelle. An ihrem einen Ende befand sich Tamara Pawlowna – fremd, aber mildtätig. Am anderen Ende wart ihr – die meinen, aber herzlos. Ihr habt an mir gezerrt, bis ihr erschöpft wart. Sie hielt mitunter inne, ihr nie. Als ich spürte, dass ich diese Last nicht mehr in mir tragen konnte, ging ich zu Tamara Pawlowna und fragte sie, ob ihr tot wärt. Oder ob ihr, wie Galea gesagt hatte, die ganze Zeit am Leben gewesen wart. Meine Frage hat sie nicht erstaunt, deshalb vermute ich, dass sie mir endlich mal die Wahrheit sagen wollte. *Araswe eto tschto-to menjajet*?, mehr kriegte ich nicht aus ihr heraus. Ändert das irgendwas? Ändert denn in der Seele eines Kindes die Mitteilung etwas, dass es nicht vom Schicksal, sondern von den eigenen Eltern auf den Müllhaufen geworfen wurde? Änderte sich etwas, wenn ich erfuhr, dass ich nicht einmal für die gut genug war, die mich geboren hatte?

*Njet, ne menjajet*, antwortete ich. Nein, es ändert nichts.

*Rennen.*
*Die Zigarette.*
*Die Birke.*
*Ich habe ein Recht auf drei Gerechtigkeiten, ihr seid die erste.*
*Den du am meisten liebst, verletzt du zuerst.*

## 126

*… ich liebte die rumänische Sprache heimlich, ich war Patriot, sogar als …*, na ja, wohl eher auf dem Klo. Im sehr Verborgenen. So sehr im Verborgenen, dass niemals jemand hätte merken können, dass ein Fettwanst wie du je etwas anderes geliebt hatte als das Essen. Gut, auch Eminescu. Aber wir sollten uns nicht an Eminescu vergreifen. Ihn heute mit dem Essen vermengen, da wir mehr denn je einen Bedarf an aufrechten Menschen haben. Lasst uns die wahren Patrioten herausholen und auf die Regale stellen, wie die Fischkonserven in der Karwoche. Wie viele verbotene Worte in einem Satz! Ich glaube aber, die hohe Fastenzeit heißt Karwoche. Heute kann man fasten, ja man muss es sogar. Fasten, Sprache, Patriotismus. Wo, wo waren all diese Menschen? Aus welchem Versteck, aus welchem Erdloch heraus liebten sie die rumänische Sprache und vor allem Eminescu? Es würde mir schon sehr gefallen, zu hören, was Sachar Antonowitsch diesen ausgezehrten intellektuellen Krawallbrüdern zu sagen hätte – der dumme Russe, der Besatzer, der mit seiner Brust voller Medaillen in der eigenen Wohnung an der Kälte verreckt ist. So haben sie ihn gefunden: in Kriegsuniform und mit allen Medaillen an der Brust. Stimmt schon, sie haben ihn auch angepisst vorgefunden, aber das ist verständlich: Sachar war Russe, kein Patriot.

Ich frage mich oft, wie viele Männer heute in einen Krieg zögen. Wie viele würden wohl vom Stuhl aufstehen und sagen: Ich ziehe in den Krieg für das Vaterland. Meinetwegen nicht für das Vaterland, für die Familie. Und da vielleicht auch nicht für die ganze Familie. Für die kleine Familie, denn nur für Mutter-Vater lässt sich niemand umbringen. Aber, schau, wenn sie sagen: Wir ziehen in den Krieg für unsere Frauen, die Kinder. Belassen wir es mal nur bei den Kindern. Wer ginge da? Wenn wir alle Männer von der Liste streichen würden, die studiert haben, dann alle, deren Mütter halbe Schweine und kiloweise Butter weggeschleppt haben, um sie vom Militärdienst zu befreien, die Ängstlichen und die zu Gescheiten, die Pazifisten, die Zeugen Jehovas und die Gefolgschaft des heiligen Zimbrus: Wer würde heute noch in einem Krieg kämpfen? Ich kann euch schon hören: Warum treibst du unsere Jungs in den Tod, du Hündin? Schick doch deine Jungs, geh doch selber, wenn du so gescheit bist. Und es ist schon richtig, denn ich ginge auch nicht. Und meinen Mann würde ich auch nicht schicken, und wenn ich einen Sohn hätte, würde ich ihn im Stroh verstecken und mit Trockenbrot ernähren. Und noch vieles mehr würde ich für meine Kinder tun – alles würde ich tun –, wenn sie nur am Leben blieben. Ob ich morden würde? Natürlich würde ich morden, ganz klar, ich würde nichts und niemanden verschonen.

Manchmal packt mich der Zorn, einfach so, ohne Anlass. Ich hatte am Morgen ein Interview im Radio gehört und war über einen Patrioten gestolpert. Wie viele Stiernacken, wie viele Breitärsche sich an der rumänischen Sprache gütlich getan hatten. Wie viele sie in Kommissionen, in Versammlungen und Meetings geträllert hatten, während diejenigen, die sie wirklich liebten, immer und überall die allerletzten waren. Auch sie sind wie Sachar Antonowitsch zu Hause gestorben. Mag sein, nicht vor Kälte oder Hunger, sondern vor

Sehnsucht. Dass man vor Sehnsucht nach einer Sprache stirbt.

## 127

Wie wäre mein Leben gewesen, wenn mich eine andere Frau erzogen hätte? Bella Isaakowna, Jekaterina oder jemand wie Raja. Hätte ich mich für eine Jüdin gehalten, hätte ich in der Liebe besser gewählt, hätte ich die Russen so gehasst, wie sie es verdienen: für alles? Wie viel an mir ist Wahl und wie viel Blut? Wenn ich an euch denke, trage ich zwei Koffer mit Knochen und Schwächen in mir. Die Kühle, die Augen, die schmalen Finger – dies rechne ich Dir zu, Mutter. Die Gleichgültigkeit, die Vorliebe fürs Trinken, die Angst vor Hunden – Angst allgemein – überlasse ich dir, Vater. Dich zeichne ich stets hässlicher und böser als sie. Wie es ein Mann, der seine Frau nicht daran hindert, ihr Kind in den Abgrund zu werfen, im Gedächtnis behalten zu werden verdient. Und vielleicht seid ihr ja gar nicht mehr am Leben. Und vielleicht wart ihr dies ja auch nur ein paar Jahre. Aber was für Jahre!

Sie war betrunken, ich hörte, wie sie den Schlüssel im Dunkeln malträtierte. Sie kam an mein Bett, und ich spürte ihre Finger mir ins Gesicht fassen. Ich setzte mich auf und schaltete das Licht ein. *Oschiblas li ja tebje, Lastotschka,* war es ein Fehler, dich zu mir zu nehmen, Lastotschka, fragte sie und begann, still zu weinen wie eine Trauerweide. Sie war verrückt und alt, hätte meine Großmutter sein können. Ich habe lange die Schläfen gestreichelt und ihr wie aus dem Buch geantwortet: »Mutter ist diejenige, die einen aufzieht, nicht die, die einen zur Welt bringt«. Sie glaubte mir nicht. Ich wollte auch nicht, dass sie mir glaubte. Sie zog mich an ihre Brust und umarmte mich stärker als jemals in all den Jahren davor und denen, die noch folgen sollten. So nahmen wir Abschied voneinander. Ich ließ sie weinen, wie sie umgefallen war, mit dem Kinn schmerzhaft meine Brüste quetschend. Auch sie hatte verstanden, was ich nicht länger verbergen konnte: Dass ich überhaupt nichts über euch wusste, brachte mich aus der Fassung. Ihr wart mein größter Traum, wenn ich die Kraft dazu gehabt hätte, ich hätte alles in Euch verwandelt. Sie weinte an meiner Brust – die Frau, die mich zum Menschen erzogen hatte –, und ich brauchte sie nicht mehr. Die Hündin hatte eine Wölfin aufgezogen.

## 128

Er umfasste mich von hinten, durch ein Leintuch. Ein Scherz, erfuhr ich nach acht Jahren. *Was denn sonst, du lieber Gott, du warst ein Kind!* War ich das? War ich das je? Ich hatte die Wäscheklammern um den Hals, einen Haufen nasser Wäsche auf den Armen und roch nach Schweiß. Der Hass floss scheffelweise aus mir, heiß, zähflüssig. Mir war danach, im Boden zu versinken vor Scham und Ungerechtigkeit. Wie sehr hatte ich mir eine Begegnung mit ihm ersehnt, wie schön hatte ich mich in all diese Möglichkeiten hineingeträumt! Wie schön war ich auch selbst! Ich konnte neue rumänische Wörter, hatte ein blaues Kleid, Stirnfransen. So hätte sich alles zutragen müssen. Ich ging ein paar Schritte zur Seite und begann, die Vorhänge über die Leine zu hängen, die idiotischen, bescheuerten Vorhänge, und hoffte dabei, dass er gehen würde. Ich wollte nicht, dass er meine Ausdünstungen roch, meinen verdreckten und klebrigen Kittel sah, meine Stirn mit den Schweißtropfen. Ich war in aller Eile in die Galoschen geschlüpft, in denen Tamara Pawlowna im Müll herumstocherte. Ich war eine komplette Zerknautschtheit. Ein Rest. Radu ging nicht. Er dankte mir dafür, dass ich ihm damals im Geschäft mit der Übersetzung beigestanden hatte, und fragte, ob er mir irgendwie helfen könne. Beim Wäscheaufhängen? Er sprach langsam, mit einer weichen Stimme, wie zu einer nicht sonderlich gescheiten Schülerin.

Ich wünschte mir, der Tag möge verschwinden oder ich – Letzteres wollte ich schon lange. Diesen Nachmittag um einen Finger wickeln und in die Tasche stecken. Und wie alt ich war, und in welche Schule ich ging. Und warum ich so schmal war und immerzu beschäftigt. Er griff sich das erste Ding, dass er im Korb fand, und hängte es über den Draht. Einen Rock von Tamara Pawlowna, ein altes Teil, ein Fetzen, den hatte ich nicht einmal ordentlich gewaschen. Er nahm sich zwei Wäscheklammern von der Schnur und bückte sich wieder. Nun folgten ein paar Kissenbezüge, die Handtücher, der kleine flauschige Teppich aus dem Bad. Er redete und redete. Seine Stimme ging mir auf die Nerven, sein Lächeln und seine Gelassenheit trieben mich zur Weißglut. Die schwarzen Haare wellten sich ihm über der Stirn, die schwarzen Augen zogen mich in die Hölle. Schwarze

Augen, Augen für mich. Damit sie allen Schmutz an mir verschlucken.

Er fragte, ob ich Russin sei. Ob Tamara Pawlowna meine Großmutter oder vielleicht eine Tante sei. Und ob wir – dies werde ich nie vergessen –, ob wir Geld bräuchten. Ich glaube, er hatte sie Müll einsammeln gesehen. Im Trolleybus mit sich selbst und wie irre redend. Vielleicht hatte er auch mich gesehen, als ich heimlich den ganzen Müll aus dem Haus schaffte und ihr beim Flaschenschleppen half. Er stand nun da in seinem weißen Hemd, schön wie ein Kranich, und bemitleidete mich. Warum ging er nicht? Warum ließ er mich nicht in meinem Elend? Er hielt mich für eine Bettlerin. Ich sah aus wie eine Bettlerin. Als ich ihn mit einem Nachthemd in den Händen dastehen sah, fiel mir ein, dass ich an diesem Vormittag auch die Höschen und die Lumpen für zwischen die Beine gewaschen hatte. Ich stieß ihn unwillig beiseite und rannte nach Hause; dabei hoffte ich, bis zum Abend tot zu sein.

## 129

Und was für einen Namen du für sie gefunden hast! Das musst du mir mal erzählen, wenn du Zeit hast, damit wir uns gegenseitig auf die Schultern klopfen können. Ich glaube ja nicht, dass es einen schöneren Namen für eine Krankheit gibt. Für eine Qual. Das ist dir echt gut gelungen. Weißt du, was ich denke? Aber du darfst dich nicht ärgern, denk bloß nicht, ich würde es böse meinen. Du spielst mit mir, das tust du. Du spielst mit meinem schlichten, kleinen, geschmacklosen Leben, als würdest du ein Gedicht schreiben. Ich spüre jedes deiner Worte im Fleisch. *Flasche, Flaschen aus Glas*. Ich sehe, du langweilst dich, du willst mehr. Hast mir einen Berg auf die Schultern gemalt und schleppst mich nun schwer durch deinen Aufsatz. Schau bitte nicht mehr in meine Richtung. Blättere um. Such dir eine andere. Soll ich dich rufen, deinen Namen sagen, erwartest du das? Gestern habe ich die Schienen gegen größere gewechselt. Sie wächst, Tamaras Knochen strecken sich. Sie ist mein Aufsatz. Vergiss mich bitte für ein paar Jahre. Deine Liebe hat mich in Scherben gehauen.

## 130

Eines Tages kommt dieser Tag, und es gibt keinen Ausweg mehr. Im Hof sind die Akazien erblüht, und in mir habt ihr euch geöffnet, wie ein paar Zweige. Auch wenn es mein Fleisch ganz und gar durchdrungen, mich in Stücke gerissen hätte, ich hätte mich nicht davor gehütet. Ich wäre blutend an Ort und Stelle verblieben, um euch all das zu sagen, was ich euch jetzt schreibe. Aber ihr habt mich nicht einmal damals gewollt. Ihr habt mich auf andere Art gebrochen. Mit sechzehn Jahren war ich so gut wie erwachsen, falls ihr euch vor Schwierigkeiten gefürchtet haben solltet. »Wenn der Mensch in diesem Alter stirbt, kann er nicht mehr sagen, dass er nicht gelebt hat«, kam Sachar Antonowitsch quasselnd daher und brachte mir eine Uhr zum Geburtstag. Sie ging gut, auch wenn sie einer toten und nicht wirklich glücklichen Frau abgenommen worden war. Er hatte sie zuerst seiner Schwester geschenkt, dann kurz seiner Frau, und nun, sieh an, mir, die ich den Sinn eines guten Gegenstands zu erfassen wusste. Ich habe sie auch jetzt noch irgendwo. Sie geht gut. Ach, Sachar Antonowitsch, mein geliebter Bär, wenn du wüsstest, wie oft ich mir einen Mann gewünscht habe, der sich nicht verkompliziert! Der Messer schärft, Teppiche klopft und Steckdosen repariert, aber mich vor allem von hinten umfasst und mich liebt, wortlos, ein ganzes Leben lang.

## 131

Sie lauerte nicht mehr mit dem Messer neben der Tür, hatte sich besänftigt, und der unter der Kastanie war müde geworden und verschwunden. Die Tabletten halfen offenbar, oder ich redete es mir ein. Ich zerdrückte vier auf einmal mit der Rückseite des Löffels und mischte sie ihr morgens ins Essen. »Für eine Weile«, sagte Bella Isaakowna, als sie sie mir brachte. »Sie muss umgehend ins Spital gebracht werden.« Ich habe sie noch zwei Monate in Ruhe gelassen und ihr dann gesagt, es wäre gut, noch einen Arzt zu konsultieren. Einen anderen. Damit sie sich nicht quälte, damit sie sich nicht verausgabte. Sie sprang mir wie ein Messer an den Hals und schrie, ich wolle ihr die Wohnung stehlen. Schrie, ich sei – und ich war – eine Verräterin. Wenn ich damals den Rettungswagen gerufen hätte, wäre sie endgültig mitgenommen worden. In dem Zustand von damals wäre sie wohl nicht mehr nach Hause zurückgekehrt. Man konnte von vielen Fällen hören, in denen Kinder ihre Eltern »bei den Irren« hatten einliefern lassen, nur um an ihre Wohnungen zu gelangen. Mir hätte dies ganz gewiss gepasst, aber ich war dazu nicht imstande. Ein solches Schicksal hatte sie nicht verdient. Auch wäre sie dort im Krankenhaus nicht behandelt worden. Sie hätten sie wie ein Tier gehalten, bis nichts mehr von ihr übrig geblieben wäre. Ausgerechnet ich sollte sie wegschließen lassen? Nachdem sie mich aus einem viel schlimmeren Gefängnis gerettet hatte?

Es ging ihr etwas besser. Sie zog durch die Straßen und sammelte Berge voller Müll ein, den sie mit nach Hause brachte und hier in hohen Stapeln lagerte. Natürlich Altglas, nach alter Gewohnheit. Aber auch andere, völlig unnütze Sachen: Pappkartonschachteln, kaputte Möbelstücke, beschädigte Gegenstände – allerhand Mistzeug, voller Käfer und total verdreckt. Ich machte ihr keinen Vorwurf. Sagte kein Wort. Ließ sie alles ganz genau so anordnen, wie sie es für richtig hielt, wie sie fand, dass es schön sei. Wenn es zu viel wurde und der Geruch aus dem Zimmer unerträglich geworden war, warf ich einen Teil davon in den Müll. Sie merkte es gar nicht. Abends schien sie sich sogar zu freuen, wenn sie noch Stellen entdeckte, die sie auffüllen konnte. Manche alten Klamotten brachte sie zwei- oder dreimal mit nach Hause und freute sich darüber wie beim ersten Mal. Ich ließ sie gewähren.

Eines Abends, nachdem ich sie gewaschen und zwischen meine Knie auf den Boden gesetzt hatte, um ihre Haare zu flechten, packte sie mich an einer Hand und zog mich an sie heran. Sie legte sich einen Finger auf die Lippen und flüsterte mir ins Ohr, sie habe auf meinen Namen fünftausend Rubel auf die Bank gebracht.

*Wenn du die Liebe wie Birkenrinde ablöst, was findest du da vor?*
*Wie sieht die hautlose Liebe aus, von keinem Menschenherz verdorben?*

## 132

Mein Kopf – ein bodenloses Loch. Ich ging zum Geld und holte alles hinter dem Rohr hervor. Eine Rolle Banknoten, Einser, Dreier, Fünfer und Zehner. Das Ergebnis all der Betrügereien, die Summe des Elends. Qualen in Zahlen. Dieses schmutzige und zerlumpte, neue und glatte Papier war mehr als Geld. Wie es auch meine bei ihr verlebten Jahre waren. Verspätete Telegramme aus der Zeit, als Maricica noch am Leben war, Katjuscha eine Geliebte und der Garten des Rottenführers noch nicht verbrannt war. Unter den Verkäuferinnen, die ihre Eimer bei der Haltestelle aufgereiht hatten, suchte ich mir die älteste aus. Eine humpelnde Frau, die einzige, die keine Stiefel trug, sondern Gummipantoffeln. So wie ich in der Nacht, als ich nach Chişinău gekommen bin, den Finger in der Tasche einer Fremden. Ich verlangte alle Rosen. Weiße, rote, gelbe. Solche, die wie angebrannte Milch gefärbt waren, angebranntes Rosa, verlassenes Gelb, ja selbst diese seltsam violetten mit den etwas gezackten Blütenblättern. Sie freute sich sehr – die Barfüßige –, aber sie fragte nach dem Geld. »Hab ich«, antwortete ich und zeigte ihr die Rolle. »Aber warum weinst du, Täubchen, wenn du eine solche Freude hast im Leben, mit so vielen Blumen?«

Ich ging mit den Rosen durch die Stadt und verteilte sie an alle Frauen, denen ich begegnet bin. Es gab welche, die hüteten sich vor mir, als wäre ich verrückt, andere wieder freuten sich und verlangten sogar mehr als nur eine. »Wenn sie nichts kosten, hätte ich gern zwei.« Zu Hause kam ich mit einer weißen und einer roten Rose an. Eine Tasse Milch und eine Tasse Blut. Ich hatte mehr als hundert Rubel für fremde Menschen ausgegeben. Alles, was ich ihr in acht Jahren gestohlen hatte, hatte ich in ein paar Minuten verloren. Ich wollte zu Maricica, zu Olea. Ich wollte, dass ihr kommt und mich mitnehmt ans Ende der Welt.

Mit diesen Blumen in den Armen hatte ich mich wie jemand gefühlt, der zu spät zur eigenen Beerdigung erschienen ist.

## 133

Erst einmal der Name, dann der Schlag aufs Maul und, selbstverständlich, der Gedanke, Gift zu nehmen. Ich glaube nicht, dass ich eine weitere Vergewaltigung heil überstanden hätte, ich hatte innen keinen lebendigen Fleck mehr. Ich war mir sicher, dass ich wieder und wieder vergewaltigt werden würde, keine zwei Schritte vom Haus entfernt, keine zwei Schritte weg von Radu. Um schließlich. Ich wäre weder die Erste noch die Letzte gewesen. Über Fälle, in denen die Mädchen in Autos mit abgedunkelten Scheiben und ohne Nummernschild gezerrt wurden, von einer ganzen Gruppe vergewaltigt, denen Glasscherben reingesteckt, die geschlagen wurden, bis ihre kleinen Organe an ein paar Zwirnsfäden hingen, hörte man jeden Tag. Klar, über so etwas wurde nur geflüstert. Mit der Spanne war es zu hören, dem Fingernagel. Wie auch immer, wenn ein Mädchen vergewaltigt wurde, und sei es am hellen Mittag, lag die ganze Schuld bei dem Mädchen selbst. Das konnte nur heißen, dass sie sich nicht so angezogen hatte, wie es sich gehört, dass sie gelächelt oder zu große Titten hatte. Und anständige Mädchen hatten niemals zu große Titten.

Oksanka war es, und ich habe sie nicht sogleich erkannt. In einem ledernen Minirock und schwarzen Strümpfen mit Laufmaschen. Sie hatte ihre Haare gekräuselt und gebleicht, war wie eine Edelnutte geschminkt, und ich habe bald erfahren, dass sie dies auch war, aber nicht immer, nur so, wenn ihr danach war. Sie machte auch noch irgendeine Ausbildung in einem Technikum, irgend so was, damit sie einen Grund hatte, den Tag zu verplempern. Sie zitterte am ganzen Leib, brauchte Geld für Drogen. Ich hatte sie schon seit vier Jahren nicht mehr gesehen, seitdem Volodâmâr mit seinen Eltern nach Bălți umgezogen war, hatte sie aufgehört, bei uns vorbeizukommen. Dort war eine neue Kirche gebaut worden, sein Vater war Pastor geworden, allen ging es gut. Ich sagte, dass ich kein Geld bei mir hätte, und sie packte mich am Hals. Sie wusste, dass ich zu Hause welches hatte, denn wir hatten immer was da. Ich solle also gehen, und von der Alten was holen. Zuerst verlangte sie sechzig Rubel von mir, und wenn ich so viel nicht beibringen konnte, sollten es wenigstens fünfundzwanzig sein. Ich sagte ihr, wir hätten nicht mehr wie früher Geld herumliegen, es war schwer, schwere Zeiten waren gekommen. Tamara Pawlowna war erkrankt, wir sammelten auch keine Flaschen mehr. Sie unterbrach mich nervös, kratzte mir mit einem Fingernagel über die Wange und sprach ganz langsam, beinahe wie Volodâmâr in der Kindheit: Entweder du bringst es mir, oder ich schicke die Jungs, dir die Kehle durchschneiden. Ich lieh mir von Shura zwanzig Rubel. Oksanka teilte sie in zwei Hälften und packte sie in ihren Büstenhalter, jeder Titte einen Zehner. »Das mit der Kehle war ein Scherz«, sagte sie, als wir auseinandergingen. Ich habe sie dann nur noch einmal gesehen.

## 134

Mit der Liebe, Lastotschka, darfst du dich nicht anlegen. Renne ihr nicht hinterher, und reize sie nicht, das gefällt ihr nicht. Wenn du ihr unterwegs begegnest, bückst du dich und steckst sie in die Tasche. Wenn nicht, suchst du sie nicht alleine. Setz ihr keine Krone auf die Stirn und errichte ihr auch kein Denkmal. Sie hat all die vielen Worte nicht verdient, nach all dem Bösen, das sie in der Welt angerichtet hat. Merk dir das von mir. Liebe wie Liebe. Alle lechzen danach, überbieten sich gegenseitig, verschleudern ihr Geld. Eine Mörderin, das ist die Liebe. Denn was tut der

Mensch, der nicht liebt? Er lebt, arbeitet, ist Mensch – der Mensch, der nicht liebt. Er kümmert sich in aller Ruhe um andere Dinge, freut sich, sieh an, über einen Regen. Und der, der liebt – der Mensch –, wie ist der? Unmensch, das ist er. Weder ausgeschlafen noch satt, und auch ohne Leuchten in den Augen. Du glaubst, ich weiß nicht, wovon ich spreche, das glaubst du? Umsonst. Auch Sachar war mal jung. Mit Armen und Händen und Beinen und Zähnen im Mund. Nicht schön, aber auch nicht heilig, von allem was. Eine Mörderin – wie ich schon gesagt habe, die Liebe –, und ihr besingt sie wie die Idioten.

## 135

Shura hat im Bad eine Kachel von der Wand abgelöst und dahinter ihr ganzes Gold versteckt. Sie war zufrieden. »Und Tamara, was hat Tamara mit dem Geld gemacht«, fragte sie mich jedes Mal, wenn ich zu ihr ging. Ihre Beine schmerzten, ihr Herz tat ihr weh, die Luft in den Lungen zirkulierte nicht mehr. Shurotschka hatte ganz schön zu leiden. Sie vermisste die Welt, blind und sanftmütig. Aber am meisten fehlte ihr die Liebe der Fremden. Sie trank viel, hatte ringsum zugenommen, und die Adern an den Beinen traten hervor wie von vielen Regenfällen freigelegte Baumwurzeln. Ich sagte, ich wüsste nichts über Tamara Pawlownas Geld, und das war keine Lüge. Was konnte man schon darüber wissen? Das Geld lag auf der Bank. Ich vermutete, dass sie reich war, wenn sie allein auf meinen Namen fünftausend Rubel eingezahlt hatte. Selbstverständlich habe ich Shura von den Fünftausend nichts gesagt. Ohnehin veränderte der Reichtum unser Leben nicht. Sie schleppte immer noch allerhand Müll in die Wohnung, und mir verweigerte sie jede Freude. Ich bat sie darum, mit einer Mitschülerin ans Meer fahren zu dürfen, und sie sagte: Nein. Ich bat sie, mich mit Marina und Raja aufs Land fahren zu lassen, und sie sagte: Nein. Ich bat sie, mit Bella Isaakowna für vier Tage nach Kiew fahren zu dürfen, und sie sagte: Nein.

Ich hatte Sehnsucht nach den Sonntagen im Hof, nach uns Mädchen, nach der Birkenlimonade, die aus den Läden verschwunden war. Ich hatte sogar nach den Jungs Sehnsucht, die alle in die Höhe geschossen und hässlich geworden waren, hündisch und Raucher. Marina hatte bei der Volksfront einen Dichter kennengelernt und spazierte nun ganze Tage mit ihm durch die Parks. Sie kehrte mit einem Blatt oder einer Taubenfeder nach Hause zurück und rezitierte mir aus seinen Gedichten. Der schrieb viel. Von Strahlen, Tränen, Segnungen und armen Tröpfen. Ich hielt nicht durch bis zum Ende – eine Art sinnloser Leier. Marina, die Arme, die wollte heiraten, wollte Kinder kriegen, darum lief sie mit dem Blatt in der Hand durch den Park. Er aber wollte nur ihre Wohnung, glaube ich. Nach einem halben Jahr ließ er sie wortlos stehen und heiratete die Tochter des Vorstehers einer Kolchose. Speck und Grieben hatten, wie man sehen konnte, über die Strahlen und armen Tröpfe gesiegt. Marina weinte den ganzen Tag, suchte nach ihm, wollte Erklärungen. Ich hörte ihr verständnislos zu. Dafür fragte ich sie eines Tages, warum ich sie niemals Russisch sprechen höre, vielleicht könne sie deshalb nicht heiraten. Ich schäme mich für meine damalige Dummheit und die jetzige: Das mit den Russen ist nicht vorbei. Das geht nicht vorbei. Marina lachte mich aus und antwortete: Was soll das mit dem Russischen und wieder Russischen, was, haben wir denn keine eigene Sprache?

## 136

*Jeder schreibt ganz schnell für sich zehn Wörter auf, die schönsten Wörter der rumänischen Sprache. Die, die für ihn die schönsten sind. Das heißt, Wörter, welche die Schönheit und Größe unserer Sprache zeigen, lacrima, tezaurul, Ştefancelmare, und zur Prüfung alles.* Poneslo, das war durchgeknallt. Im Herbst hatten wir eine andere Lehrerin für Rumänisch bekommen, und mit ihr legte sich auch mein Wunsch, noch etwas zu lernen. Snejana Stepanovna hatte eine Geschwulst am Bein und nur noch zwei Jahre bis zur Rente. Ihr Unterricht spielte sich stets nach der gleichen Formel ab. »Jeder liest ganz schnell für sich zehn Seiten aus dem Lehrbuch.« Oder. »Jeder schreibt für sich ganz schnell einen Aufsatz von zwei Seiten zu einem frei gewählten Thema.« Das Thema so frei wie möglich, so viele Seiten wie möglich, die möglichst schönsten Wörter.

Ich dachte nur an Radu, in allen Sprachen, die es in meinem Kopf gab.

**Radu**ga, Regenbogen.
**Radu**jus, ich freue mich.
K**radu**schtschijsja, der sich anschleicht.

**Radu**schjyi, freundschaftlich.
**Bradul** – Jolka! Die Tanne.
Tiefer bin ich nie gesunken.

## 137

Die Russen nannten es Pridnestrowje. Die Rumänen – Transnistrien. Ich glaube, das hat mich am meisten gewundert: Wieso hieß diese Landschaft jeweils anders? Wenn ein Mensch Radu heißt, wie könntest du ihn dann, und sei es in einer anderen Sprache, Iwan nennen? Ein Junge aus der Parallelklasse – brav und still, und niemals nachtragend – erzählte uns, sein Vater habe auf der Brücke eine Woche lang geschossen und sei mit einer kaputten Hüfte heimgekehrt. Dieser Junge, Anatolie, war arm, er trug abgetragene und hässliche Sachen und kaufte sich niemals etwas vom Büfett. Mit dieser Geschichte wurde er unter den Jungs zu einer Art Held. Er erzählte ihnen Einzelheiten über Kämpfe, an denen er nicht teilgenommen hatte, und sie gaben ihm dafür Zigaretten, Salamibrötchen und Respekt.

Mir ging das mit Transnistrien und den Toten anderer am Arsch vorbei. Ihre Schießereien, ihre Helden und Verräter. Ich war meine eigene Tote. In mir wurde der grausamste Krieg geführt. Radu liebte mich nicht, ihr kanntet mich nicht. Tamara Pawlowna war ganz und gar verrückt geworden. Oft saß sie am Tisch und redete mit sich selbst, dabei sortierte sie das bisschen Geld wieder und wieder in den falschen Stapel ein. Ich übersah das und tat nichts, um ihr zu helfen. Ich hatte noch zwei Schuljahre vor mir, aber ich lernte schlechter als jemals sonst. Ich hatte Probleme im Turnunterricht, bei der Scheiße, die sich »Vorbereitung auf das Leben« nannte, in rumänischer Geschichte und in Geometrie. Mein großer Traum, Ärztin zu werden, rückte mit allem, was er mir mal versprochen hatte, in immer weitere Ferne. Am schlechtesten kam ich mit der rumänischen Sprache und Literatur zurecht, die ich aus tiefster Seele – zumindest dem, was davon noch vorhanden war – hasste.

Was dann geschah, hat sie gebrochen, das weiß ich. Sie hatte sich gewünscht, mich ganz woanders zu sehen. Hatte ein Leben lang für etwas Besseres gearbeitet, für etwas mehr hatte sie auch mich gequält. Ich habe vielfach ihre Erwartungen verfehlt, aber über die Jahre hinweg beruhigt mich eines: Ich habe sie nicht enttäuscht. Sie wollte eine Ärztin aus mir machen, Ärztin bin ich geworden. Ansonsten trage ich sie lebendiger in mir, als ich es mir jemals hätte vorstellen können. Mit dem Altern bin ich auf sehr viel mehr Weisen zu ihr geworden, als eine Mutter es sich erhoffen kann. Auch keine echte, was sie ja niemals war.

*Bei Nacht, Mutter, streichele ich die Blume auf dem*
*Teppich wie dein Haar.*
*Bei Nacht, Vater, haue ich ins Kissen, als wäre es deine*
*rechte Schulter, die mich niemals irgendwo hingetragen hat.*
*Streckt mir eure eisigen Hände entgegen und ich zeige*
*euch meine Glasaugen,*
*das will ich.*
*Euch schließlich fragen, warum ihr mich für eine*
*Belastung gehalten habt, als ich noch in eure Hände*
*gepasst hätte?*

*Und ihr verlangt, dass ich dieses verrückte Herz,*
*das in meinen Armen schläft, erdolche.*
*Und ich sehe das verräterische Messer unter dem*
*Kissen glitzern.*
*Mein Herz ist ein Scherbenhaufen, Mutter.*
*Das Blut in mir ist Wasser, Vater.*
*Einmal Waise, ein Leben lang Waise, das*
*habt ihr nicht gewusst.*

## 138

Sie war vielleicht schwanger, das hatte sie mir gesagt. Ihre Augen glühten, ihr Kinn bibberte, sie war völlig verschwitzt. Ich bot ihr einen Stuhl an, und sie beruhigte sich etwas. Mir fiel Jekaterina mit den völlig verbrühten Beinen und ihrer Blutung bei Shura auf dem Sofa ein. Marina war nicht Katja: Sie hätte so viel Schmerz nicht ausgehalten. Wir mussten einen Arzt finden, schnell. »Lass uns zu Bella gehen«, rief ich. Ich war erschrockener als sie, aber vielleicht hatte von uns beiden bloß ich begriffen, was es hieß, niemandes Kind zu sein. Marina schaute mich verwundert an. »Warum zu Bella, was hat die Jüdin damit zu tun?« Erst da merkte ich, dass Marina nicht abtreiben wollte. Marina wollte ein Kind kriegen.

Welche Leute, wer war ihr Chef? Eine Wohnung hatte sie, und wenn sie einen Sohn geboren hätte, wäre da bald auch ein Mann gewesen. »Wirst schon sehen, wie er diese Kuh verlässt und bei mir angerannt kommt!« Und Raja? Was heißt hier Raja, Raja? Ihr stand ein Zimmer zu, ein einziges, und nicht drei. Die anderen beiden gehörten den Brüdern. Wenn es ihr nicht passte, konnte sie ja gehen. Sie hätte sie früher belehren sollen, nicht jetzt. All das viele Geld, das sie mit dem Wein gemacht hatte, jeden Rubel, den sie in die Finger gekriegt hatte, sie hat sie allein sich selber in den breiten Arsch gesteckt. Immerzu die Jungs. Die sollten was kriegen, für die musste sie was beiseitelegen. Und die Jungs kamen sie nicht einmal besuchen. Geschieht ihr recht, wenn sie so blöd ist. Über das Kind soll sich bloß niemand den Kopf zerbrechen. Nie-mand.

Nein, Marina war weder gekommen, um um Hilfe noch um Rat zu bitten. Marina war gekommen, weil sie eine Freude hatte, ihre erste wirkliche Freude, eine reife Freude – als Frau. Aber sie hatte niemanden, mit dem sie sie hätte teilen können. Dass sie sich dieses Kind so sehr wünschte, auch wenn es bedeutete, in den Augen der Leute ein verdorbenes Weib zu werden, beschämte mich vollends. Ich wusste, sah, dass sie nicht log. Marina, dessen bin ich sicher, hätte ihr Kind erzogen. Sie hätte sich das Kind mit bunten Bändern vor die Brust gebunden und es erhobenen Hauptes durch die Stadt getragen, wie sie es mit allen ihren unbedachten Entscheidungen getan hatte. Ich bewunderte sie und war meiner überdrüssig. Hätte ich ihr etwa nicht sagen sollen, sie möge es behalten? »Marinotschika, es wird genau so kommen, wie du es dir wünscht«, sagte ich zu ihr. Aber dem war nicht so. Nichts von alledem, was an jenem Tag gesagt und geweint wurde, ist eingetreten.

# 139

Sie brachte mir ein paar Sommerkleider, eine Puppe und ihre guten Schuhe. »Damit sie nicht verkommen«, Mädchen würde sie keine mehr kriegen. Ihr ältester Sohn war mit der Schwiegertochter bei ihr eingezogen, die Wohnung klein, wenig Platz. Sie strich mir über den Kopf, ich war gewachsen, immer noch eminent? Waisenkind, aber was für ein Kopf! Maricicas Mutter reichte mir das Paket über die Schwelle hinweg – ein schlechtes Zeichen, heißt es bei uns. Es war wie ein Blumenstrauß in Zellophan eingewickelt, und ich dachte daran, dass ich sie zuletzt auf der Beerdigung mit Blumen gesehen hatte. Längst hatte sie aufgehört, den Kindern im Hof auf ihr »Guten Tag« zu antworten, traf sich auch nicht mehr mit den Frauen. Mit welchen Frauen eigentlich? Die eine verrückt, die andere eine Säuferin und die dritte behindert. Ich bedankte mich, und sie ging so eilig davon, wie sie gekommen war: die eine Schulter tiefer hängend als die andere und die Augen zu Boden gerichtet.

Es waren Maricicas schönste Kleider. Ein weißes Kattunkleid mit rotem Mohn darauf. Ein anderes in einem leuchtenden Grün mit Erdbeeren. Und ihr aller-, allerliebstes Kleid – ein blaues –, das sie an dem Tag getragen hatte, an dem wir zusammen Himmel und Hölle gehüpft waren. Allesamt nach nunmehr drei Jahren zu klein! Ich hätte ohnehin nicht den Mut gehabt, sie zu tragen. Nicht etwa aus Angst vor dem Tod, ich wollte einfach nicht, dass uns jemand verglich. Vor allem jetzt, da sie nicht mehr lebte, und ich mich noch unvorteilhafter verändert hatte. Ich wusste, dass ich längst nicht so war wie sie, als sie noch am Leben war, wozu sollte es gut sein, mich dessen nun noch einmal zu vergewissern? Ich denke, ich habe Maricica mehr geliebt als andere Menschen in meiner unmittelbaren Umgebung. Wie ich es konnte, soweit ich mich hatte gehen lassen, gewiss aber nicht so, wie sie es verdient gehabt hätte. Ich schmiegte mich an ihre Güte und an ihr reines Herz. Aber ich beneidete sie für ihre Schönheit und die Leichtigkeit, mit der sie, von allen begehrt, durchs Leben ging.

Ich behielt die Kleider in der Wohnung, packte sie stets von hier nach dort, bis der Sommer kam. Dann ging ich damit in einen fremden Hof und legte sie dort auf eine Bank. Ein Paket mit vielen bunten Träumen und einer beinahe nicht ausgelebten Freundschaft. Hier setzte ich einen Punkt.

## 140

Heute habe ich mir Bleistifte gekauft. Damit ich sie spitzen und mich beruhigen kann. Die Spitzer nützen mir nichts, bloß die Klingen. Die Rasierklinge, die Klinge, wie eine alte Freundin. Wie die erste Liebe. Umsonst verplemperte Zeit. Ich habe sie alle zu Spänen verarbeitet, das Holz war schlecht. Zu unserer Zeit – allmählich verwandele ich mich in Sachar Antonowitsch – waren die Bleistifte weich, wir schnitten hinein wie in Butter. Auch hatten die Bleistifte einen echten *Grif*, nicht wie heute. *Grif*, so nannten wir jene schwarze Mine; wenn man die aß, begann man zu zittern und entkam den Kontrollarbeiten. Daran starb man nicht, auch war der Ekel davor nicht allzu groß.

Mit welchem Blödsinn ich mich beschäftige, in welchen Nichtigkeiten ich mein Unglück zu verstecken versuche.

Bleistifte! Warum Bleistifte? Woher, aus welchem Seelenschwurbel nun plötzlich Bleistifte? Was würde Genosse Freud wohl über mich sagen? Ganz bestimmt etwas mit fehlendem Sex. Bei ihm hat alles mit Sex zu tun. Jener lange und harte *Grif*, zu dem ich zu gelangen trachte, bedeutet wahrscheinlich Phallus. Ein Schwanz, besser gesagt. Und ich würde ihm auch nicht widersprechen. Wo fange ich an und wo gelange ich hin? Eigentlich wollte ich das sagen: Zu unserer Zeit waren die Bleistifte weich, und die Kinder hart – sie hatten feste Knochen und konnten viel ertragen. Die Kinder wuchsen heran, auch wenn sie hungerten, wenn sie geschlagen und nicht geliebt wurden. Breit wie die Türen wurden sie – selbst solche wie ich.

## 141

Ich fand sie in der Küche vor, inmitten eines Weltuntergangs. Sie hatte die Reistüten ausgekippt, die Dunstgläser mit dem Zucker, die Säckchen mit Gries, die Hälfte des Mehlsacks. Sie suchte Geld. Sie wusste – rote Augen, verlöschende Stimme, die Fäuste geballt –, dass sie irgendwo viel Geld hatte. Jemand hatte es ihr aus der Wohnung gestohlen, da konnte jemand durch Wände gehen. Auf dem Boden Büschel alten Haars. Geruch nach Urin. Blut. Die Wand hatte sich als fester denn die Faust erwiesen. Ich rief Michail an und sagte ihm, ich hätte keine Kraft mehr. Die Hündin in mir war erwacht. Michail schwieg am Telefonhörer, aber nach drei Tagen bekam ich eine Tasche mit Medikamenten aus Moskau. Ich ging zusammen mit Bella Isaakowna zum Bahnhof, um sie vom Schaffner abzuholen. »Warum kommt er nicht?«, wollte ich nervös von Bella wissen. Ich fühlte mich verraten, für dumm verkauft. Er ließ mich mit seiner verrückten Schwester in der Wohnung und lümmelte in Moskau herum. Da überlegte Bella, ob sie es mir sagen sollte oder nicht, und sie befand, es sei an der Zeit, dass ich es erfuhr.

Von Odessa und dem Schmuggel. Es wunderte mich nicht, ich habe sie auch nicht verurteilt. Ich hätte genau das Gleiche getan – sie hatte mich gut erzogen. Die Struktur war kompliziert und verworren, Michail war nicht der Kopf. Aber die Kontrollen hatten begonnen, und man suchte die Übeltäter. Die Kleinsten sollten ihre Köpfe hinhalten. Wieder hatte ich Grund, Bella Isaakowna zu bewundern. Sie hätte sich um Odessa kümmern sollen, aber weil sie es mehrfach abgelehnt hatte, war diese Aufgabe Tamara Pawlowna zugefallen. Aber ich bräuchte keine Angst zu haben, sagte sie, Chirurgen wie Michail gab es wenige. »Die werden schon einen Dummkopf finden, der das wird verantworten müssen.« Und ich dachte, wenn Tamara Pawlowna so viel dabei verdient hat, was haben dann die weiter oben gekriegt?

Es waren zu viele Tabletten, als dass ich sie alle in ihrem Essen hätte verstecken können. Wir setzten uns beide an den Tisch, ich machte ihr einen Tee mit Honig und sagte, dass es keine andere Möglichkeit gab. Sie musste sie alle schlucken, jeden Tag, genauso, wie Michail es gesagt hatte. Sie protestierte nicht. Alles, was von ihm kam, waren Befehle. Sie hat es sich selbst auf einem Blatt notiert, welche morgens zu nehmen waren und welche am Abend. Eine Weile ging es ihr sogar richtig gut. Sie ließ das Müllsammeln und Saufen weitgehend sein, sie wusch sich, ging wieder zu Shurotschka. Fragte nach der Schule, den Noten, und kam eines Tages mit einem Kilo Kekse nach Hause. Von denen in Seerosenform, die Schokolade in der Mitte hatten. Sie sagte mir lachend, sie habe ihr ganzes Leben davon geträumt, sich einen ganzen Schoß voller Kekse zu kaufen und sie alle bis auf einen aufzuessen. Da fing ich an zu weinen. Eine Tüte Kekse nach einem qualvollen Leben – welch ein Lohn!

Zwei Gedanken waren es, die mich den ganzen Frühling hindurch trösteten: Dass sie genesen und eine Arbeit finden würde, und dass ich die Schule abschließen und einen Studienplatz in Medizin bekommen würde. So, wie es sein musste, wie wir es all die Jahre erwartet hatten. Wo aber hatte man schon erlebt, dass der Frühling Veränderungen mit sich gebracht hätte, die haltbar gewesen wären? Auch bei uns hat nichts gehalten.

## 142

Alles ging zu Bruch, und wann? Fünf Minuten vor Schluss. Weder Kind noch erwachsen – Sachar hatte recht. Zwischen der Sehnsucht nach euch und der Sorge um sie blieb mir ein schmaler Streifen Leben, das ich mit allem, was ich hatte, zu schützen versuchte. Aber was hatte ich? Nichts davon war ganz. Alles, was ich gelernt oder geliebt hatte, lag in Scherben vor mir. Die russische Sprache, die sie mir mit der Faust in den Rachen geprügelt hatte, war ein zerschlissener Fetzen. Die moldauische Sprache, die ich gegen ihren Willen gewählt, für die ich Schläge und Erniedrigungen ertragen hatte, war vollends verschwunden. Die beste Freundin war mir gestorben. Liebe hatte ich von niemandem bekommen. Ich hatte mich verderben lassen von einem Verdorbenen.

Ich lebte nicht, ich bekam nur die Reste. Mitleid, altes Zeug, die Schuhe einer Toten – mehr als das hatte niemand für mich. Mir blieb die Schule. Wie ein verrostetes und schweres Schloss an einem Tor zum Licht. Ich zog einen Strich unter all das, was ich bis dahin *gut* genannt hatte, und fing an zu lernen. Mit der gleichen Beharrlichkeit wie damals, als ich sieben Jahre alt gewesen war. Damit ich Ärztin würde – es war alles, was mir geblieben war.

## 143

Davon habe ich Marina nie etwas erzählt, sie muss es auch nicht wissen. Raja kam eines Abends zu uns und erzählte Tamara Pawlowna, dass Marina schwanger sei. Sie hatte angefangen, sich in der Wohnung zu übergeben, aber sie habe ihr ein paar hinter die Löffel gegeben, und das habe aufgehört. Sie war im dritten Monat, noch konnte man etwas tun. Tamara Pawlowna spuckte aus vor Verärgerung und holte einen Wodka hervor. Ich tat, als wüsste ich von nichts. Ich hatte erwartet, sie würden über sie lästern, sie beschimpfen und mit Gewalt zur Abtreibung schleppen, aber Rajetschikas Herz ließ sie im Stich. Ihr Mutterherz. Es sei allein ihre Schuld, sagte sie. Sie sei keine gute Mutter gewesen, sie habe sich nicht gut um das Mädchen gekümmert. Ich glaube, Marina hatte ihr all das gesagt, was sie auch mir gesagt hatte. Nicht etwa, dass ich Raja so sehr geliebt hätte, aber in dem Moment hätte ich sie am liebsten an meine Brust gezogen und ihr zugerufen, dass es noch schlimmer ging, viel schlimmer. Ich wollte Rajetschika zurufen, sie solle nicht auf Marina hören, denn die wüsste überhaupt nicht, wovon sie spreche. Marina hatte ein klein bisschen den Verstand verloren. Marina hatte ihre Feinde ein klein bisschen durcheinandergebracht. Lange saßen Raja und Tamara Pawlowna zusammen, beinahe bis zum Morgen. Und als sie nach Hause ging, sagte sie nur so viel: »Wir werden es aufziehen, ist halt jemand von uns.« Marina aber hat weder einen Jungen noch ein Mädchen geboren. Weder damals noch irgendwann sonst. Ein paar Tage später, als sie mit ihrer Mutter zur Untersuchung ging, entdeckten die Ärzte eine Krankheit und sagten ihr, sie würde keine Kinder kriegen können. Aber um Raja hat sich Marina bis zum Schluss gekümmert, wie eine echte Tochter.

## 144

Mit dem Rest kam ich allein zurecht. Mir blieb die rumänische Sprache, und die war so wie ein Zehennagel, der dir ins Fleisch wächst. Es brauchte etwas Zeit, bis Tamara Pawlowna begriff, dass die Fünf als Note eigentlich etwas Schlimmes war. Sie hatte immer angenommen, es sei eine gute Note wie zu ihrer Zeit. Sie fragte mich, ob ich wegen Maricica unter die Klassenschlechtesten geraten war. Ob ich wegen einer Toten im Bad weinte, wenn ich glaubte, sie könne es nicht sehen. Ihre Worte wogen schwerer als Steine, und sie hörte nicht damit auf. Dafür habe sie mich aus dem Internat herausgeholt? Damit ich eine *dwoetschnitza* würde, eine, die nur Zweien im Zeugnis hat? Ich solle lieber Gift nehmen, wenn ich nicht im Sinn hätte, Ärztin zu werden. Das Geld auf der Bank solle ich vergessen, auch ihren Namen und alles Weitere. Ich hätte gezeigt, dass ich genau die sei, vor der sie sich am meisten gefürchtet habe, die, vor der sie alle gewarnt hätten: eine *neblagodarnaja twar*.

Als wir beide aufhörten zu weinen, fragte sie mich noch einmal, warum ich so tief gesunken war. Ich antwortete ihr ehrlich, dass es daher rührte, dass ich die Sprache nicht verstand. Sie wurde anders geschrieben, als sie sich anhörte. Ich wusste nicht, wann da ein *J* zu stehen hatte und wann ein *G*. Warum es ein *Gh* gab, wie bei *Gheorghe*, und bei *Garbe* nur ein *G*. Ich war die einzige in der Klasse, die *Jiraffe* schrieb und anstatt *Geografie* auf Russisch *geogra-*

*fija* sagte. Ich verlor mich zwischen Sie und sie, in ihren Bindestrichen und blödsinnigen Konjugationen. Ihren – jenen der Sprache. Ich lag bei allen Endungen daneben, die ich aus dem Russischen übersetzte. Und mein *Vokabular* reichte nicht aus. Es schien so, als wäre mir das Moldauische zu tief ins Gedächtnis eingedrungen, ich hatte es zu mühsam erlernt, dass keinen Platz mehr für das blieb, was danach kam.

Mein letztes Wort – *Vokabular* – hatte ihr überhaupt nicht gefallen, und sie winkte ab, ich solle still sein. Am Abend, nachdem sie mich mit einer Konserve gefüttert hatte, sagte sie schlicht: *idjom*, wir gehen, und wir gingen los. Wie in alten Zeiten. Wie damals, als wir durch Porţi liefen und mein Finger in ihrer Manteltasche steckte. Ich war wieder klein und ein Waisenkind, ich hatte neuerlich Vertrauen, auch wenn ich nun nicht mehr in die Spuren eines Zaubervogels trat, sondern in die einer Irren. Vor Radus Tür blieben wir stehen, und mein Leben begann, ein neues Knäuel abzuwickeln.

*Aus zwei Leben mache ich mir eines. Was sich wiederholt, werfe ich weg, bewahre, was am besten ist. Was habe ich euch gesucht zwischen den Buchstaben und nach euch gerufen!*

## 145

Er war hinter der Ecke hervorgekommen.
Das haben damals alle gesagt: dass er hinter der Ecke hervorgekommen sei, obwohl sie wussten, dass unser Wohnblock keine Ecken hatte, auch der Hof nicht, und nicht einmal die Straße, und die Leute konnten nicht einfach so aus dem Nichts heraus auftauchen, sondern lediglich verschwinden. Mit einer Tasche voller Streichhölzer, die Gitarre an der Schulter, setzte sich der Fremde unter die Kastanie und begann zu spielen.

Das glaubten damals alle: dass er mit seinen Streichhölzern unter der Kastanie spielte, mehr nicht. Der Mann redete mit niemandem, bald aber tauchten rings um ihn ein paar Wohnblocks auf, ein Springbrunnen, ein paar Straßen, und sogar das Mausoleum mit Mauer drum herum und rotem Stern. Eine Stadt! Der Fremde baute eine Stadt.

Das verstanden damals alle: Eine Stadt nur für sie, und sie begannen, ihm zu helfen. Die Kinder zählten rechtzeitig alle Streichhölzer und verteilten sie auf Häufchen. Die Großen säuberten die alte Stadt, beseitigten die hässlichen Häuser, hässliche Menschen und andere Fehler. Nur noch eine kleine Weile, und alle hätten sie einen besseren Ort gehabt, an den sie hätten umziehen können.

Die Nacht war hereingebrochen, aber sein gelbes Hemd galt ihnen für die Sonne.

## 146

Vor allem anderen, nach allem anderen gibt es den Anfang eines Liedes: *die Glasknochenkrankheit.* Ich glaube, ich bin verrückt, denn ich suche selbst in der Krankheit meines Kindes nach Schönheit, aber wo denn sonst? Das Scheitern mit Tamara habe ich ganz und gar auf mich genommen. Sogar mit einer gewissen Erleichterung; als ein Mensch, der Verrat in sich trägt, Hass und andere geringe Bösartigkeiten. Nicht einmal Gott, mit dem ich hin und wieder mal ein Wort wechsle, sagte, »lass mal, das kommt schon mal vor«. Auf der Entbindungsstation – als ich ihn so verloren und dann aufgeregt dasitzen sah – schämte ich mich. Auch ich habe mich über diese Scham gewundert. Bei allem, was ich hier spürte – Scham? Da sagte ich schlicht: »Es ist meine Schuld«. Und sie schwiegen beide. Der eine wie der andere, so wie alle Männer still sind, wenn eine Frau vergeht. Ich hielt Tamara in den Armen – blau war sie, hässlich, ein Arm schon bei der Geburt verdreht –, und er versuchte, die Schuld möglichst korrekt zu verteilen. Ein für alle Mal klarzustellen, wer diese Missgeburt auf die Welt gebracht hatte. Ich legte mich erschöpft aufs Bett, aus mir floss und rann all das Zeug wie aus einem aufgeschlitzten Tier, und fing an zu lachen. Jetzt will *dieser* Mensch, dass wir uns versöhnen.

## 147

Zu niemandem gehörend, allein unter uns, Republik. Klein, aber stolz, mit Trikolorebändern auf dem ganzen Körper. Leider nicht allein. Links, klein und stolz, lag Transnistrien. Darunter, wie unterm Rippenbogen, Gagausien. Mir fiel die Hochzeit ein, bei der Oksanka vor ein paar Jahren gewesen war. Schließlich hatte sie recht: Die Gagausen waren anders. Gerne würde ich mehr über jene Jahre erzählen, über die Geschichte und alles andere, aber mir kommt immer wieder in den Sinn, dass ich mich ja an beinahe gar nichts erinnere. Alles, was ich weiß, habe ich nachträglich aus Zeitungen erfahren, aus Interviews, ebenso wie die meisten Kinder meiner Generation. Meine Kollegen in Rumänien fragen mich öfter mal: Wie war denn das Leben, in den Jahren der nationalen Wiedergeburt? Und dann schlage ich schnell einen scherzhaften Ton an oder ich tue, als müsste ich gehen – was heißt hier *wie war das*? Für wen denn? Für die Kinder der Spekulanten war es so, und für die Kinder, deren Väter nach Transnistrien zum Kämpfen geschickt wurden, war es anders. Und das ist nur ein Beispiel. Ich kann sagen, wie es für mich war, aber noch mal: Das hat überhaupt nichts mit den Jahren der Wiedergeburt zu tun, mit der Unabhängigkeit und dem Krieg.

Ich hatte eine verrückte Adoptivmutter, mit der ich Mitleid hatte und vor der ich mich gleichzeitig fürchtete. Ich liebte einen sehr viel älteren Mann und wollte mit ihm schlafen. Ich hatte erfahren, dass ich keine Waise, sondern weggegeben worden war. Ich hatte eine Vergewaltigung erlebt, hatte bei einer Abtreibung unter häuslichen Bedingungen assistiert und hörte nun seit etlichen Monaten den Klagen einer Frau zu, die das erste und einzige Kind verloren hatte, das sie je haben würde. Was habe ich sonst noch getan in den Jahren der nationalen Wiedergeburt? Ich kämpfte gegen die Warzen an den Händen und die Hässlichkeit, die mir nicht vergehen wollte. Eigentlich nicht, ich kämpfte gegen all das, gegen all jene, aber vor allem gegen die Dämonen, die sich in einem Alter in mich verliebt hatten, das die NGOs frühe Kindheit nennen. Und erst am Ende versuchte ich zu verstehen, warum ich das Russische, das so viele Jahre gut zu mir gewesen war, hassen und dafür das Rumänische lieben musste. Das war für mich wie eine Wiedergeburt. Denn wo sind die Finger, und wo ist der Zug.

## 148

Wieder verdrehst du die Worte.

Radu sprach laut, wie alle Lehrer. Er ging, den Kaffeetopf in der Hand, aus dem einen Zimmer ins andere, suchte dieses eine Buch, dann den Zucker, dann die Kanne. Solange er sein Hemd auszog und Salz drauf tat, hielt ich den Kaffeetopf. Nur gut, dass der Kaffee nicht auf etwas anderes geflossen war. Ich wollte eines seiner Bücher sein. Teuer und selten sein, in seinen Händen gehalten und an seinen bevorzugten Seiten aufgeschlagen werden.

Wieder verdrehst du die Worte.

Es war groß und gelb, ich hatte ein so großes Buch noch nie gesehen. »G. Călinescu« stand auf dem Umschlag, und noch etwas von Literatur. Ich sagte, er solle es hinaus auf die Leine hängen, damit es trockne. Das Hemd. Ich ziehe es ihm aus, wenn er will. Ich weiß, was ich tue, es ist nicht das erste Mal. Das Salz hatte alles gestoppt. Der Fleck war verschwunden, der Kaffee war verschwunden, alles war verschwunden. Das Hemd flatterte wie ein Vogel, die nackten Schultern leuchteten über jenem großen und seltenen Buch. Wie schwer mochte es sein? Die Wörter nicht zu verdrehen?

Frage: Was tun wir?

Antwort: Wir trinken Kaffee.

Vergiss es, vergiss das Russische. Wir trinken Kaffee, nicht Kaffee trinken wir. Das Hemd ist trocken, die Schultern sind davongeflogen, der Unterricht ist zu Ende. Womit wurde der Unterricht beschlossen. Mit den Knöpfen.

Wieder verdrehst du die Wörter.

Die einfachen Dinge schmerzen am stärksten. Wenn du den Fingernagel in die Wand steckst und ihn dann vierzig Treppenstufen mitziehst, beginnt der Finger, sämtliche Fehler mit Rot zu korrigieren. Ra-du. *Du-ra*. Dummkopf.

Wieder verdrehst du die Wörter.

## 149

Das letzte Schuljahr hatte begonnen. Wir redeten bis zum Überdruss über die Prüfungen, über den Abschlussball und die Fakultäten, an denen wir studieren würden – die meisten von uns Jura und Medizin. Etwa zwei hatten sich, von den Ereignissen der letzten Jahre beflügelt, für Geschichte entschieden. Ökonomie. Ingenieurwissenschaften. Journalismus: wie Wlad Listjew. Ein paar meiner Mitschüler, darunter auch Greta, träumten davon, zum Studium nach Rumänien zu gehen. Dort, sagte sie, fand das wahre Leben statt: das Meer, Konzerte, Jungs in Jeans. Wie verschieden wir doch waren. Wovon träumte ich, wie sah das wahre Leben für mich aus? Jungs in Jeans wollte Greta. Und das Meer – dabei war Odessa keine drei Stunden von uns entfernt.

Freundinnen hatte ich in der Schule keine. Heute denke ich, es hätte mir nicht geschadet, hin und wieder mit ein paar gleichaltrigen Mädchen aus dem Haus zu gehen. Über einfache Dinge zu reden, öfter mal zu lachen. Ich hatte lediglich Katja, und da war noch Marina, mit ihnen aber glitten die Gespräche stets ab, im Falle Katjas ins Bedauern und im Falle von Marina in eine nervenaufreibende Mystifikation. Marina hatte begonnen, allerlei Wahrsagerinnen und Kräuterweiblein zu konsultieren. Alle knöpften ihr Geld ab und versprachen ihr eine gesunde Gebärmutter, drei Kinder, einen reichen Mann und sogar ein Leben im Ausland. Damals wollten alle im Ausland leben. Am meisten sprachen diejenigen davon, die noch nie aus Chişinău hinausgelangt waren. Ich sagte Marina, es sei eine Dummheit, diesen alten Weibern Glauben zu schenken. Wie sollten etwas Unkraut und ein paar Beschwörungssprüche etwas behandeln können, das die Medizin nicht zu behandeln in der Lage war? »Nicht alles ist Medizin«, antwortete sie, »da gibt es noch Gott«.

Das hat mir den Rest gegeben. »Welcher Gott, Marina«,

fragte ich. »Derjenige, der Volodâmârs Eltern reich gemacht, aber Maricica umgebracht hat? Der Gott, der Sachar Antonowitsch verstümmelt hat, Shurotschka hat verfaulen lassen und dir das Kind weggenommen hat?« Ich hätte ihr noch mehr sagen können, meine Vorräte waren noch nicht erschöpft. Von meiner Vergewaltigung, von Katjas Abtreibung, von Rodion Eduardowitsch und den Mädchen im Internat. »Es gibt auch einen anderen Gott«, behauptete Marina steif und fest, »den, der Tamara Pawlowna zu dir führte und dir eine Mutter gegeben hat«. Mit ihr war nicht zu reden. Was hätte ich noch sagen können? Dass meine Mutter, meine tatsächliche Mutter keineswegs tot war, sondern sich irgendwo herumtrieb wie eine Stute? Dass Tamara Pawlowna mich gekauft hatte, damit ich für sie Flaschen sammelte und ihr Vermögen mehrte? Marina war ein Dummkopf geblieben.

## 150

Ich ging weiterhin zweimal wöchentlich zu Radu. Zwischen uns geschah nichts von dem, was ich mir gewünscht hätte, dafür bekam ich in Rumänisch allmählich bessere Noten. Im Grammatikunterricht kam ich besser zurecht als im Mündlichen, wo ich immer noch Probleme mit den Endungen hatte. Ich verdrehte die Wörter. Eines Tages machte er mir einen Kaffee und bat mich, gar kein Russisch mehr zu sprechen. Mir das Russische aus dem Kopf zu schlagen, es überall, wo ich damit zu tun hatte, bleiben zu lassen, damit ich die Schönheit meiner Sprache fühlte. Das brachte mich schier auf die Palme, wiewohl das – ganz klar – gar nicht das Problem war. Radu betrachtete mich wie ein Kind. Ich hätte mir gewünscht, dass er mir Blumen brachte, er bot mir Kekse an. Ich zog dünne Kleider an, er schloss das Fenster, damit mir nicht kalt würde. Ich hätte ihn umbringen können. Ich konnte ihn ja nicht anspringen, auch hätte ich nicht gewusst, was dann weiterhin zu tun gewesen wäre. Und ihm zu sagen, dass ich ihn liebte, dazu kriegte ich den Mund nicht auf.

Eines Tages log ich, ich müsste für die Schule ein Liebesgedicht aussuchen, dabei hatte ich gedacht, es könnte sich ja auf diesem Wege ein Gespräch ergeben. Er schlug etwa vier Bücher auf, legte sie aber alle beiseite, wobei er sagte, die seien für später, wenn ich etwas älter wäre. Er entschied sich für das Gedicht »Warum kommst du nicht?« von Eminescu. Eminescu und wieder Eminescu! Für Radu war Eminescu das, was für Tamara Pawlowna das Geld war. Und was für ein Gedicht! Als ich von der Schwalbe hörte, bekam ich einen Knoten im Hals und brachte kein Wort mehr hervor. Dann sagte ich wütend, das Russische gefalle mir besser, es sei schöner und bedeutender als sein Rumänisch. Es kränkte ihn, das sah ich, aber ich hatte nichts mehr zu verlieren. Er stand von seinem Stuhl auf, nahm ein Buch vom Regal und hielt es mir hin. Auf dem Umschlag stand in großen Buchstaben *Nichita*. »Nikita ist ein russischer Name«, konnte ich gerade noch sagen, bevor er mir mitteilte, dass unsere Lektion beendet sei.

# 151

Ich hatte noch zwei weitere schlechte Noten, eine in »Vorbereitung auf das Leben« und die andere in Sport. Für die Medizinische Fakultät spielte keine von beiden eine Rolle, aber sie verdarben mir die Durchschnittsnote, und die zählte. Im Fall der ersten war alles klar, die Kreuzstichlehrerin erwartete ein Geschenk. Bei der zweiten war jedoch nicht Geld das Problem. Offiziell hatte ich eine schlechte Note, weil ich den Barren nicht beherrschte und nicht graziös über den Schwebebalken schreiten konnte. Kira hatte mich schlicht auf dem Kieker. Jedes Mal, wenn wir uns auf einem der Flure über den Weg liefen, hielt er mich an und kritisierte mich unter irgendeinem Vorwand. Mal war ich nicht so gekämmt, wie es sich gehörte, dann war mein Uniformrock zu kurz. Damals war das normal, dass ein Lehrer sich völlig grundlos mit einem Schüler anlegte oder verlangte, dass man allerhand Tätigkeiten für ihn verrichtete. Er schickte mich, für ihn das Klassenbuch ins Lehrerzimmer zu bringen, die Schulkrankenschwester von unten zu holen. Einmal trug er mir auf, alle Pflanzen in seinem Büro zu gießen, vor allem die ganz oben an der Wand. Niemals und unter keinen Umständen wäre jemals eine Lehrkraft gegenüber einer Schülerin als schuldig angesehen worden. Ich schwieg und tat, wie mir geheißen. Ich war ja nicht die Einzige. Er hatte vier Schülerinnen mit schlechten Noten, und wir ähnelten uns. Aus armen oder unvollständigen Familien, blond, verschreckt, schutzlos.

Um unsere Durchschnittsnote zu verbessern, putzten wir nach dem Unterricht zu viert den Fußboden im Turnsaal. Auch waren wir es, die »die Matten disziplinierten und die Geräte in Ordnung brachten«, wie es immer hieß – die Ausdrucksweise eines beschränkten Sportlers. Während wir arbeiteten, schaute er uns von einer langen Bank her, die im Halbdunkel stand, zu. Und wir wussten genau, was er tat. Auf diese Weise wurden wir einen ganzen Monat lang gedemütigt. Niemand – weder der Direktor noch die Eltern der anderen Mädchen – hielt diese Vorgehensweise für verfehlt. Im Dezember, gegen Ende des ersten Semesters, sagte er, ich solle an einem Freitag nach dem Unterricht in sein Kabinett kommen. Kabinett! Eine kleine Kammer gleich neben der Mädchenumkleide, die niemals über eine normal verschließbare Tür verfügt hatte. Ich ging hin.

Die Schule war leer, draußen – schwarze Nacht. Im gesamten Gebäude gab es noch drei Menschen im Abstand von ein paar Stockwerken. Der Hausmeister hatte im Kellergeschoss ein Kämmerchen, und aus dem ersten Stock war eine Geige zu hören. Ich sah das Klassenbuch auf dem Tisch und spürte, dass er den ganzen Tag den Rechaud hatte laufen lassen. Man kriegte fast keine Luft mehr, und die Luft roch nach Mann und Fleischkonserven. Er hatte das Oberteil seines Trainingsanzugs ausgezogen und saß nun in einem kurzärmeligen Shirt da, das seine Bizepse beinahe zum Zerreißen brachten. Er zündete sich eine Zigarette an, legte die Füße auf den Tisch und begann. »Was sollen wir bloß mit dir machen, Weizen«, fragte er mich lachend, wobei er sich selber wie ein Ochse in der Mehrzahl benannte. »Damit wir diese schwächlichen Noten da verbessern?«

Ich wusste, was er wollte. Das wussten auch die Jungs

und seine Frau, die als Laborantin an der russischen Schule im Tal arbeitete. Er machte das schon seit Jahren mit allen Schülerinnen, die ihm gefielen, und denen er dann rechtzeitig die Noten senkte. Er hatte seine Freude vor allem am Zuschauen, wollte eher selten berühren und niemals mehr – obwohl ich das natürlich nicht mit Sicherheit wissen kann. Das Zuschauen hätte allerdings nicht für eine ernste Anklage gereicht, und wer hätte diese denn vorbringen sollen, diese hemmungslosen Gestalten etwa, die mit lackierten Fingernägeln in die Schule kamen? Aber vor allem, wer hätte denn irgendetwas beweisen sollen, was auch immer? Auch ich hätte es in ein paar Minuten erledigt gehabt, wie es vermutlich auch meine Klassenkameradinnen getan hatten, die nun nicht mehr zum Fußbodenputzen kamen. Ein Zeichen dafür, dass in ihrem Fall die Rechnungen beglichen waren. Und wäre es letztlich schlimmer gewesen als das, was mir schon passiert war? Ich war die Verdorbenste von allen. Ich weiß, dass er das gespürt hatte, ich bin sicher, er hat es gespürt und mich deshalb als Letzte rangenommen. Sosehr ich ihn auch hasste, ich konnte nicht anders, als ihm recht zu geben. Hätten die Jungs gewusst, wer ich war, sie hätten mir das Gleiche vorgeschlagen. Wenn nicht sogar Schlimmeres.

Was zählten nun noch zehn Minuten Nacktheit angesichts endloser Jahre des Nacktseins? Aber irgendetwas in mir lehnte sich auf. Just in diesem Augenblick war da etwas am Ende seines Weges angelangt. Sein Grinsen erinnerte mich an Rodion Eduardowitsch und an die Nächte, als er uns in den Schlafräumen des Internats quälte. »Entscheide dich.« »Entscheide dich.« »Entscheide dich.« Wir hatten die Wahl, vergewaltigt zu werden oder Zigaretten auf unserem

Fleisch ausgedrückt zu bekommen: Das war unsere Wahl. Und nicht einmal das entsetzt mich nun nach all den Jahren – nicht, was er uns angetan hat –, sondern die Tatsache, dass wir anfangs fürchteten, die falsche Wahl zu treffen. Was war schlimmer? Eine Vergewaltigung oder ein Zigarettenstummel, der auf der Schulter, dem Rücken oder auf einer Brustwarze ausgedrückt wurde? Wen sollten wir fragen, mit wem uns beraten? »Entscheide dich für die Zigarette«, hat Olea nach dem ersten Mal zu mir gesagt. »Wenn du das andere wählst, wirst du es dein ganzes Leben lang tun.«

Er hatte offenbar den Eindruck, ich hätte ihn nicht gehört, also fragte er noch mal. »Was machen wir bloß mit dir, Weizen, damit du …« Nicht mit ihm, nicht so, nicht für eine Schulnote. Ich ging langsam auf ihn zu, die Hand an den Knöpfen meiner Schuluniform, ich wiegte mich in den Hüften und sprach Russisch. Ich fragte ihn, was er denn wolle, was ich mit ihm tun solle, aber er hatte nicht den Mumm, mir zu antworten. Er keuchte etwas aus sich heraus, und ich sah, dass es ihm die Atmung verschlagen hatte. Ich glaube, er hatte es nicht für möglich gehalten – auch in seinen ekligsten Träumen nicht –, dass eine Schülerin ihm so schnell nachgeben würde. Vielleicht missfiel ihm auch genau das, vielleicht war sein Genuss ein ganz anderer – die Mädchen als Anfängerinnen zu erleben. Er zitterte dort in seinem Stuhl am ganzen Leib, platzte schier aus den Hosen. Mit einem Bein schubste ich seine Füße vom Tisch und ging noch näher an ihn heran. Ich musste nicht einmal mehr die Stimme erheben. Ich schaute ihm geradewegs in die Augen und sprach ganz ruhig zu ihm, wie es Oksanka damals im Bus getan hatte. »Entweder du verbesserst meine Note, oder ich schicke dir die Jungs nach Hause, damit sie dir den

Hals abschneiden.« Ich hätte jederzeit sagen können, ich hätte gescherzt, aber es war nicht nötig.

## 152

Gorbatschow war weg, dafür war das Jahr des Affen gekommen. Ich hatte begonnen, an Horoskope zu glauben und daran, dass ich eines Tages im Lotto gewinnen würde. Auf lange Sicht sagten mir die Astrologen nur geringe Sorgen voraus, und für die Wintermonate vertrauenswürdige Partner, wie das alle Affen sind. Ich hatte begonnen, Tamara Pawlowna in der Wohnung einzusperren, nachdem sie eines Tages mit der Miliz vor der Tür gestanden hatte. Sie hatte sämtliche Müllkörbe an der Bushaltestelle umgekippt und die Passanten lauthals bezichtigt, ihr Flaschen gestohlen zu haben. Ich hatte damals großes Glück mit Bella Isaakowna, die aus ihrer Tür getreten war und behauptet hatte, sie sei Ärztin. Gewiss hatte daran auch der Kognak mit dem Goldfaden seinen Anteil. Heute möchte ich glauben, dass ich sie vor allem zu ihrem Besten wie ein Tier zu Hause eingeschlossen habe. Ich fürchtete, man könnte sie ins Irrenhaus einliefern, wenn man ihrer habhaft würde. Aber auch das ist eine Lüge wie so vieles, vieles andere mehr. Ich hatte nur Angst um mich, ganz allein um mich. Dem Gesetz zufolge war ich immer noch minderjährig; und ins Internat zurückkehren, wenn mir nur noch ein halbes Jahr bis zum Schulabschluss fehlte – dann wollte ich lieber tot sein.

Tag und Nacht hatte ich nur den einen Gedanken. Einen Studienplatz in Medizin bekommen und weg von zu Hause sein. Sie verlassen und niemals mehr etwas von ihr hören. Ich benötigte nichts. Weder die Wohnung noch das Geld auf der Bank. Mir war völlig egal, in wessen Hände all ihr Reichtum gelangen würde, den zu einem guten Teil auch ich zusammengetragen hatte. Ein Monstrum. Jetzt ist mir das klar – es liegt auf der Hand –, zusammen mit ihr war ich ein Monstrum. Ich betrachte mich einerseits, als blätterte ich ein Album mit fremden Fotografien durch, und an meiner Stelle sehe ich stets nur einen schwarzen Fleck. In jedweder Situation – Schwarz. Bei jeder ihrer Schwächen, bei jedem Bedürfnis, jedem Ruf ihrerseits – Schwarz. Ich wundere mich auch heute noch, wieso mein Herz kein unförmiger Steinklumpen geworden ist.

## 153

Besser als mit der Schande, mit dem Schmerz, Lastotschka, zum Wohl. Merk dir das von mir. Wenn der Schmerz kommt, wenn er an deine Tür klopft, dann machst du ihm auf und basta. Er setzt sich mit dir an den Tisch, ihr trinkt einen Kaffee und er schüttelt dir das Kissen auf für die Nacht. Wie seit tausend Jahren beginnt der Schmerz mit dir zu leben. Wie eine alte Jungfer will er dich nur für sich. Glaubst du, ich habe mich nicht gewehrt, glaubst du, ich habe nicht geweint? Reiß dir einen Zahn aus, wirf ihn weg, und du wirst mich verstehen. Die Leere schmerzt schlimmer als die Fülle. Er hat ein Bein von mir verlangt, und ich habe es ihm gegeben. Eine Hand hat er von mir verlangt, und ich habe sie ihm gegeben. Und sieh, ich lebe. Gemeinsam treten wir heraus aus dem Winter, gemeinsam steigen wir in die Hölle hinab. Ohne den Schmerz, scheint mir, würde ich mich zerstreuen wie der Kalk dort an der Wand. Aber mit der Schande, Lastotschka, mit der ist's arg. Die Schande nimmt dir nichts, sie fügt dir etwas hinzu. Sie dringt wie ein Splitter in dich ein und füllt dich mit Eiter. Wenn du sie nur für eine Sekunde zulässt, wird sie dich in aller Ewigkeit nicht mehr vergessen. Sie springt dir an den Hals, sie belädt dich, und unter ihrer teuflischen Sohle holt dich nicht einmal der Tod hervor. Nicht einmal der Tod. Merk dir das von mir.

## 154

Der letzte Winter in Chişinău. Ich erinnere mich nur bruchstückhaft daran, als hätte ich ihn nicht selbst erlebt, sondern von einem Fenster aus zugeschaut, in dem ich nur hie und da einen kleinen Rundblick aufs Leben aufgetaut hatte. Um normal zu bleiben, suchte ich die Nähe meiner Kolleginnen. Mit ihnen ging ich ins Kino und einmal zum Tanzen – ich habe mit niemandem getanzt. Ihre Freuden ließen mich kalt. In mir kochten andere Sehnsüchte. Die Jungs waren noch erbärmlicher als die Mädchen. Sie sprachen in Kinosätzen, träumten davon, Beschützer zu sein oder Sänger wie Michael Jackson. Ich verglich alles mit dem ersten Winter, als Tamara Pawlowna mich nach Chişinău gebracht hatte. Wo war das blaue Licht, das wie ein Zauber vom Himmel herabfloss? Wo waren das Entzücken, die Furcht, die Verwunderung? Wie sehr sich die Stadt verändert hatte, wie sehr ich mich verändert hatte.

Unser Hof – unsere Insel – war verödet und vereist. Tonea war endgültig nach Tallin gegangen – in jene Stadt mit den Feuerdächern und den hoch aufgeschossenen Menschen, von denen er mir erzählt hatte. Raja erwachte nicht mehr aus ihrem Suff, und Shurotschka waren die Beine aufgeplatzt und sie hatte eine ihrer Nichten zur Untermiete aufgenommen. Auch Sachar Antonowitsch ging nur noch selten hinaus, er war schmächtig geworden und auf einem Auge erblindet. Nur ich brachte ihm noch etwas zu essen, begegnete aber eines Tages Marina mit einer Tüte Halwa bei ihm. Wer hätte das gedacht? Marina, die immer nur an ihr eigenes Wohlbefinden gedacht hatte, ausgerechnet die kümmerte sich nun um alle?

Tamara Pawlowna hatte sich beruhigt, wenn man dies über einen Menschen sagen kann, dessen Hirn allmählich vom Morphium ausgetrocknet wurde. Sie hielt sich meist in der Wohnung auf, zählte Geld und reinigte die Badewanne. Immer und immer wieder. Und mit Seife, und mit Seife. Und da noch, und da noch. Manchmal hatte sie abends, wenn ich nach dem Unterricht nach Hause kam, starke Rückenschmerzen und verbrühte Hände vom vielen Putzen mit heißem Wasser. Mit meinen Worten bedauerte ich sie, mit dem Herzen allerdings nicht. Wir hatten die Plätze gewechselt, das Leben hatte es getan.

Den Rottenführer gab es und gab es nicht mehr, das verstand niemand so recht. Nach jener Nacht, in der ihm sein

Garten verbrannt war, verließ er das Haus fast einen Monat lang nicht mehr. Und als er hinausging, riss er den verbrannten Boden mit den Fingern auf und durchkämmte ihn, bis er jede Wurzel, jedes Stückchen eines im Boden steckenden und nicht vom Feuer zerstörten Stängels ausfindig gemacht hatte. Zwei Jahre später verkaufte er seine Wohnung an einen Zahnarzt, der sich darin eine Praxis einrichtete. Er aber verließ die Stadt ohne ein weiteres Wort.

Allein Ljontschik und Katjuscha erfreuten sich ihres Lebens. Ljontschiks Tochter wuchs heran, und Katja hatte sich Papageien gekauft. Sie nannte sie *moi shar-ptizy*, meine Märchenvögel, und ließ sie sogar von ihren Lippen picken. Klein waren sie wie meine Hände, mit Augen wie Puppenaugen. Er war türkis, mit weißen Kringeln am Kropf, sie von der Farbe der Zitronenmyrte. Sie pickten einem tief ins Fleisch, die Niederträchtigen. Aber in ihrem kleinen und etwas tristen Bauer wirkten sie tatsächlich wie verzaubert. Ich konnte deutlich sehen, wie Katja litt. Sie hatte auch erzählt, warum. Michail kam nicht einmal mehr heimlich zu ihr. Sie hatte ihm von ihrer Abtreibung erzählt, und das hatte seinen Abscheu erregt. Michail wollte sie ganz, nicht verstümmelt. Auch andere Männer hatten aufgehört, die Treppen zu ihr hochzusteigen. Ob sie keine Lust mehr auf diese Männer hatte oder sie sie nicht mehr wollten, wie fragt man nach so etwas? Unsere Katjuscha hatte sich verschleudert und es dann nicht mehr verstanden, zu sich selbst zurückzufinden.

Auch Morkowka war aus dem Hof verschwunden. Eines Tages sah ich sie nicht mehr, und dabei blieb es. Niemand sprach darüber, genauso wenig, wie man über eine abgetrennte Hand spricht, deren Fehlen man immer noch spürt.

Verstanden haben es jedoch alle. Keine Katze der Welt, nicht einmal eine verzauberte, lebt ewig.

## 155

Wenn du einem Buch glaubst, musst du verrückt sein. Ich aber habe daran geglaubt. Ich habe Nichita geglaubt. Er lehrte mich, dass man eine Sprache nicht nur aus Angst sprechen kann, sondern auch aus Liebe. Ich trug alles in ein liniertes Heft ein, was ich nicht vergessen wollte, beginnend mit dem ersten Tag meines neuen Lebens. Das zweite, das mir gegeben wurde. Wenn ich mir einen einzigen Namen aussuchen müsste für alles, welcher wäre das? Wie viele Worte anstelle des Weinens.

## 156

Die Welt starb, aber welche Welt? Wessen Krieg war das, wer waren diesmal die Deutschen? Sachar Antonowitsch – der Einzige, der in einem wirklichen Krieg gekämpft hatte – begriff noch weniger als alle anderen. »Sie bringen sich gegenseitig um, aber wofür bringen sie sich um?«, redete er alleine auf der Bank vor sich hin. Es hörte ihm niemand mehr zu. Manchmal ging ich noch hinaus oder Ljontschik, der Mascha an die frische Luft brachte. Die

Jungs fielen, die Generale wurden fett. So streute auch ich mein kleines Leben unter die wirklich wichtigen Dinge des Landes.

Als die Akazien wieder erblühten, ging ich zu Pawlik, der nicht spielte, sondern nur so dastand. Ich bat ihn, er möge mich nicht allein lassen, er solle mich zu Maricica begleiten. Ich kann Pawlik nicht anders denn mit all den Worten benennen, die ich schon im Kopf hatte, als ich ihn im ersten Winter kennengelernt habe – ein einäugiges, gutes Hündchen. Wegen seiner Schmerzen war Pawlik immer freundlich. Mich hat der Schmerz nur bitter gemacht, ich war auch zu denen nicht freundlich, die es verdient hätten. Mir scheint, ich würde über einen anderen Menschen sprechen, wenn ich ihn Pavel nennen würde. Das sagte ich ihm damals in Hamburg, als wir uns nach so vielen Jahren wiedergesehen haben. Er lachte, wir lachten beide. Auch er nennt mich Lastotschka. Lastotschka. Schon seltsam, dass man nach Jahren dahin gelangt, sich an einer solchen Kleinigkeit festzuhalten, als wär's ein Seil in eine Grube hinab. Ich werde sentimental, oder aber auch in mir melden sich mittlerweile die Schwächen. Marina nennt mich *sentimentalnaja suka*, sentimentale Hündin. Soll sie doch. Marina darf mich nennen, wie sie mag, so bitte ich um Vergebung für alles, was ich nicht rechtzeitig getan habe.

Maricicas Grab war gepflegt, ihre Mutter kam häufiger, ich glaube, auch die Brüder. Ich zupfte zusammen mit Pawlik ein paar Grashalme aus und ersetzte die vertrockneten Blumen durch frische. Fast alles schweigend, als genierten wir uns, auf einem Friedhof zu sprechen. Und was hätten wir ihr sagen können? Als wir gingen, habe ich ihr einen Kreis auf das Kreuz gezeichnet, und Pavel fragte mich, was dieser Kreis zu bedeuten habe. Er hatte es auch damals gesehen, als ich ihr im Sarg einen Kreis auf die Brust gezeichnet hatte. »Das Teufelsrad«, sagte ich ihm dann schon im Trolleybus, und dort war es auch, wo ich um alles geweint habe.

## 157

Die Einzige, die in mir nicht nur eine eminente Schülerin, sondern auch ein gequältes Kind erkannte, war unsere Biologielehrerin. Es war während einer Pause. Alle meine Klassenkameraden waren in den Hof gegangen, und ich überlegte, mich im Schrank zu verstecken und wenigstens zwanzig Minuten zu schlafen. Ich tat dies öfter nach den Nächten, die ich damit zugebracht hatte, Tamara Pawlowna zu beruhigen. Valentina Igorjewna, die uns nie dazu angehalten hatte, sie »Madame« zu nennen, rief mich zu sich ins Labor und fragte mich, wie ich meine akademische Laufbahn fortsetzen wolle. Ich sagte, ich wolle Medizin studieren, und sie freute sich so sehr, als habe sie genau das immer schon von mir hören wollen. Ich war ihre beste Schülerin und hatte ihr in der achten Klasse den ersten Platz in der städtischen Olympiade eingebracht. »Du verdienst es wirklich, Ärztin zu werden«, lächelte sie mir zu und umfasste meine Hände. Im Unterricht lächelte sie kaum, ich glaube, ich hatte sie erst ein einziges Mal so lächeln gesehen.

Ihre Worte – »Du verdienst es wirklich« – hatte ich bei all meinen Prüfungen im Ohr wie einen Spickzettel. Selbst heute noch, wenn ich mit meinen Kräften am Ende bin oder mir danach ist, das Krankenhaus zu verlassen und nie wieder zurückzukehren, erinnere ich mich daran. Auch sie hätte Ärztin werden sollen, aber – der Junge, die Kinder, die gelähmte Schwiegermutter, die Verpflichtungen als Frau. Das hatte sie gesagt: »die Verpflichtungen als Frau«. Ich solle möglichst nicht früh heiraten, und ich solle jeden Sonntag zu ihr kommen, damit sie mich auf die Universität vorbereiten könne. Sie wollte kein Geld von mir. Sie wollte lediglich sehen, dass ich Ärztin wurde.

Ich besuchte sie acht Mal in einem Haus unterhalb des Botanischen Gartens – klein war es und seine Wände waren schimmelig –, wo ihre gelähmte Schwiegermutter immer noch im Zimmer mit dem einzigen großen Fenster lebte. Eine ihrer Verpflichtungen als Frau. Sie sprach überhaupt nicht mehr, nachdem sie ihr Lebtag als Mutter eines Stadtjungen zu viel geredet hatte. Valentina Igorjewnas Kinder waren schon lange von zu Hause ausgezogen. So kommt es eben, wenn man das erste Kind mit achtzehn und das zweite bald danach auf die Welt bringt und der Mann alles versäuft. Sie empfing mich jedes Mal an einem Tisch im Garten, der speziell für uns mit einem frischen Wachstuch bedeckt war, schließlich schien die Sonne und die Dahlien blühten. Es hatte Jahre gegeben, da war sie Valetschika genannt worden, und der Schimmel hatte sich noch nicht in sämtliche Räume des Hauses ausgebreitet. Diese Jahre waren aber schnell vorbei, viel zu schnell – wie eine kleine Pause –, und zwischen den eigenen Jungs und der pädagogischen Hochschule hatte die Zeit nur gereicht, um die Dahlien zu pflanzen. Ihr Unterricht half mir sehr, wahrscheinlich war ich ihre letzte Schülerin, die Ärztin wurde, und ich glaube, das hatte sie auch so gewollt: die Schule mit einem erfüllten Traum verlassen.

## 158

*Kak ne dajut?* Wieso geben sie uns nichts? Tamara Pawlowna wartete nicht mehr ab, dass Shura ihren Satz beendete, sondern brach plötzlich auf, wie sie es in letzter Zeit öfters tat, und ging Selbstgespräche führend auf die Haltestelle zu. Ich sah, wie sie sich immerzu wie eine Geisteskranke fragte: *Kak ne dajut, kak ne dajut?* Ich ging ihr ohne Eile hinterher, merkte, wie der Hass in meiner Brust aufwallte. Ich rief einmal, zweimal, dreimal, sie solle umkehren. Ich spürte, dass ich ihr etwas Böses antun wollte – sie wenigstens mal ohrfeigen –, und wenn ich sie bloß mit einer Hand zu fassen hätte kriegen können, mich hätte niemand daran zu hindern vermocht. Ich hatte in der Nacht davor wieder nicht geschlafen, nachdem sie schreiend aufgewacht war, weil sie an der Tür Räuber zu hören meinte. Ich war erschöpft. Von allem, aber ganz besonders von ihr und ihrem verrückten Hirn.

Ich hätte sie bald eingeholt, hätte nur ein paar Sekunden laufen müssen, stattdessen blieb ich einfach stehen. Ich wusste, dass sie früher oder später beschämt merken würde, dass sie in Hausschuhen und Morgenmantel in der Stadt unterwegs war. Oder dass sie jemand an der Haltestelle antreffen und nach Hause bringen würde. Meinetwegen sollte es ruhig die Miliz sein, ich spürte, dass ich nicht mehr konnte.

Ich setzte mich auf die erstbeste Bank. Es war der Hof, in dem ich die Blutsschwesternschaft mit Maricica hatte schließen wollen, und ich begann zu weinen. Wer beschließt die Tode und wie? Warum lebe ich und sie ist tot?

Sie kam gegen Abend nach Hause. Zitterte, war hungrig, die Augen leer. Sie sagte, sie sei auf der Bank gewesen, und Shura habe recht. Sie hätten sie von dort weggejagt, hätten nicht mit ihr gesprochen und ihr auch kein Geld gegeben. Ich beruhigte sie, wie ich es eben verstand: Dass Shura dumm sei und es ein Fehler gewesen sei. Denn warum sollte denn die Bank ihr kein Geld geben? Ihr eigenes Geld?

## 159

An meinem Geburtstag ging ich mit Katja und Marina in den *Lajner*. Wir aßen alle drei je zwei Portionen Eis, und zum Schluss bestellte ich mir noch einen Kaffee. Marina fragte mich, seit wann ich denn Kaffee trinke, aber hier war nicht der Ort, ihnen von Radu zu erzählen. Es gab ja ohnehin nichts zu erzählen. Radu war ein Traum gewesen. Kein Traum, eine Träumerei. Ich habe dieses Wort kürzlich in einem Buch gelesen, und es hat mir gefallen. Träumerei. Wenn ich es ausspreche, habe ich eine Traumfrau vor Augen, rund und weich, die Brustwarzen hart vor Milch und den Bauch voller Traumföten in sämtlichen Entwicklungsstadien. Nun ja, für mich ist das eine schöne Vorstellung. Ich dachte daran, das irgendwann mal zu verwenden, wo auch immer. Aber ich werde es hier stehen lassen. Ich glaube, ich werde keine anderen Gelegenheiten mehr haben.

Katja hatte mir ein Parfüm von einer Firma gekauft, die ihre Verkäuferinnen mit den Koffertaschen zu den Leuten nach Hause schicken. Mit Bergamotte, so etwas Süßliches. Komisches Zeug. Klima war es nicht, gewiss nicht. Nun hatte weder Katja das Geld für Klima noch hatte ich das Gesicht dafür. Das war mein erstes Parfüm. Das nächste kaufte ich mir erst zehn Jahre später in Bukarest. Endlich eins nach meinem Geschmack – männlich, kühl, herb. Marina kam – ich wäre beinahe ohnmächtig geworden, als ich das sah – mit einer Jeansjacke an. Die hatte ihr jemand aus Rumänien mitgebracht, im Tausch für Bonbons und Glühbirnen. So entstand mein erster Kontakt mit Rumänien – durch eine Jeansjacke. Ich habe sie viele Jahre lang getragen, sie war zwar etwas weit, aber so war damals die Mode. Ich war achtzehn geworden.

Auf dem Weg nach Hause begegneten wir Oksanka. Sie hatte zwei Männer untergehakt und sah ganz gut aus. Offenbar nahm sie keine Drogen mehr und sie trug sogar einen Rock, der bis zu den Knien reichte. Wir waren alle drei kurz davor, sie zu grüßen, aber sie hatte uns schon von Weitem gesehen und wich uns in der Menge aus. Am Abend kaufte ich ein Kilo Schokoladenkekse und aß sie allesamt mit Tamara Pawlowna auf. Sie hatte mir kein Geschenk besorgt, aber mich an die fünftausend Rubel auf der Bank erinnert.

## 160

Wir hatten alles verloren. Alles, was wir auf dem Sparkonto angesammelt hatten – Rubel für Rubel, Hunderter um Hunderter –, alles war in einer Nacht dahin. Es war, als wäre der Garten des Rottenführers noch einmal abgebrannt. Als wäre noch ein weiterer Reaktor explodiert, diesmal direkt bei uns im Wohnblock, und ein hündchenkleines Tschernobyl bisse uns liebevoll in die Beine. Es waren alle meine Kinderjahre, nicht die besten, aber die einzigen, die ich hatte. Es waren ihre Jahre des Verzichts, der schweren Arbeit und der kühnen Pläne. Aber vor allem war es unser zerknüllter Traum, eines Tages so leben zu können, wie wir es verdient hatten. Es war das erste Mal in all diesen Jahren, dass ich Mitleid mit ihr hatte. Nun hätte ich ihr gerne Geld gegeben. Ich wünschte, ich hätte die hundert Rubel damals nicht für Blumen ausgegeben. Ich fühlte mich wie damals vor vielen Jahren, als die Jungs das Igeljunge hatten töten wollen und ich nichts unternommen hatte.

Sie saß auf einem Küchenstuhl und weinte. Das Kleid, das sie seit einigen Wochen nicht mehr gewechselt hatte, war schmutzig und roch stark nach ungewaschener Möse. Sie betrachtete ihre Hände, drehte und wendete sie nach allen Seiten, streckte sie aus – das werde ich niemals vergessen –, sie waren mir dabei wie Tiere vorgekommen, die starke Schmerzen hatten. Sie wirkte sehr alt, die grauen Haare waren aus den Spangen geglitten und ihr fettig auf die Schultern hinabgefallen. Ich machte ihr einen Tee mit Honig und hängte ihr eine Decke um. Sie wehrte sich nicht. Ihre gelben Augen leuchteten wie nicht von dieser Welt, und ich wunderte mich wie damals vor zehn Jahren, dass sie keine Brauen hatte. Zehn zu zwanzig, fünf zu zwölf. Zehn zu zwanzig, fünf zu zwölf. Zehn zu zwanzig, fünf zu zwölf. Ich wusste sofort, genauso wie ich später, als ich Tamara gebar, wusste, dass das nicht vorbeigehen würde. Das wird nicht mehr vorbeigehen.

## 161

Nicht nur wir, alle hatten ihre Ersparnisse verloren. Aber von allen hatte allein sie nicht für das Heute, sondern für das Morgen gelebt. Raja hatte sich das Haus mit den schönsten und teuersten Möbeln vollgestellt. Shurotschka hatte Gold für fünf Töchter zusammengetragen. Bella Isaakowna war Jüdin. Katja, ohne irgendwelches Geld auf der Bank, waren die Kleider und der Schmuck geblieben. Auch hatte sie ihre Papageien. Sie allein hatte das Gute auf den Tag vertagt, an dem sie alles auf einmal verschlingen würde. Als dicke Butterschicht aufs Brot geschmiert, sättigend bis an die Ekelgrenze. Aber das Gute hatte sich nicht eingestellt. Es war unterwegs verdorben, und bei ihr langten nur Scherben an. Brotkrumen.

Einen ganzen Monat ging sie jeden Tag zur Bank und stand mit vielen anderen Leuten vor der Tür. Dann, als die Schlangen kleiner geworden waren, im Fernsehen und in den Zeitungen bekannt gegeben worden war, dass eine Geldreform stattfinde, ging sie alleine hin. Vom Fordern ging sie über zum Betteln, dann zu den Drohungen. *Prijesshaj*, sagte ich zu Michail, komm, und er kam am nächsten Tag.

Sobald sie ihn in der Tür sah, begann sie in der Wohnung herumzurennen und zu stöhnen wie ein verwundetes Tier. Sie zog die Vorhänge zu, glättete das Tischtuch und beeilte sich, die Butter und die Zwetschgenmarmelade im Kühlschrank zu verstecken. Ihre Augen flitzten zu den Lüstern, den Teppichen und zu den Möbeln. Ich wusste, woran sie dachte. Nach alledem, was ihr zugestoßen war, war dies ihre größte Angst geblieben: Er könnte sie dabei erwischen, dass die Wohnung nicht geputzt war. Wenn Michail erschrocken war, dann verbarg er es gut. Er ging ins Bad, blieb lange dort, und als er herauskam, hatte er die Brille nicht mehr auf und seine Augen waren gerötet. »Tamara, Tamara«, flüsterte er. »Komm, setz dich auf meine Knie.« Und sie ging wie ein kleines Mädchen zu ihm. Klein, mager, in einem Nachthemd mit blauen Blumen darauf. Sie ließ sich von ihm umarmen und begann zu weinen. Zehn zu zwanzig, fünf zu zwölf, zehn zu zwanzig, fünf zu zwölf, war von den beiden zu hören. Am nächsten Morgen packte ich ihre Kleider und die Papiere in eine Tasche, und danach habe ich sie nicht mehr lebend wiedergesehen.

## 162

Du denkst: ein Brief – was ist ein Brief? Ein Blatt Papier, ein Gedankensplitter. Aber was dir so ein Ding alles geben oder wegnehmen kann! Michail schrieb unleserlich wie alle Ärzte, aber die Worte *twoi roditeli* leuchteten auf dem Blatt wie glühende Zigarettenstummel: deine Eltern. Sie brannten und schmerzten mehr als alle im Dunkel des Internats auf meinen Schultern ausgedrückten Zigaretten. Sie brannte – die Sehnsucht nach euch. Ich kriegte kaum mehr Luft und ging damit zu Bella Isaakowna. Damit sie mir den Brief vorlas, mir die Sache erklärte. Mich der Reihe nach durch alle Worte geleitete. Michail schrieb nicht sehr viel, bloß dass ihr weggehen musstet. *Musstet.* Oder habe ich es vielleicht falsch übersetzt, Bella? Vielleicht habe ich wieder einmal die Wörter verdreht. *Wynudschdeny.* Verpflichtet. Gezwungen. Erpresst. Genötigt. Verurteilt. Unter Druck gesetzt. Unterworfen. Mein gesamtes Leben, heruntergebrochen auf die Synonyme eines einzigen Wortes. Und zum Schluss, wie eine Ohrfeige für einen großen Fehler, *Rumynija.* Rumänien. So bin ich zu euch aufgebrochen.

## 163

Allein war ich immer, über die Einsamkeit habe ich mich nie beklagt. Gerechter als die Einsamkeit ist allein der Tod. Nach Michails Brief dachte ich, ich würde den Verstand verlieren, aber ich hatte Glück mit ein paar Leuten. Bella Isaakowna kam jeden Tag zu mir. Mit Büchern, mit Ratschlägen, mit Essen. Sie sagte: »Als Erstes die Medizin, der Rest kommt danach«. Daraufhin habe ich alles mit dem Handrücken aus meinem Kopf gewischt und allein die Prüfungen darin gelassen. Biologie und Chemie lernte ich mit Valentina Igorjewna, Englisch konnte ich ganz gut, bereitete mich darauf aber auch aus einem Lehrbuch für Studenten vor. Mit Radu hatte ich keinen Unterricht mehr. Er hatte mir mitgeteilt, er habe eine Stelle in einer Privatschule gefunden. Aber auch ich hatte kein Geld mehr, seine Nachhilfe zu bezahlen. Wie auch immer, er hatte mich gut unterrichtet, in Rumänisch hatte ich eine Neun. Radu ist auch heute noch Lehrer. Seit damals habe ich ihn noch einmal gesehen, als ich nach Jahren nach Chişinău zurückgekehrt bin, um die Wohnung zu verkaufen. Ich habe ihn an einem Sonntag besucht. In Bukarest hatte ich ihm Mircea Cărtărescus *Nostalgia* gekauft. Darüber hat er sich riesig gefreut! Er hatte davon gehört, es aber nicht geschafft, das Buch zu lesen. Er lebte genauso wie damals. Das Zimmer voller Bücher, dazwischen Kaffeekannen und Stapel mit Heften, die zu korrigieren waren. Ich fragte ihn, und er sagte, er habe nicht geheiratet. »Welche Frau beachtet schon einen armen Lehrer?«

Als er so mit mir redete, hatte ich den Eindruck, ich sähe die greise Feodosja mit dem Kaffeetopf durch die Wohnung schlurfen. Gerne wäre ich näher an ihn herangerückt, ihm mit der Hand durchs Haar gefahren und hätte ihm dabei gesagt, dass ich kein Kind mehr war. Denn das bin ich nie gewesen. Ich hätte einen Lehrer gebraucht. Ich, ich hätte ihn selbst damals noch genommen und auf den Armen getragen, an der Brust, wie ein übellauniges Kind. Was tat ich in Bukarest, als Ärztin? Im Großen und Ganzen ginge es mir gut, antwortete ich und ging weinend davon, auf all das zu, was von da an Tamara heißen sollte.

## 164

Zum Abschlussball kleidete mich Katjuscha ein. Nun war der Tag gekommen und ich hatte überhaupt kein Geld, nachdem ich ein Lebtag Kopeke auf Kopeke gehäuft hatte. Die Rubel waren durch Coupons ersetzt worden, die Waren aus den Geschäften verschwunden, und ich hatte keine Zeit für so etwas. Katja gab mir ihr meerfarbenes Seidenkleid und legte mir – wie ich es mir immer erträumt hatte –, ihren lackledernen Gürtel um die Taille. Die Schuhe waren etwas groß, aber ich stopfte die Spitzen mit Watte aus, und dann ging es. Ich bin noch bei Shurotschka vorbeigegangen, und als sie mich in fremden Kleidern sah, begann sie zu klagen und mit mir zu schimpfen, warum ich sie denn nicht um Geld gebeten hatte. Dann schleppte sie sich ins Bad – ihre Beine waren wundes

Fleisch – und kam mit einem Ring zurück. Jenem Ring mit dem Topas, der mir damals so gut gefallen hatte. Es war ein schöner Abend. Am Morgen ging die ganze Klasse ins Tal der Rosen, um den Sonnenaufgang zu beobachten. Ein russischer Brauch, der sich in den Schulen in Bessarabien noch bis heute hält. Der See war ringsum von Gruppen junger Leute umgeben, wie Storchenschwärme, und ich freute mich, dass wir uns in einiger Entfernung von der Birkenschonung niedergelassen hatten. Dann tranken wir Sekt direkt aus der Flasche und sangen beschwipst Lieder von Yuri Shatunov.

## 165

Wie ich hierherkam? Bella Isaakowna half mir über ein paar Bekannte, auch Marina hatte mit jemandem von der Volksfront gesprochen, meine Noten waren gut. Da gab es nichts, das ihnen nicht hätte genügen können. Zum Bahnhof begleitete mich Marina. Den ganzen Weg über hat nur sie gesprochen, und als sie mich im Waggon am Fenster stehen sah, rief sie mir zu, ich solle die beste Ärztin der Welt werden. Ich hatte einen Koffer voller Kleider von Katja und am Handgelenk Sachar Antonovics Uhr. Von Zuhause hatte ich mir nur das gelbe Tischtuch und das Kaleidoskop mitgenommen. Um den Rest würde ich mich später mal kümmern, sagte ich zu Marina, der ich auch die Schlüssel überließ. Welches Rumänien? Rumänien hat mich mit vielen Dreiecken auf die Stirn empfangen, aber es hat mich empfangen. Doch diesen Teil kennt ihr schon.

## 166

Als Michail mich anrief, war Tamara eben einen Monat alt geworden. *Prijesshaj*, hörte ich am Telefon, komm, und nahm den erstbesten Flug nach Moskau. Zwischen zwei Tamaras und einer Kerze, ich hatte eben alles das umkreist, was ich wusste. Niemandem etwas schuldig bleiben – vielleicht hat das damals begonnen. Um nichts bitten, nichts annehmen. Damit ich es anschließend nicht vergüten muss. Als Tamara Pawlowna gestorben war, habe ich Michail geschrieben, dass ich nichts haben wolle. Er aber sagte mir, die Wohnung im Botanica-Viertel gehöre mir. Ich könne sie verkaufen, verschenken, damit tun, was ich wolle. »Gönne ihr wenigstens diese Freude, du weißt, wie sehr sie am Geld hing.« Das wusste ich. Weiß ich. Mich zu einer reichen Frau machen, auf Augenhöhe mit der besten Gesellschaft, das hatte sie sich gewünscht. Mich in einem teuren Hochzeitskleid verheiraten, mir die Hochzeit in einem Restaurant ausrichten und mir ein Auto schenken. Damit die ganze Stadt davon spricht: Wie hat eine Flaschensammlerin es geschafft, einen solchen Reichtum anzuhäufen? Ich wollte sie in Chişinău beerdigen, aber Michail gab sie mir nicht. *U tebja swoja krow*, sagte er zu mir. Du hast dein eigenes Blut. Und dabei blieb es.

*Ich ziehe mir die Haut aus und sehe nur Scherben.*
*Sie haben sich vermengt wie Klumpen,*
*sie klirren.*
*Mir aus drei Leben eines machen – wie viele Leben*
*bräuchte ich?*
*Ich ziehe sie mir vorsichtig wieder an,*
*soll schweigen!*
*Damit es niemand erfährt, nichts sieht, nichts versteht.*
*Sich weiterhin wundert über so viel Schönheit.*

# Glossar

*Polkownik*
Rumänisch: polcovnic, militärischer Rang, in etwa dem Obersten entsprechend, hier Rottenführer.

*Kwas*
Russisches Erfrischungsgetränk aus vergorenem Brot.

*23. Februar*
In der Sowjetunion der Tag der sowjetischen Armee, in der postsowjetischen Republik Moldau der Männertag (gemeint sollen Männer sein, die den Militärdienst geleistet haben).

*Hundeschwanz oder Seidenbluse*
Geht zurück auf eine moldauische Redewendung: »Aus einem Hundeschwanz kann man keine Seidenbluse machen.«

*Sarafan*
Traditionelle ländliche russische Tracht.

*Bessarabien*
Gebiet in Südosteuropa, im Süden begrenzt durch das Schwarze Meer, im Westen durch den Pruth und im Osten den Dnister. Heute weitgehend identisch mit der Republik Moldau.

*Molokane*
Eine Gemeinschaft spiritueller Christen, die sich in der Nachfolge des Urchristentums sehen. Ihr Name (türkisch: malakanlar) geht darauf zurück, dass sie zu Fastenzeiten Milch trinken. (Milch, russisch moloko).

*Klima*
Ein Parfüm von Lancôme, in der UdSSR das seltenste französische Parfüm.

*Nu, pogodi!*
Russische Zeichentrickserie (dt. Hase und Wolf).

*Cartea pentru fetițe*
Buch für Mädchen (rumänisch).

*Suchoj sakon*
Russisch »trockenes Gesetz«, so wurde Gorbatschows Alkoholverbot während der Perestroika genannt; die Formel geht zurück auf einen Zarenerlass gleichen Inhalts vor dem Ersten Weltkrieg.

*Femeia Moldovei*
Die moldauische Frau (Zeitschrift).

*Lateinisches Alphabet*
Mit der Sowjetisierung wurden die rumänischsprachigen Moldauer gezwungen, das russische Alphabet zu übernehmen. Sie hatten vorher das lateinische Alphabet benutzt.

*Mushik*
Das russische Wort für einen leibeigenen Bauern, umgangssprachlich auch für einen alten Kerl.

*Gagausen*
Ein christlich-orthodoxes Turkvolk, das mehrheitlich in der Republik Moldau und dort in der autonomen Region Gagausien lebt. Weltweit soll es zwischen 200 000 und 230 000 Gagausen geben.

*Sowjetisches vs. rumänisches Notensystem*
Im sowjetischen Benotungssystem ist 5 die Bestnote und die 1 die schlechteste. Im neuen rumänischen Benotungssystem von der 10 bis zur 1 ist die 10 die Bestnote und die 4 die Note, mit der nicht mehr bestanden wird.

*Mihai Eminescu*
(1850–1889), bedeutendster rumänischer Dichter des 19. Jahrhunderts.

*Nichita*
Nichita Stănescu (1933–1983), rumänischer Dichter, der in der jüngeren kritischen Generation eine solche Popularität erreichte, dass sein Vorname genügte, um Zugehörigkeit zu signalisieren.

*Wlad Listjew*
Wladislaw Nikolajewitsch Listjew (1956–1995), russischer Journalist, der 1995 vor seinem Wohnhaus in Moskau umgebracht wurde. Die Täter sind bis heute nicht identifiziert.

**Tatiana Țîbuleac**, geboren 1978 in Chişinău in der heutigen Republik Moldau, studierte Journalismus und Kommunikation. Sie hat als Journalistin für Fernsehen und Zeitschriften sowie für UNICEF gearbeitet. Seit 2008 lebt sie als Schriftstellerin in Paris. Ihr erster Roman, *Der Sommer, als Mutter grüne Augen hatte*, wurde vielfach preisgekrönt. Für *Der Garten aus Glas* erhielt sie 2019 den Literaturpreis der Europäischen Union.

**Ernest Wichner**, geboren 1951 im rumänischen Guttenbrunn, lebt seit 1975 in Deutschland. Studium der Germanistik und Politologie in Berlin, dort von 1987 bis 2017 Mitarbeiter des Literaturhauses Berlin, von 2003 bis 2017 dessen Leiter. Für seine einzigartigen Verdienste um die rumänische Literatur wurde er 2020 mit dem Johann-Heinrich-Voß-Preis ausgezeichnet. 2022 erschien sein Gedichtband *Heute Mai und morgen du*.

Tatiana Țîbuleac
Der Sommer, als Mutter grüne Augen hatte

*Roman*

Aus dem Rumänischen von Ernest Wichner
192 Seiten. Gebunden. Lesebändchen
ISBN 978-3-89561-233-6

Der siebzehnjährige Aleksy verabscheut seine Mutter, denn sie ist hässlich und hat als Mutter versagt. Als sie ihn aus dem Erziehungsheim abholt, will er nichts von ihr wissen. Trotzdem lässt er sich zu einem gemeinsamen Urlaub in Frankreich überreden, Bestechungssumme: ihr Auto. Kaum angekommen in dem kleinen Dorf, in dem er sich fremd fühlt und nur mühsam mit den kauzigen Bewohnern zurechtkommt, erfährt er, wie es in Wahrheit um seine Mutter steht. Ihn verfolgen fortwährend schmerzliche Erinnerungen aus der Kindheit, und die ungewohnte Sorge um die Mutter überschattet sein erstes unbeholfenes Liebesglück. Nach diesem Sommer ist in seinem Leben nichts mehr, wie es einmal war.

Tatiana Țîbuleacs preisgekrönter Roman erzählt mit unsentimentalem Witz die berührende Geschichte eines Jungen, der um seine Kindheit betrogen wurde und als Heranwachsender plötzlich Verantwortung übernehmen muss.

»Ein unvergleichliches Buch, hart, fordernd, wütend, dann aber auch zärtlich, weich, liebevoll.«
*Mareike Fallwickl*

»Der Roman ist eine Entdeckung, geschrieben in einem Stil von durchdringender Kraft, von unbändiger Schönheit.«
*Le Monde*

»Ernest Wichners Übersetzung aus dem Rumänischen bewahrt viel von der Kraft dieser Prosa, ihrem Wechsel zwischen Derb- und Zartheit.«
*Wolfgang Schneider, Frankfurter Allgemeine Zeitung*

»*Der Sommer, als Mutter grüne Augen hatte* arbeitet mit Brüchen, Leerstellen und Inkongruenzen. Gerade darin liegt die Stärke der literarischen Komposition.«
*Tino Schlench, Literaturpalast.de*

»Mit bilddurchtränkter Sprache hat Tatiana Țîbuleac einen Roman über kaputte Menschen geschrieben, wild und betörend.«
*Ingrid Mylo, Badische Zeitung*